迴旋

張讓 著

新版序
活下去和活著的問題

重讀舊作是件可怕的事。你不知道會撞見什麼慘不忍睹，寧可不見的東西。

好些年前聯經編輯胡金倫告訴我他認為《迴旋》值得重出，讓我驚異。我總以為這本小說悄悄生滅，根本沒人看。現在為了配合慶祝聯經四十週年，金倫真的說到做到。《迴旋》能古物出土重現江湖，完全得感謝他。

《迴旋》出版已有十五年了，這期間我難得碰觸，若有也是出於某種理由，打開後匆匆掃過便歸回書架。為了做三校，我因此從頭到尾細細讀過，感受複雜。

若單以讀者身份閱讀，比較簡單。但兼了作者雙重身份，閱讀起來有時便覺有點人格分裂。幸好，一開始立即進入情況，也就是我這個讀者馬上給文字捲進去，忘我地讀下去了。讀到喜歡的地方忽然記起是自己寫的，訝異自問：這是我寫的嗎？我那時想法就已經這樣「先進」了？讀到刺眼的地方那個作者的自己便面目凜然跑出來，搖頭擺尾批評。這樣在讀者和作者間進進出出，我讀這部小說的感受無疑比大多人波動許多，尤其再加入年歲心境這一質素，更加百味雜陳了。

這裡我不想以評家身份臧否好壞，只想隨興談談。

首先，為什麼會寫這個故事？

一次演講後一位讀者問我是不是寫的自身經驗，我不禁失笑。確實，有的作家寫的都是親身經歷。也確實，我寫的東西裡面有很多來自私生活。但據實以告搬進文字，恐怕沒有過。都經過沉澱昇華，轉化變形。之所以會寫這個題材，在於當時前後左右撞來撞去都是外遇的故事，彷彿十之八九的婚姻都必須經過這個關口，於是好奇興起了探討的意念，從外遇思索愛情、人生。

外遇不是什麼偉大主題，然愛情是。愛情本身是個偉大主題，所以古今中外文學不絕歌頌，流行歌曲裡絕多是情歌。愛情的偉大在於平常，再普通的人都可能經驗過，沾到光燦的邊，因而窺見不凡。

所以《迴旋》大前提寫外遇，其實是通過外遇探討一大籮筐的事物。校對當中，那個作者的我一再驚訝所寫觸及之廣，幾乎凡是我關心過的議題都碰到了：愛情、婚姻、道德、女權、階級、藝術、小說怎麼寫等等，然真正在寫的是生命的意義、怎麼去追求實現的問題。

〈溫度〉章裡，有一句寫雅君感覺：「我只是活下去，而不是活著。」我得承認這時讀到還是有點震動——我向來便有這感受，從很年輕開始就有，只是忘了，以為是年紀比較大後才有的感觸，因此看見這句話好像挖到古物碎片，證據確鑿。這個究竟要怎麼活的困惑在書裡不斷出現，尤其是男女主角繞它旋轉，時時有葬身渦漩的可能。那個忘了自己是作者的我在閱讀時，不時訝異許多段落之沉重——太哲學，太知性了。當時一心要寫部描述知識份子的小說，因此在呈現主角人物感情和思路上比較放任。現在來寫，應該會收斂許多。

回想起來，寫《迴旋》的過程並不順利。剛開始決定好了結構以後相當興奮，尤其是分三部份由女主角內心往外寫，從〈溫度〉、〈印象〉到〈迴旋〉一圈一圈放大，是個新的嘗試。寫到一半卡住了，就像雅君不知怎麼和文農繼續，我不知怎麼讓他們繼續。記得在要不要讓他們發生性關係上苦惱了很久，中斷好一陣子才又回去寫。

現在我難得寫小說，對傳統小說興趣淡了很多，代之以跨越文類介乎散文和小說之間的東西，零零散散寫些詩小說或手記小說的非小說小說。寫的多是散文，生活中有什麼觸發，第一想到的形式便是散文，不然是散文式的小說。

這書裡有許多夢，碰巧近來我在寫一系列談夢的文字，書裡各式各樣的夢讀來因此特別覺得有趣。印象裡那些夢大多是我的（這是不打自招了），幾乎原封不動搬進小說裡，可說是自傳成份最濃的部份。

這麼多年後重讀《迴旋》，隨它回到了當年，覺得文字裡多少捕捉到六〇到九〇年代的氛圍。至於愛情，我希望那個比較年輕的我經由文字也逮住了一點它的激烈神祕。

有的作品只有在某個年紀某個心境才寫得出來，過了以後再寫就全然兩樣了。那時我筆下比較急切，比較直言。現在比較會隱藏暗示，顧左右而言他。

無論如何，再次讀完《迴旋》感觸頗深，想要立刻就開始一個新長篇。然只是想而已，簡潔經濟還是比較吸引我。寫過一篇手記小說，寫一個作者一邊寫一邊刪，最後什麼都不剩了才滿意。我有點像那個作者，不過再怎麼刪還是留下了蛛絲馬跡。畢竟，還不到寫無字天書的境地。

目次

溫度

1

我常想當事情結束以後，回頭瞻望現在的辛苦和歡樂，帶著事過境遷的惆悵和欣然。一切都已成為過去。

我是一個近四十歲的女人，有兩個可愛的孩子，一個愛我的丈夫。我認識了一個男人。

這是事情的開始。

2

就是這個人吧，我和他見面第三次以後這樣想。我沒有把握。

我已經安於中年的生活，平靜，安全，沒有幻想。所有大挫折大激烈已經成為過去，我不偽裝年輕。然後我在一個奇異的昏眩中起落。這必然就是了，我聽見自己這麼說。沒有狂喜，卻是淡淡感傷。你來了。原來你在這裡。但為什麼是這時候？人不可能哀悼不曾知道的幸福。現在，我知道。

3

我依然可以感覺到分手時，他的眼光落在我背上的溫度。我回頭向他招手，他也招招手。他把車駛走，我看他的車遠去。我招手叫計程車。車裡我反芻剛才的記憶，告別的溫暖像滿天的夕陽。我回想我們的對話，他的聲音、神情、手勢、姿態。計程車載我疾馳，回去做小文和小同的母親，明則的妻子。而我持續回想我和他在一起的時候，下一次見面不知什麼時候。我已經開始想念。

4

比較是致命的，它使人知道欠缺。知識，這樣的知識，也許寧可不要。而我已經知道，在毫無防備的情況下。我知道有另一個人，另一個快樂的可能。我看見我平靜的生活是玻璃的無色和脆弱，我要將它擊破。我要在還來得及的時候，在老死以前，攫取一些激烈。或者，不管攫取什麼。幻想？也許。大喜大悲，大死大生，這是我要的。我不要清心寡欲，無愛無求。我要！

於是，我害怕那沉默。在說與不說、可能與不可能、欲望和罪咎之間，飽蓄著危險，一觸即發。

5

一個人一生也許要一變再變。生是一個人，死是另一個人，中間是恍恍惚惚好幾個人。

我以為我總是一樣，不管在什麼年紀，什麼環境。膽怯、茫然、遲疑，同時又有點莫名的激動和不安，不會改變。我從未想到改變自己，既沒有發現到這個需要，也沒有這個欲望。我是我知道的人裡最沒有彈性的，絕不是能伸能縮的典型。我但願是，能出入是非黑白，隨心所欲。不是我固執，而是死心眼，缺乏應變的本領。我一向頭腦簡單。

我卻發現有另一個女人，她是我。我的驚奇不可形容。我不清楚是我變了，還是一向潛伏著的自己浮現出來，像濃霧之後的蠻荒島嶼。

我正半側身對鏡子掛耳環，突然看到她斜睨的眼神，似乎帶著蔑視和挑釁。我先是驚訝，然後更讓我不可相信的，我乾脆放棄了掙扎，任手（她的，這不可能是我的）由背後抄過來弄亂頭髮，頸子低低斜下去，嘴角曖昧的拉開。然後我（她）直起來，整個人要發射出去似的朝後仰，雙手爬上來撫弄乳房、腰腹和大腿，臉上卻是似笑非笑，無動於衷的神情。

我不記得誰說的，說女人都是嘴上要當烈女，心裡要做蕩婦。我便看見一個蕩婦。我不知道是恐懼，還是憎惡。而有另外一種情緒，黑暗、狂野、強大，難以理解，難以壓抑。她，充滿期待，帶著神祕的力量。她在等。

6

我仍然可以看到十六歲的我站在街燈下。我在等一個同路人護送我回家。

七點多，天已經完全黑了。我下公車，走過幾家商店的騎樓，轉進巷裡。走大約兩分鐘，得右拐再左拐進正行街。右拐之後左拐之前，有一段十五步遠的短街，街角一盞路燈，路燈對面一扇斜設在轉角上的紅色大門。大門深鎖，圍牆擋住一樓的燈光。二樓全黑，一點動靜也沒有。

我站在路燈下，背著大書包，右肩因為常年背書包而歪斜。平常不自知，偶爾照相才看見右肩畸形的歪到一邊，很難看。我半歪著身站著，有時走走，到由馬路轉進來的街口探看有沒有彎進街來的人。有時靠在電線桿上，彎起一條腿，拿右手托住書包底。我看見正行街長長伸延下去，黑暗，幽深，可怕。這盞孤立的路燈高高灑下昏黃的光保護我，而它的光太弱，所及太近。如果能夠，我便拔起電線桿如擎一柱火炬，一步一步照亮回家的路。而我在燈下繞圈子，像被微弱的燈光縛住。無疑，深黑的長巷裡有不可言說的恐怖。記憶中的日本片《牡丹燈籠》裡的那兩個女鬼，便各持白色燈籠等在前面。

我踱步，看錶，嘆氣。長巷不長，一口氣可以跑完。家不遠，就在咫尺之外。我在等待。

同時我在衡量，是回家心切，還是恐懼心切。

7

時間分成見他的日子和不見他的日子。

有誰看得出我在這兩種日子之間的不同嗎？我簡直不能相信有人會看不出。我覺得自己像一部電影在彩色和黑白之間變化，放射訊號。小文說：「你天天穿這一套沒有顏色的，幹嘛不穿那件黃色藍花的？」她剛六年級，是家裡真正的小女人，除了自己愛在鏡前搔首弄姿，對我穿衣化妝也品頭論足。我穿了她喜歡的，她會說：「好看，我長大以後也要去買一套穿。」不然：「又穿這種老太婆的顏色，難看！」她看出我的不同，但是除了媽媽有時漂亮，有時不漂亮之外，不知道怎樣詮釋。她永遠不會知道她媽媽真正在想什麼，正如我從來不能確定我母親究竟在想些什麼。也許等小文大了——。也許我永遠也不會講出來，只要不被發現。小同比小文小兩歲，更不會知道。他的世界和我的祕密一樣，介於虛構和現實之間，自足而且排外。我但願是他。而明則？

我不要想明則。

我不能。我沒有權利這樣對他。

8

有些事無法簡化。也就是，對錯沒法一語道破。

我的簡單使我拙於接受複雜的事物，我總難理解黑白之間那些曖昧的灰色。我萬萬沒有想到會涉足規範以外的領域，化簡單為複雜。我沒有足夠理由解釋，為自己開脫，因此不能輕視我所做的事。即便事實上沒有什麼，如他第一次打電話到研究室約我時說的：「喝杯咖啡，不傷風化。」

我看見自己像小時候聽來的，那種不知好歹的壞女人。壞女人什麼樣子？壞女人做什麼？這並不重要。重要的是這世界是清醒的，而不是朦朧一片。即便在我這年紀，仍保持這樣簡易的觀念：有好人，有壞人，而且好人有好人的樣子，壞人有壞人的樣子，很容易便可以認出來。我認不出自己是壞女人的樣子，但是我知道。認是就外形辨認，我是從裡面。當我為了見他而容光煥發，而快樂得過分，我覺得可恥——我沒有權利。而且，出於無法解釋的理由，我下意識覺得女人負有較高的道德義務，因此同是外遇，他比較可以原諒。我知道這是很愚蠢的想法，然而它並不是想法，而是一種不循邏輯的感覺。

我已經整個人偏離邏輯，只剩下本能、衝動。

9

歷史傳說裡，我知道的第一個壞女人是妲己。

妲己原來並不壞，是蘇護的女兒，柔順又貌美。是商朝紂王暴虐無道，氣數將絕，所以一夜城外軒轅墳裡的一隻老狐掠腥風而來，將妲己吃了，化做她的樣子。紂王得妲己進宮之後，不理朝政，為妲己造酒池、肉林、炮烙、萬蠆、摘星樓，殘害忠良。妲己並大啖宮女，後宮白骨無數。朝歌城內，黑色怨氣沖天如柱，遠遠可見。

西岐周文王的大兒子伯邑考帶一隻通靈白猿來進貢，白猿見紂王旁坐著一隻妖狐，撲躍過去，被紂王一劍斬殺了。妲己獻計讓紂王將伯邑考治死，剁成肉泥做成包子，賜給文王。文王知道是兒子，不動聲色吃了。（漢朝韓信忍胯下之辱，張良橋下拾履，都比不上文王吃兒子的肉。）從此文王靠姜子牙幫助，聚集諸侯，打到朝歌。妲己被姜子牙捉住，鎖了琵琶骨，在九昧真火裡燒出原形。

此後有一連串禍國殃民的女人：褒姒、楊貴妃、武則天、慈禧太后……在我心目中，她們長得像李麗華、胡錦、楊燕、白嘉莉。好女人長得像樂蒂、尤敏、林鳳嬌。

10

我沒見過壞女人。但是我見過妲己，她太生動，太精采。後來讀武則天傳，總是覺得遜色，雖然她遠比妲己有趣得多。

小學時，我極討厭一個鄰居太太。高高壯壯的，肩膀很寬，屁股更寬，又肥又圓，裹在窄窄的短裙裡，走路左扭右扭，好像身上發癢。胸脯子奇大，咚，一下子跳到人眼前，讓人不好意思，好像長到了自己身上。臉醜醜的，平板板，擦得油白油白，眉毛拔光畫上兩條彎彎的細線，小眼睛四周一圈黑，小嘴巴顏料馬上要融掉那樣厚厚餅餅的紅。我就是非常討厭她，覺得她不正派。她見了我們便笑嘻嘻，露出很整齊的白牙。我們經過她旁邊便裝模作樣揮揮前後左右的空氣，暗地裡叫她「妖精」。她後來和先生搬走了，並沒做過什麼驚動鄰里的壞事。

高中時，班上有個同學，裙頭一定捲兩捲，直到裙腳升到膝上，頭髮一定前面燙捲，後面打薄，書包裡帶了口紅、絲襪，臉上右眼斜下方一個醒目的黑痣。我還沒有穿胸衣，連想到這詞都臉紅，她已經胸部挺突，很前進的講奶罩的品名、尺碼、型號，讓人聽了頭昏。她不但有男朋友，還牽過手，在電影院裡肩靠肩腿靠腿。她讓我目瞪口呆，不知道她和我有什麼相似之處。隔壁座的同學極恨她，說她三八，不知道自己騷。什麼是騷？其實我覺得她一天到晚頂撞教官和訓導處，敢得可敬。我真的是有點尊敬她，也怕，直覺到這種人危險。我自己是一定裙子過膝，頭髮齊耳，一絲不苟的。

11

和他，要走到什麼程度？能走到什麼程度？

我時時想像那最後一步，當他不在眼前的時候。想像中，我出奇的敢而放。沒有什麼禁忌在我眼裡，我要，我取。我的眼神、嘴角、指尖、身體，每一寸都是活的，要去占有、征服。

我並不要以這種方式想他。其實，我只要很純潔，很浪漫的想他，像少女想她初戀的情人。我想他那種懶散、空曠，那種彷彿看穿一切而可以為所欲為的率直和稚氣。想到他在那裡，我有什麼話，到時便可以跟他講，覺得非常溫暖。不見他似乎是另一種幸福，因為可以這樣想他，整個生命集中在一點，令人發抖的強烈，充滿期待。是這種期待和得到之間的緊張使人覺得活著吧？我似乎很久不知道活著是什麼滋味。我只是活下去，而不是活著。

想他，我便快樂起來。幼稚的，手中剛拿到結實硬幣的小小快樂，和看小同睡覺的臉，聽小文老氣橫秋講話的那種快樂不同。比較自私，比較直接的快樂。因此，似乎也是比較純粹的快樂，因為沒有善的成分在內，不和其他的情緒混淆。這樣比恰當嗎？然而我確實清楚感覺到兩者的不同。

12

我第一次喜歡上男生在小學，前後三次，我仍然記得他們的名字、樣子。

小學四年級我喜歡上班長，他是第二名，我是第三名。他長得高高的，頭髮很多，鼻子很挺，眼睛非常活，轉得很快，停下來看人時，就盯得人垂下頭。那時班上喜歡玩對看的遊戲，兩人隔著教室桌子面對面坐好，眼睛盯著對方，誰先掉開眼或先笑就輸。他總是贏。我心裡喜歡他，常偷偷看他。可是他根本不注意到我。傳說他喜歡第一名，我看不出來。我也喜歡第一名，她是那種大家都喜歡的，溫柔細心又秀氣的女生。如果他真的喜歡她？我不在意，他們倆很搭配。我只要暗暗喜歡他就夠了。

小學五年級上學期我隔壁坐個小男生，瘦瘦的，可是所有精采都在臉上。小小的鼻子，尖尖微微翹起來。嘴唇很紅，肉肉軟軟的，有點往上嘓。眉毛很黑，直直掃過去。眼睛是我從沒有見過的，雙眼皮，有點陷進去，水水亮亮，捲長睫毛一閃一閃的。他性情很好，笑嘻嘻的，很有禮貌。我坐在他旁邊那學期好幸福，可以就近看他，和他說話。不過他對我並沒有比對別人好。他每學期都拿第一名，好像不費力氣。

五下我喜歡上一個轉學生，樣子不特別好看又很冷的男生。他功課不怎樣，但是會畫畫，書法也很棒。他的畫和書法總是貼在教室後面的布置欄上，或是壁報板上。他不太說話，也不太看人，嘴巴抿成一線，眼睛斜斜的不知在看什麼地方。我不知為什麼就是喜歡他這種冷冷的，愛理不理人的樣子。我總希望有機會和他說一句話，或讓他看見我。但是即使我穿得再鮮亮，他一樣是眼睛斜斜，誰也沒看見。每天上學路上，我仍然高高興興，希望他今天能看見我。那種喜歡一點也不緊張、痛苦。淡淡的，遙遠而單純。童年很開闊，很模糊的喜歡。

13

書裡有故事，最重要的，書裡有愛情。在知道愛情的真相之前，童話、傳說和想像已經鋪好了路。雲霧一樣的東西鋪成的路，迷茫、神祕，籠罩一切。

他和她，或，她和他。所有想像要將他和她變成一個字：愛。翻譯成生活中的現實是：結婚。王子公主的故事最後暗示的，是一切快樂生活，直到永遠永遠。這是少年少女祕密而懵懂的期待，我的期待。如若沒有這永遠永遠的東西可以嚮往，年輕而旺盛的生命做什麼呢？長大需要一個目的，平凡的生命需要戲劇輝煌為傳說、為詩。衣帶漸寬終不悔，為伊消得人憔悴。一個人必得找到另一個人，將自己奉獻。沒有人可以奉獻的年輕是可憫的。

我走在校園裡，抱著書，喇叭褲打出劈劈的聲音。為了大學開學我燙了頭髮，穿了新的胸衣，蹬上生平第一雙高跟鞋。這麼大一所大學，總有那麼一個人吧？我走在校園裡，像小說裡還沒有完成的人物，簡單而生硬，既不知道什麼會發生，也不知道發生了怎麼辦。

有一個他說：「我送你去坐車。」

「為什麼？我知道路，不需要你送。」

「送送有什麼關係呢？」

「有什麼好送？你又不同路，白走冤枉路！」

另一個他，打電話來。

「你好不好？」

「你打電話到我家幹嘛？」

「你沒來上課，我怕你生病了……」

「生病又怎麼樣？」

「你從來沒有缺過課……」

「你又不是教授管我缺不缺課！」我突然非常生氣，或者更正確說，厭煩。我覺得被纏上了，煩得不得了。我只要我喜歡的人來喜歡我，不要不相關的人來糾纏。

「哪裡是管，只是……」

「請你以後不要再打電話到我家來！」我鄭重的說。

這些個無關緊要的他。真正的那個他呢？那令人心神震動，欲生欲死的東西呢？我在等，覺得自己的年輕一點也不年輕。別的女同學似乎正享受燦爛的青春和愛情，我只是在校園裡走來走去，一步比一步更老，更暗淡。

14

果真和他熱烈烈戀愛起來？至少是一種痛快。只是，我們這麼成熟、理智、不失分寸。

他說：「我不是那種天生會成功的人。我還在社會上混，還沒有被淘汰，因為我死命抓住不放。沒有成功的本錢，更要裝出混得下去的樣子，一放就什麼都沒有了。有本事的人即使失敗了，還是轟轟烈烈的，還不失為強者。像我這種沒本事的，便不能有任何表面上可以讓人抓住的弱點，否則就一敗塗地了。比如說一個姿色普通的女人，沒什麼得意的愛情可以驕人，但至少有丈夫有小孩，別的女人有的她一樣有，也就很可以安慰自己了。嘿，我就是那樣！」

他聲音低低的，帶著笑意，雖然話很酸，自貶兼自嘲，刀一樣切下去。他說到我心裡，他總是說出我沒法表達的東西。

「你知不知道你前面坐的正是個平庸女人？」

「對不起！」

「你知道我從來沒漂亮過。」

「你不在意這種事！」

「我當然在意，只是沒擺在臉上罷了！女人都在意自己的容貌，程度和表現方式而已。男人比女人更在意她們的容貌，你想若我漂亮一點，你還能兩杯威士忌下肚，仍然安安穩穩在這裡做柳下惠？」

「那要看人。別的男人也許，我是看破色這一關了。」

「你是說對我根本沒有色可看破。」

「我就喜歡你的剔透！」他舉杯，瀟灑笑了笑。我想殺掉他。

「我真的那麼難看？我以為故意謙虛一下可以賺你說兩句好話，結果還是沒有。真令人傷心。你說話都不怕我傷心，只顧自己得意！」

「責備得是。」他換坐到我旁邊，一手抄到我肩後，戲劇化的用力摟了摟，在我臉頰上飛快親一下，笑嘻嘻說：「我可憐的姿色平庸的小女人！」

我整個人燒起來，把他輕輕推開：「拜託不要肉麻！」

晚一些他說：「你知道我們並不是靠眼睛在交往。我看到的你，是全部的你，是你真正的樣子，而不是眼睛所看到的肉體。如果要講得玄一點，我可以說我看到的是你的本質，而不是皮相。」

這話對我一點安慰作用都沒有，雖然就算他說我漂亮也一樣是沒有用。

再晚一些他又說：「你知道說實在的，我們不能上床，一上床就完了。不是我不想，我常常在想。不想不是男人！」

「少敷衍我，我不是小孩！」

「不是敷衍。怎麼是敷衍呢？我說的是最真的話。信不信由你，我很知道自己。我早就想過，我們一上了床就變成最平常上床下床式的關係，就失去繼續下去的理由了。我是希望我們能維持一種特殊的，能夠持續長久的關係。也許我不太切實際，我不願我們變成另外一種形式的婚姻。」

「上床和婚姻有什麼關係？我們怎麼可能變成另外一種形式的婚姻？」

「肉體關係會改變一切，這是我的預期。現在我絕對不會把你想成我太太，你就是你，無法歸類。上了床也許就不一樣了。那時我可以就輕易把你想成是我的情婦，和你見面為的就是上床。你寧可我們那樣？」

我沒有說話。我不反對他的邏輯，但是不願贊同。我不要邏輯，我要任性而為。生活一般是這樣不關痛癢，我不要以一種不關痛癢換取另一種不關痛癢。

15

我第一次戀愛在大學二年級。

他在書裡夾信。乾乾淨淨的白信封，乾乾淨淨的白信紙，正中小小寫了四個字：我喜歡你。為什麼寫這麼小的字？我記得想。字不好看，呆呆的，像小學生的。我不知道他什麼時候放在我書裡，想不出他有什麼機會。第三封信以後他找我去看電影、喝咖啡、散步。

我開始知道被寵是怎麼一回事。我是特別的，我意識到，因為有一個人想方設法要討好我。走在校園裡，我有種漂浮之感，朦朧的快樂托著我，使我華貴。我曾經認為男生女生牽手是無聊到肉麻的事，現在我讓他握我的手，甚至挽我的肩。有一次校園裡看完電影出來，四周影影忽忽的在醞釀什麼，他環住我的腰，我把頭靠在他肩上。我相信父母絕對比不上他對我之好，他們從來沒讓我這樣覺得受珍惜。好像他的快樂，全繫於我的一顰一笑。我可以驕縱、任性、無理取鬧，他不會掉頭就走。但是我不，我出奇的溫柔，因為一種強大的東西使我身不由己。

半年以後，他回到原來女朋友身邊。為什麼？為什麼？沒有解釋，更沒有道歉，隔夜之間他就成了陌生人。他怎麼可以這樣對我？他知不知道我不能忘記所有的散步和咖啡？他知不知道我在校園搜索他的影子，卻只看見挽過我的肩的手環住她的腰？他知不知道我滿嘴玻璃渣，每一次吞嚥都是劇痛和鮮血？

我不責備他不誠實。我責備自己笨。我不打算再戀愛。

16

彷彿從很遠的地方，我看我的生活。規律、平常，平淡的快樂和滿足——平淡到無可咀嚼，令人麻木。

怎麼能說平淡到無可咀嚼？我真的這樣相信？如果失去了這無可咀嚼的平淡？這假設立刻

帶來恐慌——我拿什麼去代替？像我在大學的講師職位，雖然有時覺得可以棄之不惜，但是果真不做，做什麼？總是有別的事可做，也許可以寫點東西。我不是很能激勵自己的人，一向有棄難從簡的傾向。一旦失去外來的逼迫，大概就會委頓下來，變成單純的家庭主婦。我想過做家庭主婦，明則可以供應我們舒適無虞。明則有清楚的目標：事業，事業，事業。他也是個盡職的父親，至少他竭盡所能。如果時間不許可，他會表示歉疚，另找機會補償。有的週末，我們會全家去公園，或去爬山，真的是幸福家庭的景象。小同蹦蹦跳跳，在我們前後左右跑竄。小文走在她爸爸旁邊，兩人像大人一樣交談。我一旁獨自走著，恍恍惚惚。為什麼說平淡到無可咀嚼？光是這樣想就好像不知好歹，褻瀆了生命裡最神聖的什麼。但是當我出去見他，這現成的幸福似乎一點也不重要。我根本不記得我是幸福的，甚至，那幸福反過來嘲笑我自欺欺人。而我以為早已悟出婚姻是妥協，愛情是幻象，生活是學習與錯誤共存。我在想什麼？為什麼非要以一則幻象來擊破辛苦掙來的現實？問題是，幻象真的是幻象，而現實真的是現實嗎？

17

晚飯後在餐桌上陪小同和小文做功課，明則在書房準備案子。桌上有一條橡皮筋，小同寫幾個字就要抓起來拉一拉彈一彈。有時比到小文的鼻尖，她手一揮掃開去，他馬上又回到原處，照樣瞄準。我把橡皮筋收起來，他又生一條，逗得小文在桌下踢他的腳。我叫小同站起來，我在他褲袋裡搜到一把紅紅綠綠的橡皮筋，做得很漂亮。我把橡皮筋沒收，小同坐下來繼續寫。要抄的一課書，抄了還不到一半。放學回家他總是忙著看電視，玩他數不完的汽車、機器人和樂高，非得等到吃完晚飯我押著才肯做功課，一邊做一邊還三心兩意。不知道從哪裡聽來在美國上學功課少，建議搬家到美國，不然把他送去和彭阿姨住，當小留學生。你一個人去不會想爸爸媽媽？我問小同。只要不要寫鬼功課，爸爸媽媽不在旁邊也沒有關係，而且你們可以常常來看我，彭阿姨還可以帶我去迪士尼樂園玩，他答，好像早已把這問題想得通透。去去去，明天就去，煩死了！小文一旁說。

九點半以後兩姊弟上床了，我把廚房收拾完畢，洗了澡，拿報紙到床上看。隨便翻翻，我輕輕下床，換上毛衣長褲，到書房和明則說我到街角店裡買點東西，出門下樓。

走出巷子，我往馬路的方向走。街口百成超市和麗嬰房中間有一具公共電話。街上燈火明亮，公車上下來的人仍然一批一批的。有一個高中生模樣的男生在用電話，我往前走兩步，掉回來下樓到地下室的百成超市，買了最後半條吐司、兩包麵茶、一罐橘子汁。出來電話空了，我放下袋子，投錢進去。我撥了他的號碼，心跳猛烈，頭有點發昏。一個女人的聲音說「喂——」我慌亂掛上電話，心跳到嘴裡，被我強嚥下去。提著袋子走進巷裡，我滿腦子是那個快捷清脆的女聲：「喂——」

18

大學開學前晚上，媽把我叫到房間談話。

「你現在上大學，和初中高中時不一樣了。男男女女在一起，免不了要生感情的事。這雖然是很自然的事，沒有什麼特別不好的地方，可是你爸爸和我都覺得，大學還不是談感情的時候。這非常時代，能念書是很難得的事，尤其上大學。我們這一代，上高中就不容易了。你們比起我們，是幸運太多。因此要知道把握機會，不要浪費時間去交男朋友。感情這種事，最容易分心，又最不容易把握。一旦搞上，神魂顛倒，什麼事都做不成了。等大學畢業，做了事，有的是時間和機會，也比較懂事了，這時再來談交男朋友，我和你爸爸不但沒有第二句話，還會催著你——」

這是我和媽媽少有的嚴重談話。之前的一次是講解月經的事，教我怎樣用衛生紙處理。我從來不曾忘記媽的那次談話，因為除了我自身的恐懼和慌張，媽的話另外還給了我骯髒和醜陋的感覺。媽這番關於談戀愛的「戒令」，我也深記不忘。如同我記得她最愛唱的〈秋水伊人〉：「望斷秋水，不見伊人的倩影。燈殘漏盡，乳燕兩三聲……」

「什麼啊，我根本沒想到這種事！都是你在想，然後說是我在想。」我確實沒花心思去想，不過，也沒有立意不要去想。應該說，我還沒有想到那麼遠。

「這樣就好。不過說歸說，到時男孩子追到家門口，就不那麼容易了。」

我立刻笑起來。媽口中的景象對我而言，實在是太不可思議了。

「誰會追到家門口？根本沒有男的會注意到我這一號人存在！而且，我也不感興趣。」

「如果有男孩子對你好，請你出去看電影、散步，你怎麼辦？」

「不會有這種事的，你瞎操心！」

「如果有呢？」

「哎呀，煩不煩！我說無聊，本小姐沒空！」

媽又同情又好笑的望著我。她大概沒見過比我更幼稚更固執的人了。

「反正將來你記得今天晚上說的話。」

「放一百個心！」

19

他說：「可惜我們認識太晚了，只能做朋友。你不願意破壞婚姻，我也一樣，剩下來只有做朋友的分了。不然還真要像十幾二十歲一樣，去轟轟烈烈談戀愛？我知道你沒有這樣的氣魄，我也沒有。我們都是不徹底的人，要冒險而不要代價。所以你我充其量做到目前這一步，半瓢水的愛情。只有這樣叫了，是不是？」

「我不喜歡不徹底！有時很想去走極端。我並不想腳踏雙船，兩邊都半吊子，我應付不來。我們太複雜了，不光是牽扯到的人，單是你和我就不清楚。我想過離婚，把事情簡化。如果我們真心，應該全部付出去。我不要半瓢水的愛情，我不要任何半瓢水的東西。有，不然沒有！我需要把事情弄清楚。我們是什麼？」

「我們是很特殊的朋友。」

「我不懂你的意思。」

「那你說我們是什麼？」

「我先問你的。」

「我對你，我不太說得明白。像同性間的友情，最知心的那種。但又不全然是那樣，因為我們畢竟是異性，有『性』的吸引在裡面。」

「你不說是柏拉圖式的愛情，表示你並不覺得我們在談戀愛。」

「什麼是戀愛？我也曾經和我太太談戀愛，現在我不知道我和她之間的愛是什麼。是習慣？膽怯？還是——？我不知道。我知道喜歡和你在一起，勝過任何人。但是我也知道我並沒有昏頭轉向，想要去做什麼破壞現狀的事。你呢？你怎麼想？」

「我不想，根本不能想，只是瞎子一樣往前走。像我第一次談戀愛，腦袋摘下來，心掏出來，血糊糊的。我覺得整個人掉進一團亂糟糟的東西裡，不知道自己在做什麼，只是不顧一切的做下去。而很顯然，你很清楚你在幹什麼，要做到什麼地步。」

「我不像你說的那麼冷血。我只是，怎麼說？我只是在這年紀，不想再做年輕時那種熱血糊塗的事。我想要比較超然，比較純粹的感情，把本能的那份盲目過濾掉，我想要比較平淡而又深刻的滿足。也許可以說，中年人，（你得承認我們都是距生死兩端一般遠的中年人了！）中年人的愛情只能是溫吞吞的，若有若無，像我們這樣。」

我幻想這段談話。因為無論如何，我和他不可能這樣坦白。我做不到。我連對自己都不見得做得到這樣坦白。

20

有一個前所未有的夢，清楚得可怕，簡直像真正發生過。醒來以後，我久久不能恢復。應該說我根本不願醒來，我要留在夢裡，一次又一次重複那顫動的經驗。

晚上，似乎在山裡，非常的黑。我撥開樹枝和草叢，摸索往前。來到一片草坡，坡頂站著一幢白色巨大的希臘式神廟建築，明亮輝煌。我爬上坡，站在神廟正前仰望。純白的大理石建築，像是固體的月光，美麗難以形容。沒有人，似乎也沒有窗戶。白色大門虛掩著，我推開門走進去。穿堂式的大殿，沒有人。盡頭左右有出口，通往兩翼。我往右翼走去，經過長長的走廊，來到一間巨大的殿堂。

殿堂潔淨明亮，牆壁地板發著神祕的冷光。看不到燈或任何照明設備，只見均勻的光布滿其間。像陽光，卻不那麼強烈。像月光，卻又沒有那麼柔和。殿堂裡像藝術館，陳列了一座又一座的白色大理石雕像。我匆匆看了看，走進隔壁另一間大殿。

這殿比前殿更大。除了幾支大理石圓柱支撐高大的殿頂，只有一座大理石雕像，顯得格外空闊冷肅。我走近雕像，抬頭細看。是一座似米開朗基羅的大衛像的青年男子裸像，體型修長壯美，容貌略似大衛，眉目俊朗，但更柔和。無法解釋的，我似乎認識他，定定站在雕像前，不能走開。

不知道站了多久，忽然雕像動了動，伸展肢體，竟從基座上走下來。我嚇得心膽俱裂，回身就跑。藏身在一支圓柱後面，偷偷觀察雕像動靜，怕得不敢呼吸。雕像雖然能行動，畢竟不太靈活，僵硬如屍體，看起來更加恐怖。我手腳癱軟，心跳得要撞破胸膛。他看見了我，舉起大理石的腿，大踏步走來。雖然僵硬不便，因為高大，三步兩步就跨過一大片空間。我怕極了，又逃到另一支圓柱後面。他卻好像知道我的想法，馬上就準準找來。

於是我逃躲、恐懼，卻又充滿期待。似乎，我與這大理石雕像心意相通，逃避只是另一種形式的召喚。我覺得雕像是活的，而不是大理石，他看我的眼神充滿熾烈、急迫、不顧一切的情意。我從來沒有見過那樣赤裸強烈的眼神，在那眼神裡我知道什麼是愛。我想停下來讓他捉住，同時又極端恐懼。我不能忘記他不是人，只是一具雕像。我奔逃，躲藏，但總不跑太遠，讓他能找到，很快追來。看到他來，我又恐怖欲死，急急逃命。而若他一陣子還沒找來，我的眼光便慌亂搜尋，唯恐他永遠遺失了我。彷彿在極度恐懼同時，我又渴望被攫取。而正為了被攫取，我必須不斷奔逃。

最後，我逃出神殿，奔下石階，撲跌在草叢中。我用力爬到一塊大石後面，氣喘不已，一邊探頭偷看。白色神殿死寂一片，沒有人影。我翻身趴在草裡，感到強烈的失望。我極目觀看，白色神殿又高又遠，在廣大黑暗的夜裡。沒有他。沒有。

21

我承認我越來越鑽進自己的想像，越來越不快樂。我不道德嗎？自找麻煩也許，但是不道德？不快樂也許需要資格（可笑，然而確實，有的人似乎沒有不快樂的資格），但是不快樂本身並非不道德，只是引人走向不道德。而人有時並不知道自己不快樂，或快樂。要經過動盪、比較，才恍然大悟。

從落地穿衣鏡看我自己，絲毫看不出那眼神明亮的女人不快樂。鏡子裡的女人說不上姿色，但有種風情。短短微向外捲的頭髮，在年輕女人是俏，在她顯得煥發。臉形五官很平常，特別在眼睛，那裡有種稚氣茫然的東西，看起來無辜，需要保護。身材小，不像少女瘦削有靈性，而是中年女人的勻稱柔軟。尤其臀部和大腿，所有的欲望在這裡集中，看來放肆而無邪。我不自覺微笑，想到這女人什麼都是，就不是無邪。

我和他，到目前為止，卻可以說無邪。我們除了泡咖啡館、茶館，偶爾去喝喝酒，高興起來捏捏手拍拍肩膀，像一對好兄弟，從來沒有越分過。最大不了的一次，是我們曾經坐他的車到郊外去混了幾乎一天。那是我們在一起最久的一次，而且不是在陰暗密閉的室內。

那天早上我們在大學的課各已上完，我在研究室準備一篇論文的材料，有點心不在焉。他打電話來，我便到學校側門口等他的車。遠遠看見他的藍灰旅行車馳過來時，我高興得像小學生看見校門口一長串的遊覽車。我上車，他開上路。我不知道他要開去那裡，只知道我們往前，朝向某一個比較好的地方。我覺得像個小孩。

車裡他左手握方向盤，右手伸過來，我把左手伸過去。這似乎是自然不過的事。我們沒有說話，只有他放的爵士音樂在空中迴盪。我並不喜歡爵士樂，但是因為他，我可以接受。爵士樂喚起他的存在，同時，喚起我們在一起的記憶。一個多小時以後我們到郊外，爬上一座小山，又循一條泥徑和陡長的台階下到河邊。

我們坐在河邊一顆大石上，他長長舒一口氣，脫下鞋子。遠遠河彎過去，河岸有一條粗纜繩繫在樁上，水平平流去，輕輕打在岸邊。我們便這樣靜坐了好一會。然後他告訴我為了一些事很煩，整個人烏煙瘴氣。那天陰晴不定，一會風起雲湧，好像要下雨，一會陽光明亮，水面一片閃爍。我們談工作、家庭，生活中得意失意的地方。最主要，底下我們真正在說的是，我們什麼地方做錯了，為什麼這樣大白天逃出都市，肩並肩坐在河邊，像兩個迷失的小孩。其實，這是我們每一次見面所說的廢話正經話後面的真話。坐在河岸，我們各自抱膝，有時他朝水中扔石子，咚，幽默的一聲響。不然，我們嚴肅像僧人。忽然，他將手中石子扔得好遠，笑說：「沒什麼大不了，我們把自己看得太嚴重了！」我笑著看他，他一把摟住我的肩，用力捏捏。我靠在他身上，他低頭看看我。然後，斯文而又莊重的，我們輕輕吻了一下。第一次。也許是最後一次。

22

我和他去看電影。一部希臘片。

他們在夜色中翻越阿爾卑斯山，來到瑞士邊境。駐防關卡的狗不斷朝山上吠叫，警衛跟著狗搜過來。狗急竄上山，一路狂叫。他們四下奔逃，在雪地裡跌跌撞撞。他和兒子倉皇掉頭急奔，遠離眾人。別人走下山，到了旅館中接受醫護照顧和警察盤問。他抱著凍累的兒子在深夜的山裡遊走，雪地茫茫，不辨方向。山下瑞士警察在喊話，他聽不懂。照明彈打上來，一片剎那的白亮。「我們在這裡啊！我們在這裡啊！」他朝照明彈升起的方向走去。一整夜，他抱著兒子在雪地裡躑躅，腳步踉蹌，一邊走一邊哭：「天啊，天啊，我已經無路可走了！天啊！天啊！」天明時，他看見遠方一輛卡車駛去。「等等，等等啊！」他狂呼，抱著兒子奮力趕上前。終於走到馬路邊，他把兒子小心放在雪地上，用力揉搓他的臉頰，聽他的胸腔，探他的呼吸。「別死！別死！別死！」他親他，不斷親他，熾烈的，絕望的，深色塌陷的臉孔充滿悲痛和無助。一輛私家車在他身旁停下來。在診所裡，訊問他的警察告訴他兒子已死。他在旅館中見到山中走散的太太。「兒子呢？」她問。他告訴她。她尖聲狂叫起來……。

我淚流滿面，哽著強大的情緒不哭出聲來。他環著我的肩，輕輕拍打，將我擁向他。我想將自己扯開，卻更無助的靠上去。他大概不明白我哭的真正理由。那一刻我恨極了自己，因為寧可良心不安，而不能放棄自己的快樂。我在皮包中摸出衛生紙，擦乾眼淚。當我們走出電影院時，我覺得自己抽空了任何價值。

23

有這樣的話：「你不知道的東西不能傷害你。」

我知道我已經傷害了小同和小文。我這樣覺得。因為儘管他們不知道，我知道。這便已足夠。

小同和小文生下以後，給了我前所未有的平靜和滿足。我沒有見過更漂亮的東西。小小柔軟的嬰兒，一笑一動都觸發我最纖細的感覺。我給他們餵奶、更衣、換尿布、唱歌、洗澡、說故事，整個人充滿溫暖神聖的感情，我不知道自己具有的感情。小文出生時，我在耶魯的歷史博士正念到第三年。我暫時休學在家，專心做媽媽，計畫半年之後回去把學位念完。我只剩下六個學分要修，之外便是論文。我題目都已想好，「從宋朝小說話本看宋朝的女性地位和女性觀」，或「追循宋朝文人思想和對女性審美觀之間的演變」。我立意要把博士拿到手，因為這不僅是父母的期望，也是我對自己的要求。但是三年以後我們遷回台灣時，明則是法學博士，我只拿了碩士。不全然是因為小孩。小文和小同給了我很大的快樂，我從來沒這麼踏實過，每一刻都為眼前占滿，而不是計畫、準備、等待和想像。我不再覺得需要去追尋學位，或任何其他遙遠而抽象的滿足。另一方面，我逐漸認識自己缺乏做學者的強烈好奇，和準備為研究考據皓首窮經的耐心。我正是那種像他所說「最平庸，沒有成功的本錢」的人，這我要在念了近二十年書以後才發現。而十一年之後，我必須再一次發現，平庸的人有平庸的不滿和夢想。

24

連著三天晚上，我打電話給他。像第一次一樣，他太太接的。他不在家嗎？還是他從來不接電話？如果不在家，他在哪裡？他是不是有別的女人？我胡思亂想，越想越執迷不可自拔。我瘋狂想像他同時有好幾個女人，每個都以為自己是唯一。這想法使我陷入極端的嫉妒和慌亂，彷彿已經證實。

沒有比懷疑更破壞平靜的，那三天和之後的一個星期，我情緒惡劣到極點。我想要馬上見他，當面問清楚。然而我只是沉默忍受，我還做不到主動打電話給他。在這個愛情遊戲裡，我仍然扮演傳統的角色——我等他來找我。我從來不能想像主動追求，然後遭受拒絕。我寧可眼睜睜失去自己喜歡的人，也卸不下尊嚴去冒被拒絕的險。彭悅和我完全不一樣，她認為女人最大的悲劇是只能像植物一樣等待欣賞。「小姐，你太落伍了！」她說我。她說到做到，大學時便坦然追求喜歡的男生。我沒有彭悅的敢，做不到那一步。並不是我覺得倒追有什麼羞恥，而是我太害怕失敗。也許像絕大多數女人，我虛榮，需要覺得「他要我」來認可自己的價值。男人的選擇是要不要追求，女人的選擇是要不要接受。我不惋惜沒有追求的機會，慶幸擁有拒絕的權利。

我睡不好，強烈的想他。我不清楚為什麼晚上打電話給他，除了無法控制的衝動。我想告訴他我種種的感覺，或者，只是證實即使不在一起，我並不完全在他生活之外。我不能忍受當我不在他旁邊，他仍然好好的和太太過著幸福的生活。我需要他像我一樣，不見面時便覺得整個人失血，生活真空。而我知道他不是這樣，他不是我，正如我不是他。我要他，精神，肉體，無時無刻。他要我多少？他要我嗎？

一晚明則意外早上床，不到十一點，我們並肩躺在床上，他看報，我看書，偶爾說說話。我不能專心看書，在幾行間來回，不知所云。我把書放到一旁，貼著他躺，頭枕在他肩膀上。他低頭看了我一眼，意思說：「怎麼了？」我不說話，手在他小腹上揉挲。我知道自己在做什麼，他不知道。他不知道我心裡想什麼。我撫弄他的胸，他的腹，他的大腿，想這是另一個人，他的胸，他的腹，他的腿。我抬頭看他，眼裡是赤裸裸的慾。我不能打電話給他，但是我可以做丈夫的妻子。第一次，我以性挑逗明則。我覺得不是自己，而是另一個女人，放縱、蠻野、貪婪。明則含笑看我，眼睛裡是說不出的訝異和疑惑。然後他放下報紙，眼光不再是質疑，而是征服。他翻過身來，我抱住他。我們失去了自己，只剩下感官。我們燃燒，融化，不是快樂，不是痛苦，只是原始的欲望。那一刻我們不是夫妻，我是他的情婦，他是我的情人。

25

我不相信我和他能持續一輩子，不管怎樣稱呼我們的關係。我不能想像這樣建築在捏造藉口和零碎見面的關係，會根本上是誠實而且負責的關係。我想在某一個時候，當種種因素匯集，使我們又感覺重複、陷住、厭倦、想要擺脫的時候，我們就會終止。無疾而終，像當初開始時那樣突然、迅速。我們不會後悔，因為我們試過，不管成功失敗。我不知道那一刻什麼時候會到來，也許不久以後，也許很久以後。我等待。我想過提前中斷，在很感傷的氣氛中決絕分手，帶著自我陶醉的悲劇性，近乎大義凜然。而我前後思索，這不是我做得到的事，我太被動，太猶疑不決。於是我放棄了左右局勢的努力，等待，靜觀。

我們有時去喝茶，非常清心寡欲。我們最常去一家「小吾亭」，在長安東路巷裡。我喜歡那裡的明式家具，和一小碟一小碟甜軟適中的甜點。在「小吾亭」，我終於告訴他我的夢。

「明明白白寫的是春夢，讓人臉紅！」我笑說，確實不好意思。

在他面前，我仍然會害羞，想要逃掉。也許因為我們尚未打破肉體的藩籬，便保持了彼此間最後的神祕，不管我們宣稱多麼了解對方。

我們並沒有解析我的夢，我事先說好的。「說給你聽，因為我每一想起來就覺得好玩。我清醒時絕想不出這樣古怪的事。」

他說他大部分的夢都不記得，偶爾記得的也很快忘掉。「不過我相信夢有很深的意義。夢是過去的總結，因此有預示未來的效果。根據你的夢——等等，我這不是在解析，因為關係到我——根據你的夢，你總是在逃命，我怕你要逃走。也許是從你先生身邊，也許是從我。我有預感是從我。」

我否認。

我告訴他每一次分手，我都覺得他的眼光落在我背上像兩粒暖熱的點。我告訴他每一次我想到結束，真正的結束，胃就絞痛。好像我是用胃在思想，在感覺。

「為什麼要想結束？為什麼要去想這種事？」

「因為我是這種人，看到開始，我便想到結束。我第一想到的總是惡劣後果，和一串不該的理由。我永遠不會去做驚天動地的事，因為先嚇到自己。我想，因為我知道這是必然的。歷史雖然不可預測，但是有它的必然。別忘了我是學歷史的，學歷史的人多少有點宿命。」

「我們應該去旅行。」

「什麼？」

「我們應該去旅行。到中南部，或更遠。我們可以出國。」

「你瘋了！怎麼可能？」他總是語出驚人的一個。我笑他，心裡十分願意。

「我們可以到澳洲、紐西蘭，或是到美國。我們可以到大峽谷，不要參加旅行團，就我們兩個。我們自己開車，從加州開過去。我一直想帶你到什麼地方，很大很雄壯的地方。這樣我們不會覺得我們之間只有小小的，鎖在屋子裡，陰暗、病態、微不足道的關係。如果我們到什麼地方去，有山或有海不重要，重要的是大，把我們之間的感覺放大，給它空氣，給它陽光……」

好像在談的是盆景。我在他的興奮中看到明則。明則興起時會彈起來，手一拍：「走！」不管在什麼時候，什麼地方，隨時就可以走，完全看他高興。這時我慢慢吃一粒豌豆黃，欣賞他的眉飛色舞。一時有點恍惚，好像情人原來是丈夫。我將茶壺對上水，兩個杯子加滿，端起自己的茶徐徐啜飲。他仍在做計畫，歐洲、中國大陸，越講越興奮。我看到夢中的大理石雕像活動了，他要走出神廟。

26

一切都很自然，好像並不是事先安排好。好像當你順台階往上走，最後就會到達頂端。我們到了頂端嗎？還是到了底？

當然並沒有那麼自然，如果不是事先安排好，至少已經有了蓄意。當我們關上旅館房間的門，最先想到的不是這樣做該不該，值不值得，而是這件事早該發生，為什麼我們等了這麼久。當我們的身體像兩張餅分開，漸漸涼下來，我奇異的感到我們之間已經結束了。我們已經做了一切外遇的人所能做的事，接下來還有什麼呢？重複這肉體的關係，解衣穿衣，上床下床？我曾經那樣苦想這一刻，面對他時不自覺的顧盼有意，覺得自己那樣挑逗（想必很拙劣），低俗可笑，責備自己，看不起自己。我現在的失望（是失望嗎？）令我驚奇。（我驚奇嗎？）我不了解自己。過不久我們得起身穿衣，然後若無其事的回到另一種生活去。現在，我們仍然赤裸躺在床上，好像生活之間的短暫真空。我們能做什麼？說什麼？

確實，我們似乎無話可說。脫去了衣服，彷彿也就脫去了文明，沒有語言，沒有教條，我們像菜市場肉販案板上的兩條肉，陳列在廉價的旅館床上。我沒有特意想什麼，因為事實上腦筋空空如剛才洩盡的情欲，一無可想。而不止是頭腦，感覺也是，木木的。不能說快樂，也不能說不快樂，什麼都不是。像辦完一件該辦完的事，盡了責任。突然我想到晚餐的魚忘了拿出來解凍，也許得出去外面吃，小文小同會很高興。然後我想到有人形容性愛剛完的人像擱淺在沙灘上的魚。窗外有悶悶的摩托車駛過的聲音。剛才他在我身上時，我閉著眼睛就一直聽見一輛又一輛被窗戶隔住了的噗噗聲。性愛的快感並不像驚濤駭浪將我淹沒，我清醒的同在我上面蹦跳的人合作，等候完事。事後想起來有蠢蠢的荒唐感，幾乎要笑出來。而當時愣愣僵僵的，是的，我應是處於驚嚇之中，精神緊張。我不習慣做壞事，而那時，如果有人開門走進來，我是鐵案如山，不可挽回了——我「紅杏出牆」！（為什麼這個詞給我極端可笑的感覺？好像事實上這是一件天經地義的事，好像外遇根本是已婚者的權利。）

他彷彿不當一回事的開玩笑：「怎麼樣？值不值得為了這去搞離婚？」他的嬉皮笑臉有時讓我輕鬆下來，能夠有點犬儒有點阿Q的笑一笑，不把自己看得太嚴重，最要緊的，也不把別人看得太嚴重。可是有時他的玩笑我吃不起，覺得有傷自尊。

「當然不值得，我老公賺的錢比你多！」我本能回應。說完我立刻吃驚，後悔了。因為我看到他突然受撞擊似的，呆了一下，也因為我的話使我們真正廉價。好像我們真的不在乎到逢場作戲，毫無禮義廉恥。而我們正是在這四個無所不在的金漆大字中長大的一代。學校教我們要堂堂正正做人，清清白白做事。父母教我們要聽話，守規矩。我們不是一直中規中矩，小小心心做人嗎？我們不是一直珍惜我們之間截至目前為止無以名之的感情嗎？雖然偷偷摸摸，充滿懷疑，我們不是維持真摯誠懇嗎？我為什麼那樣說？

「欸，當真的是傻子！」我緊急補了一句。

他哼哼笑了兩聲，下床穿衣服。

「我本來就是傻子。」

他先穿內褲，然後穿襪子，和明則相反。明則總是先穿襪子，然後穿內褲、長褲，最後穿襯衫。他們喜歡的顏色也不相同。明則愛穿淡色的衣服，白色或白色直條紋居多。他總是穿得很暗，土色、咖啡色、深綠色、黑色。

我們各自穿衣服，有點負氣，又有點尷尬。我拉洋裝背上拉鏈時卡住了，拉不開，只有請他幫忙。他走過來，在我背上一陣拉扯，然後一下子拉上了。他順便由後面圍住我的腰，我靠住他。我看著檸檬黃的牆壁，淡黃底印著菊花圖案的窗簾。我閉上眼睛。突然我想反身攫住他，互相撥光衣服，跳上床重來一次。這一次為的是愛。

27

我從來不敢用愛這個字，怕褻瀆了它。我知道我愛小文和小同，但那完全是另外一回事。愛只有一個字，而底下包含了太多不同的感情：親子、夫妻、朋友、手足、人神。我說的是愛情。

我不知道我是不是愛他。我知道我迷戀我們之間真真假假的關係，為若有若無的那點懸疑而心癢難搔。是的，我想，我總是在想。想他方方的臉，青青的下巴。然後我想他赤裸的手臂圍住我赤裸的胸。我不能就名之為愛。我怕其實只是欲。我不知道愛是什麼。愛是一個概念。概念是完美，神聖的。我的愚昧，天真。也許。

我寫信給住在美國的彭悅，她回信斬釘截鐵的否認：「這種豁不出去的感情哪裡配稱愛情？充其量只是昏了頭的貪心！我最看不起這種拿不起放不下的事。我勸你要嘛去轟轟烈烈大愛一場，不然就不要做。不生不死的戀愛，幹什麼！看場電影還好一點！」

滿信的不，不，不！彭悅真是對我輕蔑到極點。因為她是我交了二十年的朋友，所以不計一切要警醒我。我把她的信收在書桌抽屜底。她的話像一堆亂石在我腦裡撞來撞去。我不是沒有聽見她的話，我聽得很清楚。只是，我不是她。她是敢做敢當，走極端的那種人。她的生活永遠好像在反叛什麼，在替我們所學到的規矩重新定義。她的字典裡唯一的字是：「我！」我不是她的典型，永遠做不到她的乾脆。我恐懼，猶疑，不知所措。我看見在愛與不愛之間有一個昏亂地帶，既不能說對，也不能說不對，只能說值得，不值得。我等不及彭悅過年時回來，我需要和她徹底談一談。

但是我知道真正的愛。說起來荒謬，然而這感覺一清二楚。我知道我不愛他如我愛夢中的那座大理石雕像。這真像夢囈，但是我沒法欺騙自己。我平生所經歷的最強烈愛情，在那場夢裡。我永遠沒法忘記夢裡那強烈的想望。神魂震動，整個人只剩下感覺，像一個高亢的音符懸浮在空中抖顫。那是整個生命的期待和完成，繫在一點。危立不安，激烈而又瘋狂的快樂。不，我和他從來沒有到那一步。在種種不能自主的想望後面，有一個石塊般的我冷冷清醒旁觀。是的，我要他，然而他只是次好。他不是那純白美麗的大理石雕像，不是可望而不可即的令人心碎。

我要什麼？我連自己的感覺都不是很清楚。我不能分析我自己，像彭悅那樣斬釘截鐵：「你啊是窮極無聊！換句話說，沒長大！」也許。什麼事拿一個也許蓋下來總不會錯。但是不論怎樣，我愛那夢中的大理石雕像。我曾經試過許多次，想重複那場夢。睡覺前我不斷想那雕像，祈禱加上命令，要腦子再來一次，帶我回到神廟，面對那純美的雕像，讓我的心中再充滿前所未有的嚮往和恐懼，讓我驚駭奔逃，讓他緊追不捨，讓我被攫住，失落在他盲目卻熾烈的眼瞳中。他從來沒再出現過，倒是有人追殺或有什麼生命危險的夢越來越多。

28

忽然我們又再見了。離我們上旅館四十三天，他打電話到我研究室來。我們又去了「小吾亭」喝茶，像最性靈的朋友。他瘦了些嗎？還是只是我的想像？兩顆微暴的門牙似乎更暴了，他看起來好像比以前失意，讓人想要疼他，保護他。我們立刻又是最好的朋友，他仍是一貫半做文章的用長長的句子說話：「我們之間還得等到我打電話才見面嗎？我打這個電話實在不情願，一直在想這個女權時代，不一定要男的來追女的。但是五個星期了，你比我狠。究竟是新女性，拿得起放得下。我熬了五個星期夠對得起自己的自尊心了，跟你講過我是拿不起放不下的人。」他照例是真真假假的糟蹋自己，我笑著附和糟蹋他。我們放任開心的笑，知道沒有出路的感情是最自由，也最誠實的。他不曾在這一段時間裡決定為我放棄一切，我也不曾。我們沒有任何決定，只是順其自然，像剛開始。

不提那五個星期的冷卻，我們若無其事繼續。很清楚的，我們沒有少年人的狂熱，代替的，是沉穩相知的安心。我們幾週才見一次面，帶著欣喜，互相碰碰手，微笑。甚至，根本連手都不碰。有時，自然而然，我們上床去。這樣有什麼不妥嗎？我傷害了什麼人嗎？我並沒有停止這樣的自問，自責。我覺得是個罪犯，雖然我是無辜的。

而最終的問題是：我快樂嗎？他快樂嗎？我們過著兩面的生活。是兩面都不可或缺，像掌心和掌背？還是一面的不完美激出了另一面，像生病的身體發燒？

「你知道嗎？我有種很難解釋的矛盾，我覺得我是很清醒的在做一件糊塗事。」我說。

「為什麼？我剛好相反。我覺得我是很糊塗的在做一件清醒事。」他說。

「你有沒有想過這對你太太是不是公平？」這是我第一次提到他太太。

「公平是很難測量的東西。我們不要談這個，沒有用。而且也不需要談，因為你知，我知。我們已經心照不宣這麼久，都快一年了，何必再提這問題呢？除非接下來你要問婚姻是做什麼的，為什麼要維持婚姻，保障婚姻，沒完沒了！我們都知道婚姻是什麼。婚姻要靠教條維繫，表示它不是很實在的東西。但是我們不要討論婚姻，我們只是要小人物不轟轟烈烈不充滿哲學大道理的誠實一下，其他不要多想！」他把額前幾根頭髮甩開，帶動脖子上我送的橄欖綠夾暗灰橘紅格子的圍巾掉下來。他把圍巾圍回去。

我的咖啡全冷了，只剩下死死的苦味。我想：「他怎能這樣說？他有幾分誠實，對他太太，對我，對他自己？」他忘了我也是別人的太太，我先生也可能在外面對另外一個女人說這樣「誠實」鏗鏘的話。我看我放在桌上的手，我的手細瘦，指頭很長。我有一雙鋼琴家的手。他第一次注意到我的手笑說：「你這麼小個子的人怎麼會有這樣一雙奇大的手，好像調得動百萬大軍！」他沒有說我的手修長漂亮。「偏偏我是最無能的。」我說。我的手只善於在緊張時流汗，絞在一起像繩子。現在我看我的手，像看報紙。我嘴角掛著無力的微笑，我知道。當我很用心要想而不知道怎麼想時，自然而然便生出不知所措的微笑。

「喂！」他叫我。我看看他。

「西元二〇〇〇年了！」他說。

「我們付了帳走吧！」我站起來。

29

如果有任何計較、保留，就不是愛。愛是不計得失的付出。我從來不想小文和小同愛不愛我，愛到什麼程度。我盡可能的給，完全沒意識到自己在給。我仍然記得小文兩歲時，我手臂一張，她便欣喜若狂的撞進我懷中的感覺。抱著那小小軟軟的身體，我覺得自己無限大，完全可以把她包住。那種無私的感覺，只有做父母才能體會。即便我和他相談甚歡，我仍時時記得我的兩個小孩。和他分手以後，我急急趕回家去做媽媽，不是誰要求我，而是我自己。

男女之愛呢？十七歲二十歲時，我可能相信愛情的奉獻、恆久。然而我已是一個近四十歲的女人，在沒有大波大浪的生活中也經歷過許多足夠摧毀神話的小挫傷。是的，我不曾真正的心碎、心死，我沒有徹底的燒煉過。但我的生活就是這樣，還要怎樣呢？我不要求壯烈，因此不嚮往司馬遷的宮刑。我們必須要試驗自己嗎？像莊子試妻，上帝考驗約伯？誰說過愛情是不能試驗的？我不相信愛情。我不相信我自己。因為我保留、計較，為了保護自己。

我和他注定要結束。我們之間的認真，正為了歸根結柢的不認真。他會說話，善於形容我們的「特殊」、「誠實」、「對靈魂深處負責」。我同意他，他說的是實話。然而因為特殊，我們要維持這份特殊便要分手。日久成平常，這是婚姻所以葬送愛情的原因。我看得很清楚，他更打從開始就這樣宣布。我時時把玩分手的念頭，像悲觀的人把玩自殺的可能以鼓舞自己活下去。我想到結束以後的回味，感傷又甜美，像鄉愁，是折磨也是享受。我想，我不時在想。再見，我想。

30

我必須承認，我喜歡和他上床。如果他拿我和他太太比較，我不怪他，因為我正拿他和明則比較。

明則是一個講究效率的人，男女之事也不例外。他不細緻，不考慮你感覺怎麼樣。在這點上，像在許多其他事上，明則十分自我中心。相對，他就顯得多情體貼。當我們從女中手裡接過鑰匙，心裡已經迫不及待了。在房間裡我們的身體飢渴著對方，交纏不捨，彷彿我們的生活多麼慘淡無歡，只有這是唯一的出路，雖然我們生活的緊張枯燥並沒有超過一般人。可以說正似一般人，規律、快速、分秒銜接，沒有喘息的空間。而就在這沒有喘息的空間裡，我們嵌進另一個空間，盜取現實以讓位給一個幻象，一個兩人共同編織維護的夢境。我們的欠缺（雖然不確定是什麼）是大台北許多中產階級的中年人的欠缺，我們所做的事絲毫不新奇。我完全不能以大膽、革命性來恭維自己。像我的一輩子，我做別人做的事，走別人走的路。我是平民歷史裡最典型的一章，沒有我這樣的普通人，便襯托不出天才與英雄，歷史便要垮台。不，我不輕視自己。我認識自己不是特立獨行的人，永遠後知後覺。我不追求做先烈、英雄，只要老老實實心安理得過我小人物的生活。我甚至不追求（我得承認這兩個字有點難以啟齒）高潮。在我，性與愛是兩回事（為什麼男人把你當作一具肉體來渴望時是愛？），性與歡樂更不相干。直到我遇見他，在第一次的緊張尷尬之後，才能完全鬆弛，忘記自我，將時間交給欲望，將歡樂交給身體。是的，我喜歡和他上床，為了追逐歡樂而忘卻一切，而暫時滅頂。

我們沒有成為純粹上床下床的關係，得歸功於我們的自制。也許應該說，是我們潛意識裡對肉體的懷疑和輕視。噢，那短暫的強烈感官享受不是真正的歡樂，不是愛！我們怎樣定義快樂？如果官能的愉悅不是，是什麼？我太不雄辯了，但是我永遠要將官能剔除在快樂的定義之外。也許我太保守、落後、不切實際。我要求情感的滿足。我要求尊重、了解、溫柔和心意相通。我是完全唯心的。肉體的短暫激情並不能代替心靈的空白，靈是靈，肉是肉。我也許浪漫可笑，我不能擺脫靈的部分——我太尖銳意識到自己是人。

所以我考慮終止，在我們互相厭棄之前美好的分手。我想我們終要認識到這所謂真誠背後的虛偽：一個不追求最後的給予的感情能有多誠懇？我們安全的冒險，算計的付出，太記得現實和自己。我們以彼此的自私相互認可，像光與影互相界定。我想要分手，很認真的想，想得淚流滿面，肚子抽緊。我看見自己在極度痛苦中與他作別，這痛苦令我不能繼續想下去，同時卻又促使我每隔一段時間便重複這念頭，彷彿在這樣的自虐中得到某種對自己的尊敬——我需要能像以前一樣理直氣壯，至少，看得起自己。我想到大踏步離開他，每一步都踏在他睜大的眼睛上。而他沒有追上來。他無意挽留。我替他擺脫了我。我的英雄手勢只侮辱了自己。我想，錯亂而又執迷，我不要分手。

31

我想像明則說：「你以為我不知道，可是我知道，我一直在等你告訴我。我還有耐心，可以再等到你自願告訴我。我知道是一回事，你告訴我是另一回事。」

多少次我想像這個時刻。我甚至想到他的震怒，我們婚姻的破裂。我知道在最壞的情況下，他仍會活得好好的。他聰明、強韌、自信，我見過他為難、氣憤、不知所措，但最後總將事情解決。我相信沒有困境能困住他，他不像我。我太簡單、僵直，每一個困境都可能是絕境，雖然表面上看不出來。我遇事便著急、煩惱，逼到無路可走就頭痛，自己偷偷哭。相比之下，明則是顯然的強者，對此我深信不疑。

「我等你解釋。你有絕對充分機會為自己辯護。」明則說。在我想像中，他的聲音是壓抑之下的禮貌和冷靜，好像我們是陌生人。他真的是生氣極了。

我怎麼向他說？說我終於藉身體力行，來完成我十年前應該完成的博士論文，只是現在的題目是「從半瓢水的愛情到一瓢水的愛情——中年人性與愛間的折衝和完成」，或「從中年外遇的機率審查婚姻在道德、心理、社會、歷史上的合理性和有效性」？說我過去這十一個月來一直和另一個男人「過從甚密」，只不過不管我和那人感情如何，做過什麼事，絲毫不影響我們的婚姻、家庭，因為我們（我和那個男人）的動機是純潔、無害的？說即便我深愛那人，也不改變我對他（明則）的感情——這感情雖然從來不很強烈，但是也從來不曾減輕，足夠維持婚姻的理性和家庭的和諧？我能這樣說嗎？還是應該痛哭懺悔比較合適？

我愛明則嗎？我愛小文和小同。

我和明則在耶魯認識。起初他並不太注意我，雖然我們經常無意撞見。我從來擺在哪裡都不出色，除非是清一色男子漢的場合，才物以稀為貴。我並不很在意，習慣了。我也習慣了做學生，生活就是念書，念書，念書。宿舍、學校、圖書館，每天的路徑都一樣。我從未想過要到校區以外的街巷去探險，或是學開車。後來明則教會我開車（他是一個驚人有耐性和講解技巧的好老師），我仍然不喜歡開。速度快的東西令我害怕，我做事想事都是慢慢的，一快就慌，就出錯。開車再慢，仍常要在千鈞一髮之際做決定，這給我很大壓迫感。因此回台北以後，我寧可搭公車或坐計程車到學校，或偶爾明則興起開車送我，非不得已，絕不自己開車。

初識明則時，他和台灣的女朋友正在困難階段。我們熟起來，算是開始談戀愛以後（友情什麼時候變成愛情？我不敢確定），他才漸漸告訴我女朋友的事，甚至給我看她的照片（難怪他好一陣子看不見我）。她認識了別人，比較之下決定對方才是真正所愛。

「這不是我存心要的，而是，我沒法欺騙自己的感情，也不願意欺騙你。你一定很難諒解我，因為我們認識了這麼久，而你出國才不到一年。但是，但是，這種事情，怎麼解釋得清楚？如果我能控制自己，一定不會做這種事。可是我不能。我完全沒有意思創造這樣的局面。說不定你不相信，我是真心抗拒過，不像你想像的，立刻就投入他人懷抱。事實上，如果你記得，我們在一起時，並不是沒有衝突。我不願多說，我們的過去對我仍是美好的。只是我希望能多多少少做點解釋，我覺得我有這種道德上的義務。我要說我真的很抱歉，希望你能諒解。我會總是記得你，祝福你，因為你是一個很可愛的人。」他背她的告別信給我聽，流利而下，顯然讀過許多遍。他沒有怪她，雖然很久感情上都平衡不過來。

「感情不能勉強，這是至理。如果天下的至理統統被推翻了，這一條至少是不會變的。」他說。「只是，我既然很可愛，她為什麼還是去愛別人？」他悶悶不樂。

我看得出來他用情很深，也許以後再也不能用情如此之深。我雖有點悵悵的，但是不吃醋。我沒有權利要求他在我之前沒有過去，或許他還有其他更早的女朋友。我也有我的過去，雖然說不上什麼轟轟烈烈。

我和明則一起去買菜，他開車載我去。我們開始一起做菜，他菜做得不錯。他房間裡有電視，吃完晚飯我們常在他房間看新聞。他對美國的政治經濟一清二楚，我則是茫茫然。我連台灣的政治經濟都茫茫然，所知的一滴半點只不過因為我住在那裡，強迫知道的。週五晚他照例要到電動玩具店去大打一通，那時還在流行打小蜜蜂。他的週五狂熱也變成我的，平常用錢很計較，這時可以耗一整晚，角子一枚一枚投，面不改色。他打電動玩具像小孩，聚精會神，手指飛快，沒打中或被打死了就一劈額頭，罵一聲「幹！」夏天我們會在黃昏時去散步，一小時之後各回房間念書。我們曾試過一起念書，不能專心，便放棄了。有時更晚，近午夜了，兩人讀得「腦門錚錚像琵琶亂彈」（明則時或有之的佳句），便踏月色在校園裡走。

一個週六晚上，我們晚場電影出來仍然精神勃勃，「走！」明則腳步簡直是彈著的。我們開車到東岩腳下，路旁停了車，沿河邊散步。黑黝黝的，蟲聲唧唧，兩人手牽手，說些天馬行空的話。草樹中有螢火蟲，一閃一閃。他放開我的手，兩掌往光閃的地方一闔，然後湊到我眼前，微微開一條縫，我看見他兩掌一明一滅如燈籠。「給你的。」他把手抬了抬。

「放了吧！」

「如果這是我的心呢？」

「你少肉麻了！」我突然一驚。他在表達什麼嗎？

「真的，如果我手上捧的是我的心——」

我弄不清他是正經還是玩笑。

「一下明一下暗的，這樣的心誰敢要！」

「人的心總是明明暗暗的，明的時候樂觀，暗的時候悲觀。」

「你也會悲觀嗎？我看你總是一副天下無難事的樣子。」

「小姐，一個讀法律的人不可能樂觀，如果你懂得任何法律的話。你知道法律從什麼出發？法律的出發點是人不老實，一定會互相騙來騙去。物理學上有一個莫非原理，說凡是可能出錯的最後一定出錯。法律就是從這個原理出發，對凡事做最壞的假設，想出規條來應付。念法律的人沒法相信人性本善，如果人性本善，那裡來這麼多官司？」

說到後來，我們完全忘了他的心。

認識一年以後，我們散了不少步，看了不少電影，（他）說了許多話，又天天在一起吃飯。

「我們這樣簡直像已經結婚了，只差那個手續。」

「誰跟你像已經結婚了！」

我們吻過幾次，最常做的事是手牽手走路。有時他走前面，我走後面。他走路比較快，急巴巴像隻企鵝。

「怎麼樣？我們把最後那道手續辦起來？一起住省一半錢，其他的方便就不用說了！」

我不作聲，其實根本不想回答他。他把我當什麼？他那種措詞，好像我多麼廉價，只要他開口。他那麼會說話的人，這種關頭話卻說得那麼醜。因為我不值得嗎？還是這就是他的心？我們還沒有結婚，就已經這樣不冷不熱像結婚幾十年的夫妻，那結婚以後呢？如果他對我沒什麼感情，為什麼談結婚？我甚至不清楚我們之間到底是怎麼回事。

「喂，怎麼不說話？」

「我考慮考慮。」我冷冷說，心裡真正的意思是拒絕，到此為止。

「有什麼好考慮的？事情不是很清楚？」他不以為然。

「清楚？我們談的是一輩子，不是買豬肉還是牛肉！」

「好，那你趕快考慮。過十分鐘我再問你。」

「如果你過十分鐘問，我的答案是不。」我的傷害情緒越來越深，很想掉頭就走。只是我從來做不出這種性格的事，只能生悶氣。

「為什麼？你說為什麼？」他開始有點好氣又好笑，好像面對的是個意氣用事的小孩。

我沒有解釋。不想解釋，也解釋不清。他從來沒說過「我愛你」。他建議結婚就表示愛我嗎？我只覺得受到侮辱。

一星期以後我說：「好。」

十一年以後，我不能說當初的回答是錯的。

印象

1

在所有是或不是快樂或不快樂之前，在意識裡或意識外，有一個大背景，一個印象：一切從這裡開始。

最初的記憶有只有心靈能夠到達的清晰。當她想到那些年歲，簡直纖毫無遺（其實這完全是錯覺，因為忘記的遠要多得多），而且可以一下看見一大段生活，而不止是一點。她在大片的時間中來去，或停留在一個細微的片刻。不管好壞，這是她的。或者，就是她。成人的過程，從出生到生產，從無知到自覺。一個女孩的幻想，一個女人的塑造。

近四十歲的她在路邊等車，或偶然聽到一句話，看見一件衣服的花色，便突然回到過去，那開始的年代。一切那樣清晰，只有錯誤的記憶才能有的那種清晰和快樂。如果仔細去想，她會發現那些清晰是空洞的，因為懵懂，而懵懂幾乎便可說是快樂。

她的印象，在她一夕間衰老以前，是快樂的。

2

林雁君穿著白襯衫藍褶裙去上學。

早晨的光輕輕曬在她背上，空氣涼涼的，她吸進去，感覺到一天的全新就在這空氣的乾淨清涼裡。晚一點空氣會變熱，變濁，走路回家的感覺會不一樣。不會像早上這樣輕快，這樣充滿了無名的喜悅。

這時她踩著自己的影子，看那一條黑色斜斜拉出去，拉出好細好長的腿。那影子的長度總讓她驚喜，充滿羨慕。她但願自己的腿那樣細，那樣長。在這稚嫩的年紀，她已經留心到漂亮和身高的關係。

她玩自己的影子。有兩個人去上學，一個她瘦瘦小小的在地上，直立的，另一個她細細長長的在地下，平放的。她的影子陪她上學，回家。出巷子，過馬路，隨著路的方向，影子變換角度，以她做圓心。「嘿，你跑這邊來了！」她對影子說。她有自言自語的習慣，其實在對影子說話。「你看那隻火雞，全身毛張得那麼大！」「今天又有體育課，討厭！」沒有一件東西像影子這麼忠實，她踩著自己的影子，追它不上。她走路邊，它有時摺疊在牆上和地上，有時躺進了溝裡，有時被車子輾過去。它像個卡通人物，奇奇怪怪的事發生在它身上而卻毫髮無傷。大學時她讀到一篇翻譯小說就叫〈影子〉，講一個人的影子有一天從地面爬起來，變成和那人全不相同的人。以後她不記得故事怎麼發展，只存留一個印象：「怎麼我沒這樣想呢？」

雁君沒想到的事太多，對她，生活的構成記憶多於想像。她記得電影《生死橋》的震撼，那恐懼幾乎超越後來面對現實生活中的生死。有一段，男主角楊群演的丈夫柳天素死了，回轉家來，烈日下而無影。在那恍惚奇異的氣氛裡，她被那生死間的絕對差異驚住、駭住了。死亡在那時變成一個具體而又無所不在的事實：一個人會失去了自己的影子。雅君記得自己的影子，她能深刻抓住失去影子的意義。柳天素撐著油紙傘過橋去，他的妻子淒厲的嚎哭：「柳天素啊！柳天素！柳天素！」電影的顏色好像變得慘黃，昏昏又綠綠的，是非人間的景象。她縮在椅子裡，眼睛灌滿淚水。那生死的哀慟和恐懼攫住了她，她坐在一個不是活人的世界裡，她的父母和兩個哥哥各在左右，但是他們隔得很遠，觸她不到。她死了，或者，正在死去。電影上的世界迷離而又真實，生和死搞在一起，不明不白卻又不可轉圜。她進到那個世界去了，一切都慘淡昏黃，逐漸褪色、黑暗。柳天素啊，柳天素！你回來啊！林雅君啊，你回來啊！

第二天雅君便從電影的虛幻中恢復過來，現實的聲音形色給予她最大的保證。像今天，她每天早上出門去上學。早餐照例是昨夜剩飯煮的稀飯，沒煮爛，水是水，飯是飯，像水泡飯，配剩下的一點魚頭魚尾和蘿蔔乾，或有時母親炒的魚鬆配醬油。雅君放下筷子到浴室擦擦嘴，和母親說一聲：「我走了。」「好。」她母親從廚房應。她父親才起床進浴室去了。她推開紗門，小心關上，走進院子，然後打開紅底白色橫條的大門上的小門出到巷子裡。她們的巷子其實應該算是弄，一個短短的死胡同，走出來才拐進十五巷。正行街十五巷，她要在那裡長大，她的父母在那裡老去，世界在他們左右變化、加速。

3

伴隨成長的聲音：收音機和縫衣機。電視機要到初中以後。

總是軋軋的縫衣機聲，她母親彎著腰在飯廳一角車衣服，兩手飛快往前送布料。甘蔗板搭的工作檯，攤著布料、長尺、粉餅、剪刀、針線。母親用鮮紅的絨布頭做了一個肥胖的針插，上面插滿了大大小小的針。雁君愛極那針插，不知為什麼，也許那顏色和飽滿是家裡唯一看起來特別的東西。母親曾經教她車東西，但是她手一點都沒母親巧，車出來歪歪扭扭，縫東西也是，連拆都會不小心把布料扯破。母親趕時間時，不免感嘆女兒幫不了忙。母親的手出奇的巧，這巧雁君從沒和聰明聯想在一起。奇計淫巧，巧隱含無足輕重的意味。聰明才關大體，譬如讀書。等後來雁君出國，從燒飯洗衣到縫補，一切自己來，才驚覺母親必然是聰明的。她從沒正式學過洋裁，只憑從小一點針線基礎，自己摸索學習，到看見路上的服裝款式就能仿做，完全是無師自通。雁君自己凡事必須有人教，否則只有一些散漫沒有出路的興趣。像她搜集了一紙盒花花綠綠的碎布頭，也不知道做什麼，只是傻傻看著好玩，有時拿起來在身上比。她的布堆裡有非常漂亮，他們永遠買不起的料子。她看見買得起這些料子的太太小姐，在家裡試穿母親替她們做好的衣服。洋裝、長褲、外套、高腰、低腰、迷你、迷地、喇叭、窄腿，流行在家裡來來去去，歷史以時裝寫成。她看這些女人，夢想長大變成她們，卻又有點看不起。經過商店騎樓，她會轉頭看自己映在櫥窗中不起眼的影子，然後不屑一顧而去。如果不能有美麗，至少有驕傲。而驕傲也許是一種偽裝，底下是嚮往。那天母親叫雅君：「來，試穿看看！」淺得像夢的粉紅紗洋裝，短喇叭袖，飛揚的三層蓬裙，背後綁一個蝴蝶結。她看鏡中的自己，喜歡之外是說不出的難過。別人的衣服，和需要以這樣衣服來陪襯的生活。別人的美麗，別人的輝煌。別人的，不是她的。

「剛剛好！」母親的眼光讚美自己的手藝。雅君不捨的脫下衣服，恨恨遞給母親。

「幹嘛叫我穿，又不是我的！」

「看看我女兒有多漂亮啊！」

「誰漂亮，醜都醜死了！」

「小孩沒有醜的，就是穿破布也是漂亮的！」當然雅君聽不進去，知道如果小孩穿破布也漂亮，穿上輕紗洋裝只能更漂亮，不然母親不會忍不住叫她試穿顧客的衣服。看見她嘟著嘴，母親先輕輕責備：「女孩子愛漂亮要不得唷！」然後不忍：「那天我找找看有沒有碎布頭，給你做一件洋裝。」雅君假裝不在乎。

所以雅君從小就知道衣服的重要，一件衣服可以創造或破壞一天。小學四年級時，母親給她做了一件流行的小外套。鮮藍色的細燈心絨，沒見過那麼漂亮華麗的顏色。她一見就喜歡，好像那顏色傳述了什麼她其實並不了解的東西。那件小藍外套她寶愛異常，為了穿與不穿經常矛盾。因為愛，想要多穿。又怕穿多舊了，不願多穿。於是自己立下規矩，考試時不穿，陰天雨天不穿，不高興時不穿。穿那件藍外套是件重大的事，必得她心情好，天氣好，高高興興唱著歌出門去。當然沒什麼真正心情不好的日子，每天都差不多。但是總有的天就是比較輕快一點，想做點特別的事，讓這天站出來，高高像飄著旗子。穿著漂亮的藍外套去上學，她清楚感覺到自己不一樣，從而外面的世界也不一樣。她覺得自己美麗而珍貴，從平常的地方升上去，她不再是一個無人注意的小女孩，而是特別的。她不再謙虛的追隨身旁的世界，尋求讚許。現在她可以給予世界她的意見，如果她有意見。那是非常奇異的感覺，忽然之間嶄新而自信。好像一個我的自覺，完全取決於一件衣服。好像沒有相當的衣服來壯膽，底下的人就架空了。這點自覺伴隨對流行的遲鈍和疲倦，使她成長以後永遠覺得無能。童年關於衣服的記憶因此像神話，比過去應有的距離更加遙遠。她記得那些衣服。譬如一件高腰的泡泡紗洋裝，上半截是有布色繡花圖紋的米色細棉布，下半截是杏黃色的泡泡紗，胸前她母親做了一個淺綠色的蝴蝶結。那件衣服輕輕說：「看，我多美麗！」

4

十五巷在白天和晚上有截然不同的面貌。

白天十五巷和藹可親，她認識每一扇門，門後高過牆拔出來的椰子樹、木瓜樹、尤加利樹、夾竹桃。有的人家屋牆上爬了紫紅花的九重葛，有的人家在院頂搭起葡萄架，有的人家園牆頂上嵌著碎玻璃。有時她剛走近，開門走出一個前額半禿的中年人，臉上白白圓圓的，穿著看得見底下背心式汗衫的白襯衫，紮在黃灰色的西褲裡，提著個棕色公事包。她熟識那張臉，從門牌知道他姓顧，太太長得黑黑老老的，此外一無所知。除了前後左右幾家鄰居，他不認識巷裡多少家人。但是她熟悉這條巷，它的風光、氣味，它屬於她記憶中最大一段的那種氛圍。多少日子她從巷這頭走出去，為的就是巷那頭再走回來。早晨她離開巷子，傍晚回來。上午離開家並沒有不願或不捨，但下午回家時必然是歡喜的。這似乎有些奇怪，她既喜歡離家，又喜歡回家。

小哥樸良大雅君一歲，上同一間國中。她母親極力鼓勵他們一起上學，因為鎮上逐漸繁榮，到國中要過兩次相當忙的馬路。雅君一起床，她母親也就叫樸良起床。樸良不是賴床不起，便是瞧不起的說：「誰要和女生一起走路，給人笑死！」小時樸良和雅君很要好，後來就變成女生是女生，男生是男生，壁壘分明。雅君恨極了這變化，她不知道怎麼變成了這樣。

「你說誰是女生？」雅君氣憤說。

樸良拿男生看女生那種有點骯髒的眼光看她一眼，懶得多做解釋。

「女生怎樣？」雅君脾氣牛上來，非要逼出一個答案來不可。

「沒怎樣！」樸良淡淡的說。

那淡淡的神情不知怎麼就有那麼多傷人的不屑。好脾氣的雅君立刻受傷了，她不習慣一向保護她的小哥竟反過來攻擊她。她看得出來他的神色裡有某種揚揚得意的下流東西，他根本不在乎她，至少，他這樣偽裝。

「我知道你想什麼，有種你就說出來！」

「嘿，照照鏡子！」

「你才要照鏡子，臭男生！」

「我又沒罵你，穿三角褲戴奶罩的！」樸良這是帶笑說的，好像裡面有什麼祕密幽默，像詛咒。

「誰戴奶罩了！」

雁君被徹底羞辱了，她還不知道乳房和月經是怎麼回事。初中健康教育課上她舉手問什麼是月經，班上一陣笑，她臉燒得通紅，不是因為自己不知，而是別人知道。有的同學有時會肚子痛，不能上體育課，她並不覺奇怪。她從沒想過自己是怎麼來的這種問題，也不去想將來。她的注意力完全在眼前，看得見摸得到的事情上。現在，她集中全力反應樸良的話。其實樸良沒說什麼特別的話，只能說陳述事實，雖然對雁君來講是還沒有發生的事實。而莫名其妙的，那單純的陳述本身好像就是什麼惡毒的揭發。好像她一向有什麼比不上哥哥的地方，大家肚裡清楚卻沒說出來，只有她不知道。口才不濟的她說不出同樣厲害的話，只臉脹得通紅，眼淚在眼睛裡打轉，全身滾燙，恨不得撲上去咬樸良一口。

5

手突然是多餘的，不知擺哪裡去。雁君站在講台上，眼睛木木盯著前方。五十雙眼睛盯著她，溜溜黑白分明的眼睛，集中在前面的矮小女生臉上。雁君誰也沒有看到，僵直的目光張皇撞在教室後面的布置板上。那板上貼著一些朱筆打著圈圈的書法、作文和圖畫，這時她看來只是一些圖像、色塊。因為在緊張中她喪失了識字的能力，連同學的臉都不認得了。這節是說話課，每個人都要站到講台上講我最喜歡做的一件事。從一打上課鈴雁君就開始緊張，心跳加快，脖子緊緊束著喉管。她坐在第四排頭一個位，要等前三排的人講完才輪到她。台上的同學講什麼她不知道，在一陣陣的鼓掌聲中，她在心裡準備自己要講的內容，前後反覆，一邊默數還有幾個輪到她。同學一個個上台，下台。老師坐在教室前面旁邊的桌子後，叫下一個上台的名字。林右顯、吳明方、賴志峰、李鈴嬌……。雁君的心跳愈來愈急，輪到她時，胸腔好像一個太小的木箱子，裡頭一隻野獸死命衝撞，控控控撼得她全身震動。站在台上，她突然意識到自己的身體，她的手，她的腳，肚子，耳朵，嘴巴，每一部位。九十道目光集中在她身上，九十隻刀子扎在她身上。她呆滯站著，兩腳微分，內八字，身子僵硬，手負在背後，嘴巴微微張闔發出鏽住機關的聲音。她不知道自己的身體左右搖晃，像不能決定要不要倒下去。她什麼都不知道，只知道自己囊株大塊，而她不知道將這東西怎麼辦。這是雁君第一次站在許多人面前，意識到別人注意的目光所造成的可怕自覺。從講台下來十分鐘以後，她漸漸沉靜下來，可以記得自己用痛苦結巴的語言說了什麼。

她說：「我最喜歡，的事，是，是和爸爸媽媽，到街上去。我，喜歡，走在爸爸，和媽媽，中間。爸爸牽著我的，右手，媽媽，牽著我的，左手。我們過馬路的時候，爸爸媽媽就說：『趕快！趕快！』我就快快跑過馬路，車子就從我們後面，開過去了。……」她記得自己幾乎是跑下講台，跑回自己座位。坐下來以後，心還是猛跳不止，口水都嚥不下去。

現在她靜下來了，心恢復了平常無聲的跳動，身體也收縮到原來的尺寸。同學仍然一個一個上台，她用剛才台下同學看她的目光看台上的同學，沒有評判好壞的意思，只是好奇。看別人和被別人看是這樣截然不同的事，她注意到。她看大部分同學和她一樣，扭扭捏捏，很不自在。緊張使他們的腦子變成了豆花，他們站在那裡吃力榨出一粒粒乾巴巴的話，不斷忘記，而事實上並沒有什麼可以記得。有的人眼睛死盯著鞋尖，好像那裡攤著小抄。有的人眼珠走失了似的在空中游來游去，尋找下一句話。她覺得好笑，又不得不帶著羞慚和同情。她知道自己必然也就是那樣可笑的，雖然她不清楚自己在台上究竟做了什麼事。

然後彭悅上台，雅君看見她最要好的同學是如何的與眾不同。彭悅大大方方一鞠躬，眼睛毫無怯意亮亮朝台下左右一照，每個人都覺得她看到自己了。她個子矮小，比雅君還要小一號，站在台上一點點，像低年級來的。但是她氣勢不同，不是師長父母的那種懾人之威，而是從容不迫，無所懼怕的自在。她站在那裡像站在自己家門口，自然不過的跟你說話，而不像別的同學如臨大敵的生硬背誦。她說得那樣流利生動，一下就說完了，在掌聲中下台。雅君熱烈鼓掌，說不出的讚揚。

彭悅是雅君見過的第一個不尋常的人，她和雅君完全不一樣，經常出乎雅君意料之外，而讓她充滿激賞。五年級班上有一個男生耳前長了一片黑記，左手背上也生了相同的黑記，蓋住大半手背，還生了茸長的黑毛。一節下課彭悅走過去同那男生說話，那男生笑嘻嘻也同她說話，後來還伸手讓她摸摸那片毛。這事讓雅君佩服萬分，她自己一直覺得那男同學的黑記野森森的嚇人，不敢靠近，甚至不敢多望。彭悅和雅君家不近，只有一小段同路。一次彭悅說要去看曾上了報的凶宅，雅君膽小的做跟班。那宅子曾是凶殺案的現場，一位據說神經失常的老祖母親手劈殺了孫子。

「砍了十五刀！」彭悅很專家的說。

雅君毛骨悚然，她不要去看。彭悅講老祖母怎樣瘋癲的事，眉飛色舞。任何出乎尋常的事都引起彭悅極度的興奮，使她神采飛動。

「你自己去看。」雅君輕輕說。

「怕呀？天這麼亮，又有我，怕什麼？」彭悅有時簡直不耐煩雅君的澀縮。

雅君看看天色，剛過五點。但是她知道夜就不遠，尤其如果她們真的到了凶宅，那一定馬上就黑得不見五指的。她太知道了。當然，雅君從來沒能強過彭悅。事後雅君也承認，凶宅並不可怕。其實她們只看見油漆剝落的大門，門上貼著黃紙黑字的符。彭悅把手在符上摸來摸去，又試著推門。

雁君遠遠站著，看野草從門裡伸出來勾撩彭悅的小腿，叫她：「好了，走了啦！」她確實覺得夜開始黑下來，而她們不在人煙市鎮，卻是孤鬼集祟的野外。

彭悅在門口繞：「真可惜，進不去！我一直想看看地上到底有多少血。不過說不定已經洗掉，一滴都看不到了。」彭悅的遺憾正是雁君的慶幸，她根本不要看。她要回家，然後和媽要兩塊錢去後面巷口買硬如石頭的鐵餅吃。

彭悅下台以前飛快看了雁君一眼，那一眼，包含了她的自信、斗膽和許諾。雁君知道那眼的意思，那意思是彭悅把她包括在她的世界裡面。因為這樣，雁君覺得自己多少也有點特殊了，雖然她永遠也做不出彭悅會做的事。

6

星期天，雁君提著菜籃陪母親上菜場。油用完了，今天是打油的日子，母親在菜籃裡放上空油瓶。菜籃裡還有兩把菜刀，要拿去磨。磨刀是大事，母親最恨拿鈍刀「鋸菜」，總是固定一個月磨一次刀。平常時則用米缸緣維持刀鋒，每到做晚飯，便可聽到咻咻磨刀的聲音，一面五下，如一年四季。這聲音不帶任何血腥意味，只代表屬於雁君童年的家常，像剝落的白粉牆，蝦頭湯煮的鹹稀飯，帶蟲屍的配給麵粉。

雁君提著菜籃：「好重！」

「這就叫重！」母親叫樸善一個鐘頭以後到菜場提菜，樸善咕噥了一聲。樸善說話總是像咕噥，因為他聲音低，又把話含在嘴裡，不等出口就又嚥了回去。他個性溫順而沉默，不像樸良端坐不動眉眼也能周遊四方。星期天樸良照例吃完早飯就不見人影，找同學去了，一混就到晚飯。雁君不知道樸良一整天在外面做些什麼，她很羨慕他海闊天空的派頭和神祕。她和樸善星期天總是在家，樸善看他永遠看不完的書，她東晃西晃廝混不知做什麼。早上陪母親上菜場，吃中飯，下午那種想要奔到什麼地方的感覺照例出現，好像身體裡面有一窩螯人的蜂。她拾起書又放下，站起來去看看母親車什麼，撿一兩塊碎布，又拾起書。時間重重壓下來，每分鐘一塊磚，她壓在一整座牆下面。眼睛木然盯著窗外，隔著紗窗是圍牆，圍牆外是巷子，出去是馬路。往上是屋頂，再往上是天空。這上下四方必然有什麼有趣的東西，然而是什麼呢？然後星期天就結束了，像每一天，那時間的壓力卸去了，明天一切都安排好了，不用操心，不用想像，早上起來穿衣吃飯上學放學回家晚飯上床，飽滿結實像山東饅頭的日子，一路下去到長大。她覺得失望，而不知到底失望什麼。

進菜場第一件事磨刀。平常是個黑臉老人，灰髮平頭，兩隻耳朵尖挺，斜叼隻菸，坐在矮凳上，寬大的粗布長褲打馬腿叉開，肩膀往前，對著磨刀石飛快磨。有一次母親要她在那裡等，她便老實看老人磨刀。一下又一下，整個上半身往復來回，好像沒有止盡，磨出灰黑泥膏，潑水沖掉，繼續磨，一面完了換另一面，終於拿起來用指頭輕刮試刀鋒，放下再磨，再試，換中細的磨刀石，一切重來，再換最細的磨刀石，再磨。老人從容磨著，一邊哼著什麼小調，偶爾停下來彈一下菸灰，看看擔子前來來往往買菜的人，看看天光，又低頭磨刀，好像世界上沒有比磨刀更有趣更令人滿足的事。雁君看得無聊至極，不時轉頭去看菜場另一頭花花綠綠的攤子，再回頭看刀是不是快要磨好了。好幾次明明像好了，老人又低下去磨起來，她簡直不能忍受他的耐心和徹底，同時又有一點羞慚，因為認出自己相較的馬虎。今天老人換了個年輕人，白淨臉，穿著白底藍色橫條的運動衫，牛仔褲，微笑接過刀。

「阿公今天休息？」母親笑問。

「欸，我再過一陣要入伍了，趁現在多幫幫！」

「你阿公有你這個孫子實在福氣。」

「那裡，應該的！」年輕人的臉居然紅了。

雁君在一旁盯著年輕人。她從沒看過長得這麼乾淨方正的男生。

「雁君！」母親叫。

油行便在菜場入口不遠，一列店面的第一間。直立的招牌豎在右邊，白底紅字，粗豪寫著「隆盛油行」。沒有門口，整個店的正面一排鐵門拉上去便是。左邊地上兩列木桶，放著紅豆、綠豆、黃豆、花豆、花生、黑鼻豆。右邊兩架玻璃罐，陳列著雁君最喜歡的東西：炒花生、花生粉、芝麻粉、花生糖、芝麻糖、麻花、芝麻棗。她吃過不同店買來的這些糖和粉，但是沒有一家比得上「隆盛油行」的新鮮純正。尤其是花生糖，花生多，大而且酥，一點焦糖恰到好處的將它們鑲在一起，入口香脆微甜，雅君一口氣可以嚼掉半斤。逢到打油的日子，雅君總要母親順便買點花生糖。這順便並不容易，母親錢捏得緊，不輕易縱容吃糖這樣的奢侈。在雅君成長的年代，吃糖屬於過年過節，平常難得有糖吃。高中以後家中經濟稍寬，有零用錢可花，她嘴饞放學下公車便繞道菜場，在「隆盛」買半斤一斤花生糖芝麻糖給大家吃。

「你呀只有為了吃這樣勤勞！」母親說她。

玻璃罐後一張大桌，桌旁幾大桶油：花生油、黃豆油、麻油。雅君和母親進店，一個中年人迎出來。母親把油罐子遞過去，笑說：「給我裝一罐初級花生油。」中年人是老闆的二兒子，寬大而白，極有禮貌：「好！好！」將漏斗架到罐口，抄起油勺，往油桶一探盛一滿勺油，手腕輕翻，油入漏斗，如絲絨徐徐流入瓶中。往常雅君很喜歡看油行的人罐油，對他們的熟練從容和油的流動充滿興味。今天她眼光深入店裡，四下探尋。店長，除了靠前方左邊階梯式木架上擺的一罐罐的油和透明的空油瓶，架旁幾桶上了木蓋子的砂糖、紅糖、白糖，餘下的空間零零散散擺了另一張桌子、幾桶密封未開的油、一麻袋一麻袋的豆子、空紙盒、空竹籃、兩隻凳子等東西。店前面天光大幅瀉入很亮，後面天花板上裝了兩管日光燈也夠亮，但是雅君目光逡巡，覺得仍然太暗，看不清雜物之間的陰影和角落裡面。然而並沒有什麼角落和陰影，整個油行通明大敞如抬起的臉五官分明。雅君極力注視，瞪著店裡深處的一幅布簾。簾子掀動，花白頭髮的店東走出來。只有他。雅君掉轉身去看菜市街上，提著菜籃的太太、小姐和先生不斷走進來。雅君又再轉身，仍沒在油行找到她要找的人。母親付了錢，說好回頭再來拿油，走出店了。

雁君曾在油行看到他一次，之後她每走過油行便要拿眼睛找他。買油成了大事，因為她可以和母親進店，名正言順的站在店裡找他，等他。雁君知道這油行是他祖父開的，他家就在菜場附近，他有時會到油行玩。他是雁君五下到畢業的鄰座，同坐了一年半。在雁君小學時代的幾度暗戀中，對他是最嚴重的。然而也不是真嚴重，只是此後即便她結婚生子，想起他仍然帶著神祕的憧憬。雁君說不出那感覺。她將永遠記得那感覺，一如記得他的名字：林見平。

林見平是一個矮小孤僻的人，瘦乾乾的，窄尖臉上一對細細斜斜的眼睛，瞇著，永遠不肯打開正眼看人。鼻子挺直，尖頭一點亮光。嘴唇薄而長，緊緊抿著，好像在防衛他那誰也進不去的心裡多少不屑告人的事。整張臉平板板的，給人陰暗、死寂、冰冷的印象，像面具。雁君甚至不能說喜歡他，畏怯應是更好的形容。她覺得這面具一樣的臉寫著太多不必要的高傲。他有什麼了不起？她暗自駁斥那彷彿沒有根據的驕傲。然而因為無法解釋的理由，她強烈受他吸引。她觀察他，研究他，想要知道他。他從不正眼看她，更不和她說話。她坐在他旁邊，因為好奇而不安，而似乎不斷在震動，放大。他毫無所覺，或毫不理睬，靜靜在紙上畫他永遠畫不完的腳踏車、三輪車、船、飛機，像在一間無人的大廳。他是雁君出生以來，最大最近最無法解決的神祕。她完全不能了解他，因此而幾近痴迷的渴望他的注意，哪怕只是一道眼神。那一年半她靜靜渴望他，像一盆靜物等候描畫。她看他早晨背著書包進來，大書包在單薄的背上使他微微佝僂，因為小兒麻痺而輕微殘廢的左腿一跛一跛的。他誰也不看，筆直走到她旁邊坐下。她心裡充滿了憐憫和崇拜混合的情緒，想要保護他，安慰他，而更想要他看見她，認可她。每天她期望他的認許，每天她失望。而並不是強烈失望，因為儘管她那樣全心憧憬他，她並不認真要求，也就不嚴重付出。她讓自己懸宕在一種可望而不可求的欲望邊緣，品味那情緒上下的波動，好像做一個清醒的夢，導演一場不傷元氣的悲劇。那每日小小的失望給她無損快樂的疼痛，她繼續這明知沒有結果的渴望，不奢求，也不責備，只是鮮明的知道活著，熱切的等待第二天。

雁君從來沒告訴彭悅她對林見平的感覺。彭悅太敏銳了，敏銳到有時令雁君難堪，她會立即就笑雁君的。雁君不明白自己的感覺，微微覺得是不可告人的事。就算要說，怎麼說？雁君留著那感覺，不是羞慚，而是珍惜。畢業時她鼓足勇氣請林見平在她的畢業紀念冊上留字，他接過去，過了一節課還給她。他在上面畫了一輛三輪車，一個漂亮女生坐在車裡，一個強壯車夫用力踩踏，旁邊寫了鵬程萬里。他實在有畫畫的天分，那種應該長大做名畫家的天分。小學畢業後雁君經過「隆盛油行」仍會下意識的看看店裡，幾乎從來沒有看到過他。只有一次，他剛好從店裡走出來，穿著藍灰夾克和卡其褲，匆匆跨上腳踏車。他們眼神交錯，她立刻便認出是他。他沒有反應，她也沒有。她高二的眼睛再也看不到十一、二歲時看到的神祕，只看到一個平淡無奇的年輕人。她有點驚訝，雖然並不確定究竟期望看到一個怎樣的他。她覺得自己一點都沒有變。她覺得自己就是這個樣子了，永遠不會改變。

7

雁君在哭。這晚她到九點半了還在寫功課，書抄不完。到了十點鐘，過平常上床時間一個鐘頭了，還有整整兩課課文要抄。

「阿君，睡覺了，這麼晚了！」母親叫她。

雁君不答，埋頭抄寫。母親又催：「阿君，阿君哪，怎麼不出聲呢？」

雁君一邊抄，一邊覺得一股氣越來越重堵在胸前。她非常生氣，想向母親大吼叫她閉嘴，不要煩她。而她抄著抄著，眼睛熱起來，漸漸浮滿淚水。她繼續抄，明知抄不完，到半夜也抄不完，但是只能一字一字，老實的抄下去。覺不要睡了，命也不要了。只要抄！抄！抄！委屈膨脹成極度的憤怒，她噙著淚水，在無助的筆畫中蓄集了彷彿壯烈成仁的抗議。

母親走過來，拍拍雁君的肩：「不要抄了，上床了。不上床明早爬不起來了！」

雁君肩膀一甩，只管抄。

母親惱了，一下奪過筆，提高聲音：「這麼強，又這麼凶！小女孩一個，蠻不講理到這個地步！」

雁君突然崩潰了，趴在飯桌上大哭起來。

「有話好好講，哭什麼？」母親心軟了，摸摸雁君腦袋。

「人家抄書抄不完！」雁君哽咽說。

「還有多少？」

「好多好多，死也抄不完！」

「好多是多少？你翻給我看看。」

雁君指給母親看。

「明天要交？」

雁君點點頭。

「怎麼老師一下功課出這麼多，讓學生做不完！你有沒有聽錯？你先收拾好書包去睡覺，我給你寫張條子明天帶給老師，說是我叫你抄不完不要抄的。」

「我明天不要去學校。」

「為什麼？我說寫條子給你老師。」

「功課不寫完要夾手指，還要在前面罰跪。」

「好學生也這樣？」

「好學生老師罰起來更凶。」

「反正你去睡，明天我陪你到學校。」

母親挽著黑色皮包走在雁君旁邊，平常到學校的路簡直變了樣。雁君覺得這不是同一條路，她和母親不是要到學校，而是要到別的地方。除了上街和上菜市場，雁君從來沒有單獨和母親到什麼地方去。她和父親上台北看朋友，或喝喜酒。或全家人在鎮上看電影，或到台北逛百貨公司，或上館子。這些都是稀有的事，而且不是雅君和母親。

母親在身旁，雅君規規矩矩走。平常自己走時，她總是邊走邊玩，有時忘神玩自己影子玩到了街心，想起來才趕快踅回來。母親穿了自己做的米色高腰洋裝，胸下一個同色蝴蝶結。她有點發胖，看起來圓圓軟軟的。膚色淡，臉上還是鄭重薄薄施了一層粉，眉畫過，嘴唇上明顯塗了唇膏。母親看起來既不時髦也不過時，只是乾淨又文靜，就是在那個時代那條街上，應該帶著女兒走路的端莊婦人。雅君從來不知道母親是不是漂亮，厲不厲害。反正她是母親，和路上走的女人差不多。至少，雅君知道母親的名字：許彩慧。

雅君心上還是擔心到了學校以後。導師劉國明是三年級裡出名的暴君，打起學生來連別的老師都變色。快到學校時雅君問母親：「你要和導師說什麼？」

母親笑笑瞄她一眼：「擔心什麼？出了家裡就這麼膽小了？」

「你不知道人家心裡有多怕！」

「我做家長的都出面了，他還要怎樣？」

「你不知道他的可怕。」

「他總講道理吧？」

「天知道，做老師的人的道理！」

「怎麼這樣講！」

「反正，講不講理都一樣，可怕就是可怕。」

「你又沒做錯什麼，怕什麼？這麼沒骨氣！」

「功課沒做完欸，還沒有什麼！啊呀，媽，你不懂，你不懂我們當學生的多痛苦！」

「痛苦？你就知道痛苦了？」母親哈笑起來，聲音裡有一點輕蔑，有一點調侃。

「到時你先進去，我在校門外等。」雅君說。母親別了她一眼。

雅君和母親到教室時，導師還沒來。雅君走到自己位子上，母親站在走廊上等。不少同學好奇看著雅君。彭悅過來，雅君低聲向她解釋。

「你這個糊塗蟲！抄第五課就好了，你抄到第七第八課幹嘛？巴結那個魔王啊！」彭悅大笑，打雅君的頭。彭悅有時會有一種成人放蕩的大笑，讓人驚愕。

雅君起初不敢相信，愣了一下，然後她高興起來。她到走廊告訴母親，導師正好來。母親輕敲雅君一下頭，和導師講話。導師笑容滿面，點頭又搖頭。母親也笑著搖頭，不一會走了。導師進來，打了鈴，同學到走廊排隊上操場參加升旗典禮。校長訓話時，導師在他們身後踱步，踱到雅君旁邊時他輕輕說：「傻瓜，有腦子都不會用！」

雅君低下頭，鼻子裡殘留導師身上近乎好聞難聞間的氣味。那氣味是他，好像比他真人的存在更強烈代表他的實質。沒有人知道她心裡一種奇異複雜的滋味，不只是快樂，而是祕密的，來源曲折難解的快樂。老師清細的話聲，好像暗示他和雅君之間神祕的聯繫。那微微的責備，她聽起來反而像嘉許。

當雅君告訴母親時，並沒有也告訴母親她對老師抱持的既害怕又傾慕的心理。這是她的祕密，她永遠也不會承認。她對任何人悄悄的喜歡，都是她最私人的事。她誰也不會告訴，甚至彭悅。也許特別是彭悅。因為彭悅和她那麼近，告訴了彭悅，她就再沒有一點屬於自己的東西了。她的喜歡、傾慕，是她最重要，最真正自己的東西。她連自己私底下想起，都會害羞。上課時她看著導師奇怪的青色下巴，經常皺起或抬高的眉頭，說不出的感覺。她怕他，發自心底的怕。當他聲色俱厲的罵人時，他看起來簡直就是殘忍。她暗暗顫抖，恐懼他的暴怒會降臨自己身上。然而似乎正因為如此，她對他又莫名的嚮往。她不了解這感覺，也不試圖了解。追究分析不是她的習慣，她傾向於接受。她喜歡這神祕的感覺，那裡面充滿陌生的興奮，像罪惡邊緣。現在她放心了。她沒有讓導師失望，仍是他心目中的好學生。這一天美麗的伸展在前面，她很快樂。

8

吃過早飯，十點左右，雅君穿著最喜歡的寶藍色洋裝走出門去。天有點陰，然而她很高興，幾乎沒注意到天色。事實上當她以後回想起這一天，感覺是個明亮的大晴天。

彭悅家在雅君陌生的地帶。雅君雖然從出生就住在這鎮上，但是真正熟悉的只是幾條常走的街道，幾個常去的區域。出了這些範圍，就好像到了別的地方。彭悅已經和她講清楚到她家的路線，她也向爸爸（媽媽和她一樣，出了小圈圈就不辨方向）問仔細了怎麼轉怎麼彎，仍然，她不太有自信。而正因為這份陌生，她覺得很興奮，好像在做什麼冒險的事。

爸爸說二十分鐘左右應該可以到，除非她迷路了。她沒有錶，不知道走的時間，只管走下去。從正行街出來她已經照指示上大街，然後在民生路左轉，經過勝嘉戲院。晚上戲院前燈火明亮，擠滿各式各樣的小吃攤。現在冷冷清清的，戲院看起來好像也陳舊了許多。他們看電影通常便在這裡看，有時到比較遠的華國戲院。雅君一路走，一路可以想起很多看過的電影。其實，她的記憶力不算好，記得的電影都支離破碎，故事大部分忘了，只剩下一些印象，但是光這些印象已經夠讓她的過去生色。像《牡丹燈籠》她就只記得那兩個提著燈籠的女鬼，《大魔神》就那震動大地龐然走來的巨石雕像。爸爸喜歡恐怖片，尤其日本恐怖片。她也喜歡，喜歡嚇得躲在椅背後，兩手遮住眼睛從指縫間偷看。樸良調皮，喜歡把她的手掰開。

「遮什麼！要偷看還要遮！」他幾乎是生氣的掰她的手，好像雅君要看不看之間的不協調冒犯了他的什麼奇怪邏輯。而事實上，樸善才是講究邏輯的一個。

她死命將手護在臉上，又惱又怕的叫：「放開！你討厭，放開！」

媽在一旁輕喚：「樸良！」

後來樸良不掰她的手了，而是拿他的手罩住雅君遮臉的手，死也不肯放開。有時雅君真是把樸良恨得牙癢癢的。他總是想方設法看電影時坐在她旁邊，伺機捉弄。然而真的說起來，她對樸良卻比對樸善要親得多。至少，樸良肯花心思來捉弄她，在她身上浪費他好像無窮的意見和精力。樸善比雁君大五歲，遙遠而神祕，他大部分時間簡直沒注意到她的存在。

雁君大學初戀時和男朋友去看一部警匪片，其中一個殘殺的鏡頭她還來不及動作，他已經一手由背後抄到前面擋住了她的眼睛。她嚇了一跳，以為他有什麼不軌。明白過來之後說不出的感動，覺得非常溫暖。他這樣保護她，這樣周到。她第一次知道男人的溫柔是這樣強大的力量，彷彿一種行動的約誓。她整個人投進那單純手勢的迴旋之中，不由自主。很久以後雁君偶然向彭悅提起，她卻嗤之以鼻：「我才受不了這種大男人主義！」雁君愣了愣，突然有點羞恥（原來我太幼稚了，她想），更多的是惱怒。彭悅永遠不知護衛別人的感情，她永遠那樣尖銳，那樣優越，那樣可憎的一針見血。

民生路也是一條大街，旁邊有不少店。雁君經過一家鞋店，裡面一個做鞋的師傅坐在小凳上敲打一隻鞋底。又經過一家餅店，門口的烘爐上排滿了金黃色的芝麻餅、豆沙餅，空氣一片焦香。雁君往前走，東看西看，無心而快樂，幾乎忘記了為什麼走到這條路上來。然而她終於記得，在彭悅交代的巷口轉進去。

繞了幾繞，來到一條窄巷。兩旁是整排相連的土綠色二層樓房，從巷口接到巷尾。沒有大門，可以直接看見屋裡面。每家小小的，一模一樣，好像裡面應該住一模一樣的人，過一模一樣的生活。後來雁君在一本美國小說裡讀到一個星球上，所有房子一模一樣，小孩在門前玩球，所有的球同時起落，同樣時刻房門打開，走出來媽媽用同樣話叫小孩，讓她很快便想起第一次看見彭悅家的印象。

雅君才剛走進巷沒多久，彭悅就從巷中間走來。

「你走到哪裡去了？我還以為你不來了！」彭悅叫。

「好遠，原來以為很近！」

「寶貝，這就覺得遠了！」

「是遠啊，我從來沒一個人走這麼遠過！」

「受不了你！」

彭悅帶雅君走進其中一個門。裡面果然和外面看起來一樣小，其實更小，因為擠滿了東西。「我爸爸還在睡覺，噓！」彭悅說，領著雅君往裡面走。「我的房間在樓上。」她們上一道窄陡的樓梯。樓上是一間鋪了榻榻米的通鋪，也是堆滿了東西。天花板很低，不能站直。「上來呀！」彭悅脫了鞋跳上去。雅君也脫鞋上去。

「其實這不是我房間，而是我和兩個姊姊共用的房間。不過這張書桌是我的。」彭悅指著角落一張書桌說。「這是我真正的家。」

「你媽媽和姊姊不在？」雅君問。

「她們兩個和媽去買菜了。說是陪買菜，其實啊是去買衣服。那兩個平常別的事情上一定吵，愛漂亮起來又變成好朋友了。受不了，每次上菜場一定會在地攤上抓一些難看的東西回來。根本沒什麼好看，那兩個卻對鏡子照個不停。好累！」彭悅一臉憤憤的神色。「你運氣好，只有兩個哥哥！」

雅君好笑：「我不懂，這有什麼好累的？」

「累死了，你不知道！聽我媽和姊姊她們說話，我腦裡咕嚕嚕都變豆漿了！」彭悅誇張的形容逗得雅君笑起來。

彭悅說話總是很有戲劇性，平常的事到了她嘴裡馬上變得不同凡響。

「我等不及長大搬出去，受不了我兩個姊姊！你看她們貼的！」彭悅指著窗戶兩旁貼滿了月曆和畫報人像的牆。雅君躬著腰走過去，看見那些人像都是電影明星和歌星，男的女的都有。有的雅君認識，有的不認識。

「這是誰？」雅君指著其中一張問。

「汪玲。」

「這個呢？」

「趙雷。」

「對，她就是和楊群演《幾度夕陽紅》的那個，難怪看起來好面熟！」

雅君興致勃勃一個個認，林黛、樂蒂、李菁、王羽、岳華、鄭佩佩、陳鴻烈、何莉莉……還有好多她叫不出名字，彭悅便一一告訴她，帶著些微的不耐煩。

「哇，你統統知道！」雅君很佩服。

「這有什麼了不起！」彭悅又是一副鄙夷神色，她很容易就露出「怎麼你不知道」的表情。雅君不管她，反正她覺得知道那麼多明星名字是很不簡單的事。像媽媽總能叫出菜場裡面的菜名魚名，她就覺很不可思議。「我知道勝嘉戲院的後門，看電影不要錢。下次有好片，我帶你溜進去看。我和姊姊這樣看電影看多了！」雅君眼睛張大了。

「來，我給你看我的東西。」彭悅領雅君到她的書桌，打開右手邊最上一個抽屜，拿出一個舊餅乾盒。

「哇，好漂亮！」雅君從來沒看過這樣的書籤，用各色的紙疊成長條，然後畫上圖案。有的是房屋和樹木，有的是山水，有的是人頭，有的看不出來是什麼，只是圖像和顏色。不管畫的是什麼，總是讓雅君眼睛一亮。「在哪裡買的？」

「買不到的！」彭悅神祕說。

「為什麼？」

「因為是我畫的。」

「真的？我不知道你這麼會畫圖！」

彭悅聳聳肩，意思是沒什麼了不起。「挑一張，送你！」

雅君挑了很久，每一張都各有特色，她都喜歡。尤其是一張硬紙板做的，上面用色紙貼成石塊和遠山，其中一個石頭上黏著一株壓扁的淡紫色乾燥花。但是她又喜歡另一張寶藍色底的紙，畫著曲折可愛的彩色線條。她不能做決定。

「你說哪一張比較好？」她問彭悅。

「差不多！」

雅君把兩張書籤拿在手裡，左看右看。最後彭悅把兩張都給了她。

吃完中飯，彭悅把她搜集的石頭拿出來給雅君看。都是一些普通的石頭，大小不一，有的還殘缺不全。彭悅一一說明來處和特別的地方。「你看這顆，上面有一些綠豆一樣的小點，好好玩！」「這裡，你看像不像一片山？」別的雅君一看就喜歡，有的不覺得怎樣，但是給彭悅一說，也覺得稀奇起來了。看完石頭彭悅和她媽媽說一聲，帶雅君到附近逛街。她們在書店、文具店和手工藝品店流連，彭悅指給雅君看她喜歡但是買不起的畫冊、圖案書、彩色信紙和七十二色的大盒粉蠟筆。彭悅告訴雅君她的種種喜歡和想像，快樂和不快樂。她們分享心裡許多祕密的感覺和想法，從來沒有的知心，雖然她們個性完全不一樣。她們怎麼成為朋友的？以後雅君想起來總覺得奇異。如果她們晚幾年認識，也許根本不會做朋友。頂多遙相張望，然後眼光移開，各自追逐別的東西去了。

這之後有一天，雅君下課時和彭悅走到操場角落，在花圃邊緣坐下來。彭悅笑嘻嘻問：「什麼事，這麼神祕？」

雅君拿出幾張書籤：「你選一張。」

「你畫的啊？」彭悅接過去，一張張仔細看。然後她遞還給雅君。

「選一張啊！」

「我不要。」

「噢。」雅君說不出話來。上課鈴響，她們站起來走回教室。

「過幾天我再畫一些給你。」彭悅笑說。

9

母親說家裡有老鼠。家裡什麼都有，蚊子、蒼蠅、螞蟻、蟑螂、蛾、白蟻、蜘蛛、蜈蚣、金龜子，一大堆，唯有老鼠最讓母親受不了。不但吃的東西拖來拖去，而且下屎下屎。

父親買來兩個捕鼠器，示範給他們看。黑色網狀的鐵籠，中間從上面吊下來一個勾子，牽住籠門，一觸動勾子，門立刻霹靂一聲關上，聲勢驚人，好像立定生死，絕無餘地。雁君先被那霹靂聲嚇了一跳，不由自主打了一個寒顫。他在勾子上各掛了一塊帶著厚厚肥油的紅燒肉，一個籠子放在廚房水槽下面，一個放在飯廳的碗櫥下。

樸良最關心，每天早上一起床就去看籠子。肉好好的吊在那裡，籠子空空的。

「嘿，這老鼠倒聰明！」他半失望半讚賞的說。

「放心，遲早逃不掉的！」父親說。

「就是不知道什麼時候！」樸良還是不太有把握。

「紅燒肉，我不吃給牠吃，能不上鉤？除非沒有天理！」父親半認真說。確實如此，他喜歡吃紅燒肉，而且一定要醬油放很多，肉切得大塊大塊，夾起來油顫顫，黑紅黑紅。紅燒肉配米酒，大蒜花生，說話沒有女人小孩插嘴，他就覺得是皇帝了。

「好了，殺生還談什麼天理！」母親聽不過去，雖然是為了她才要殺鼠的。

「到底是誰抱怨有老鼠的？」父親說。

母親不聲張，臉色悶悶的。

那個日子雁君記得很清楚。星期天早上，好像那老鼠故意選好了日子，讓他們有充分時間對付牠。

「抓到了！抓到了！」樸良興奮的聲音。家人沒有立刻響動，他更大聲叫起來：「抓到老鼠了，好大好肥的一隻！」

「抓到就抓到，叫這麼大聲幹什麼？」母親正在煮稀飯，罵說。她最早起來進廚房，早就發現碗櫥前面籠子裡跑來跑去的小東西。她對那靈生生望著她的小動物說：「自作孽喔！」嘆了一口氣，把籠子提到角落上畚箕旁邊。

樸良不理，提起捕鼠籠衝進父母臥房，叫：「爸，爸，你看，抓到老鼠了！」父親喜歡睡晚覺，尤其在熬夜喝酒打牌以後。樸良把捕鼠籠在父親面前晃動。「爸，你睜開眼睛看看！」父親是有脾氣的人，說怒就怒，脖子青筋滾漲，大巴掌揮過來，臉上立刻五道痕。樸良和樸善都領略過他的脾氣，但樸良天性不怕死，偏偏不知小心。母親趕到臥房，壓低了聲音在樸良身後叫：「要死啊，在這裡呀呀叫什麼！」

「不會怎樣的，爸昨晚不是贏了錢！」樸良自信說。

「不會？就你精靈！你少給我惹麻煩！」

「我惹什麼麻煩？」

「你知道你爸昨晚幾點回來？你早就睡得掀床都不醒的，那知道他贏還是輸！」母親把樸良趕出房間。

「他昨晚沒拍桌子。」

「你聰明用到讀書上就好了！」母親白了他一眼。

樸良找樸善：「你說，我們把這傢伙怎麼處理？」

樸善不冷不熱說：「你等爸起來再說吧！」

「那至少要等到中午！」

「急什麼，沒事幹？」

「好不容易才抓到！這傢伙，鬼靈精的，不簡單！」

「還怕牠跑了不成？」樸善譏笑他。

「那等一下媽叫買菜你和她去。」

「行，沒問題。」樸善幾乎給樸良逗得笑起來。

「殘忍！」雅君忍不住捅一刀。

「怎麼，你要替天行道？」

十點過後，他們已經吃完早飯，母親晾好衣服準備上菜場了，隔壁鄰居放起〈不了情〉，聲量很大，好像整條街也不過就是他們的客廳：「忘不了，忘不了，忘不了你的錯，忘不了你的好，忘不了雨中的散步，也忘不了那風裡的擁抱……」雁君會唱一些當時流行的電影插曲，像〈梁山伯與祝英台〉、〈藍與黑〉、〈何日君再來〉，都是拜這家鄰居所賜。只要鄰居放起唱片，雁君知道父親就會起床了。果然不久，他們就聽到父親大聲咳嗽清理喉嚨的聲音。樸良急匆匆趕過去，父親正在穿拖鞋。

「抓到老鼠了，爸。」樸良喜洋洋說。

「抓到了？什麼時候抓到的？」父親眼睛張開了，笑說。

「昨晚，早上我起來就看見那傢伙在裡面了，好肥的傢伙，紅燒肉吃得一絲不剩！」

父親牙也沒刷，便和樸良去看他們的獵物。

「紅燒肉好吃吧？我林錫明喜歡的東西還有不好吃的？便宜你了！」

父子兩人欣賞籠裡從一頭竄到另一頭的慌張小動物，好像是他們連夜捕獲的什麼猛獸。

「怎麼辦？」樸良問。

「留給你媽晚上煮老鼠湯。沒吃過吧？趁這機會嘗嘗，和田雞差不多。」

「你騙人，你才沒吃過老鼠！」

「我騙人？你敢說我騙人？我走過多少路做過多少事你知道嗎？我人在前面跑子彈在後面追，吃老鼠算什麼？我蟑螂都吃過！」父親偽裝生氣，樸良呆了呆，沒有把握父親是不是唬人的，知道父親興起會隨口胡說哄他們。然後父親抹抹臉說：「也等我洗臉吃飯了再說，哪有一起來就忙著殺老鼠的！而且還要想想怎麼殺。」

樸良跟父親到浴室，父親解尿時他在門口說：「我已經想好了，有好幾個法子。可以不管牠，讓牠活活餓死。不然可以把牠悶死，或淹死。」

「你倒熱心！反正讓我想想，到時我來動手就是，你不要插手。小孩子這種事也要來插一腳，真是無法無天！」父親好像才突然察覺到樸良熱心過分。

母親和樸善要上菜場，叫雁君，她說不去。

「你不是說想看看有沒有長褲？」母親說。

「下次再看。」

父親吃完早餐叫雁君把碗筷收了，讓樸良提著捕鼠籠到前院。雁君匆匆洗好碗奔到院子，父親正把籠子放進注滿水的鋁質大洗衣盆中。老鼠起初在籠裡游泳，由這端游到那端，然後往上竄，瘋狂划動四腳，頭抵著籠頂。父親、樸良和雁君三人圍觀，父親面無表情，也許除了些微的不耐煩，樸良眼睛不眨，像下棋一樣專注。很快雁君走開了，到自己房間，拿出功課來做。她的房間便臨前院，她聽見父親的聲音從她的窗下過去：「下次要在肉上下藥，弄死也是麻煩！」然後是父親和樸良先後進屋，紗門在他們身後摔上的聲音。

吃完中飯樸良出去了，不久父親也出去了。母親到前院，突然雁君聽到她的驚叫：「要死的，怎麼這樣！」那聲音裡不是恐懼，而是厭惡。然後是叫樸善的聲音：「樸善！樸善！」母親把籠子從洗衣盆裡提出來，讓樸善裝到塑膠袋裡拿到垃圾桶去丟。母親用肥皂把洗衣盆刷了又刷，沖洗了不知多少遍。

有一天雅君拿髒衣服到院子裡泡，發現不知什麼時候，母親換了紅色大塑膠盆。

10

樸良和樸善在下棋。

樸善從小學五年級就開始下棋，一個同學的哥哥教他的。他立刻學會，而且下得很精。當別的同學在打彈珠打球時，他寧可找人下棋。樸良三年級，他把棋盤擺好，教樸良下。樸良坐不住，沒學成。到六年級，樸良也會下了。他們兩個有時便正襟危坐下棋，不准雅君碰棋子，只准她看。雅君不知道她在看什麼，沒有人教她。可是她要看，她要加入兩個哥哥的熱鬧。她看他們臉上的表情，落子的方式。樸善幾乎沒有表情，不管剛剛斬殺了樸良的車，或出其不意被樸良將了軍。他下棋很文靜，輕輕拿起子，輕輕放下。樸良便熱鬧許多，旋風一樣抓起棋子，啪！落下去，很有派頭。失了子便痛心疾首，敲腦袋，拍大腿。更大一些，應該說是樸良進大學以後，下棋的風度才斯文起來。用食指和中指夾著棋子拿起來，在空中猶疑一下，然後不偏不倚落在所在的方位，輕無聲響。

雅君喜歡站在一旁，看那安靜肅然的廝殺，非常穩重、成人，充滿了說不出來的什麼。她知道自己面對一個無法打入的世界，一個男性的世界，只能嚮往、猜測。他們的喉結上下起落，聲音粗沉。她忍不住說：「這一步走錯了！」樸良看她一眼，那眼色沒有敬重也沒有鄙視，而是直直穿透她看到她後面的所有。他看到什麼？那眼光讓雅君縮小、退卻。後來她在明則眼裡看到同樣的神色，唯一不同的是這時她清楚知道那眼神的意思。樸良重重點著棋盤，幾乎是凶惡的說：「看清楚了，小姐，觀棋不語真君子！」如果雅君是彭悅，便可以狡黠駁回：「我不是君子，也不要做你們自以為了不起的偽君子！」有一次彭悅便這樣毫不在乎回答樸良。雅君趁機跟進：「我們不是君子！」樸良瞪了雅君一眼：「唯女子與小人為難養也！」彭悅閒閒說：「講得出這種話的人能有多君子？」雅君沒有彭悅的尖利，她理屈得閉了嘴，靜靜觀棋。不管怎樣，她覺得她和哥哥是同類。然而同時，只要有彭悅撐腰，她又很快樂的站到對面去，理直氣壯的和樸良鬥法。

雅君棋觀多了，終於也能下。樸良同意和她下一局，為了出她的醜。雅君下得很謹慎，知道絕對贏不了，只求輸得光榮。十步之內樸良收拾了她，笑她：「你這女生還不賴嘛，撐了八步！」

雅君忍不住生氣說：「女生怎樣？女生就下不好棋嗎？為什麼你說話老是女生怎樣女生怎樣！」

樸良抿嘴笑說：「女生下不好棋和女生數學不好都是事實，不是我一人說的！不然你看看為什麼大學文科都是女生，理工科都是男生。」

她生氣歸生氣，卻拿不出話來辯。奇怪樸良讀書沒她出色，但下棋總是贏。從象棋進到圍棋，雅君跟著學會，但是下得比象棋更差。當她必須預想三步以外，便覺得記憶和邏輯開始混亂，腦袋如牆，所有東西嵌在一個地方，進退不得，等死。她恨自己不能以贏棋來封住樸良的嘴，甚至聰明自信如彭悅也只能在嘴上刁鑽。在家裡那些年，雅君幾乎同意他們是對的。簡直可說有點性別錯亂，不知道自己是男生還是女生。她經常潛意識分享他們對女生的藐視，直到那攻擊直接落到自己身上。當月經來潮，鮮紅的血證實她的身分時，她的驚慌除了無知的恐懼，更多是終於不得不認明正身的失望。她一直模糊希望只是做個單純的人，而不是陣營分明如男人女人。就像看武俠小說時，她既是瀟灑的俠客又是令俠客神魂顛倒的美女，不必在英雄和美麗中間做選擇。因為是小說，她可以既男又女，這種雙重的浪漫令她如醉如痴。而人不能活在小說裡，她究竟得意識到這一點。

11

有一種茫然的快樂，也有恐懼。

快樂不像恐懼那麼具體。快樂好像沒有確切的理由，沒有形狀，像霧氣，大片大片浮散開來。恐懼則是有形有狀的，而且她知道它的位置、重量。它很硬，一個堅固的丸卡在胃裡，吸收她的膽怯和無助，越來越重，越來越大，直到她沒法呼吸。她應該怕很多樣東西，然而因為無知，她只怕幾樣東西：黑暗、毛毛蟲和鬼。而在快樂和恐懼之間，有一種籠罩一切的東西，一種知道明天將像今天一樣來到的確信，也就是，對死亡的無知。

除了生死，算起來女人一生只幾件大事：來經，性啟蒙，生子。十二歲那年，她發現自己要死了。她從學校回來，帶著以為只有她一人知道的知識。那知識醜惡而沉重，她完全不知道如何負荷，只覺得突然懂得了人生什麼，有一種悲哀的尊嚴。她神色一定很奇怪，因為母親見到馬上就問：「阿君你怎麼了，臉色那麼難看？」她眼淚立刻就流下來，在學校積蓄了一整天的懼怕和勇敢，這時變成么女兒悲痛的求救：「我快要死了！」

「夭壽，你胡說什麼！」母親的憤怒似乎多過驚恐。

「我快要死了！」她眼淚流下來，忽然悲痛萬分。

「還說！你什麼地方不對？」

「早上第三節上歷史課時，我突然覺得內褲溼溼的，好像小便了。下課我到廁所，看見褲子上都是血，而且還在流，一整天不停的流。」

母親聽了非但不難過還笑出來：「有你這種呆人，嚇死我了！」然後母親以她的方式簡明解釋流血和做女人的關係。雅君聽不懂，她從沒聽過這樣不合理的東西。

「自己知道就好了，不要去和你爸爸、哥哥講。聽到了沒有？」母親盯著她說。

所以這是個祕密，帶著骯髒、醜惡、神祕，令人羞恥、討厭的祕密。她半真心的說：「聽到什麼？」

但是那些話很多年以後還在她耳朵旁響，不斷的問：「聽見了沒有？聽見了沒有？」

她的身體變成了一個奇怪的東西，她發現。她不相信那是她的身體，它分明有自己的主張。它一點一點在變化，好像另一個東西在成形。她從來不注意自己的身體，因為身體一向是沉默的，任她使喚。直到身體醒過來，什麼機關發動了，閘口打開。紅紅的血流出來，平坦的胸部聳起來，毛髮滋生。她不知道發生了什麼事，身體不顧一切的進行不知是誰的計畫，把她完全排除在外。她恐慌，羞恥，厭惡，但是不能阻止自己變成女人。沒有人告訴她她正逐漸變成女人，她母親不曾用這麼明白的字眼。「這是女的都要忍受的事。」她說。她不說這是身體為了歡樂做準備，她什麼都沒說，除了逆來順受。就像雁君不說那難堪的經驗。有一次在公共汽車上，背後一個男人從拉開的褲鏈裡，挺出一截粗硬物體頂住她腰部，一邊在她脖子後熱熱吐氣。車子裡非常擠，她連動一下都沒辦法，只能任那表情邪惡的人用那醜惡的東西在她身上摩擦，在極度噁心和驚恐中感覺無助可憐。如果當時她知道，就不會覺得那樣無助嗎？不管怎樣，她那時不知道，離真正知道還要八年。要到大學三年級了，在同學的談話中，她才知道自己原來是一個驚人遲鈍的人。她不知道自然的事都是環環相叩的，只知道突然之間她有一個失去控制的身體。夜裡躺在床上，她想像毛髮像野草滋滋有聲的長，覆蓋在她乾淨的肌膚上。胸部脹痛，彷彿什麼東西要掙破出土。她怕她的身體，它是個魔。它讓她第一次知道她是物質，是野獸，而不盡是人。她要叫停止。停！她要大叫，還我身體！她甚至沒問過母親人是怎麼來的。她茫然而當然的過日子，遵守有時討人嫌但是大體上令人心安的秩序。父母、兩個哥哥，社會、國家，地球、宇宙，一層層放大，有條不紊。所有事情讓看不見的條理維繫著，她是嵌在其中的一個小條理。她認真念書，是個好學生。幫母親做家事，是個好孩子。而她的身體把她知道的條理破壞了。她的身體背叛了她。而她是什麼？她不是她的身體。

12

雁君要和父親去喝喜酒，喜孜孜讓母親幫她打扮。

總是有人結婚，家裡總是收到紅帖子。她父母並不喜歡收到帖子，紅帖子也好，白帖子也好，總歸是預算以外的開支。雁君的父親大都一人去喝喜酒，省錢。兩人去占了兩個座位，便得包雙倍的紅包。不然占兩個座位只包一份錢太說不過去了，人家訂酒席是照位子算錢的。雁君聽到父母這樣算，奇怪人情這種事需要算得這麼清楚。她不知道事實上父親有一本冊子，專門記錄喜慶婚喪包給了誰家多少。以後當樸善、樸良和雁君結婚時的收款名冊，他也慎重收藏。到了適當時候，收多少還多少，寧可虧不可欠，一絲不苟。帖子上門，典禮前幾天便聽到父母討論。除非至親好友，他們才雙雙出席。那時她母親便難得的穿戴起來，旗袍裹身，托出胸部、腰部和臀部。頭髮去做過，蓬鬆起來，有形有狀。臉上搽了白粉和胭脂，嘴唇塗紅。她母親一下年輕漂亮了十幾歲，像變成了別人。雁君看母親的變化，好奇又微微有點不安。好像母親除了每天的媽媽樣，另外有一個比較祕密、陌生的樣子。不是母親，而是女人，有自己的愛怒和歡樂，在每天的家事和他們的理解之外。

雁君在旁邊做功課，耳朵尖尖的，等候母親的那句話：「帶阿君去好了。」甚或有時，父親主動說要帶她去。也許因為她是女的，又是老么，她是父親最寵的小孩。母親比較一視同仁，誰也不能說她偏愛哪個。可是雁君和母親生氣時，會斬釘截鐵的指認母親心裡最愛樸良，最不愛她。

雁君從來就喜歡和父親出去，不管去哪裡。有時父親去看朋友，喚她一起去。到了沒事可做，只是無聊呆坐，聽他們講話，看茶几上切的一盤柳丁（她最恨吃柳丁，因為總是卡滿牙縫，偏偏那年代大家都喜歡切柳丁招待客人），看家具和天花板。運氣好時，朋友家有童書，或大人看的小說或雜誌畫報，不管什麼，有字還是有圖，只要是書，雁君都歡迎。更好的是還有餅乾糖果，她邊吃邊看，都捨不得走了。也許這是她喜歡和父親出去的一個原因，可以看書吃糖，又可以藉機窺見別人家的生活。對別人的生活，雁君總是有按捺不住的好奇。後來九〇年代，報紙流行以「偷窺狂」、「偷窺癖」這樣的詞形容現代大眾心理，她總覺說的就是自己。如果她有林見平的才華或彭悅的野心，她的好奇應是做小說家最好的材料。可惜她連做歷史家都差堪稱職，因為無才之外，她還欠缺研究歷史應該有的洞識和毅力。不過，這些是以後的事。

不知道為什麼，雁君覺得和父親比較親。可能母親總是在眼前，忙碌不堪，又常疾言厲色管這管那，容易讓人起反感。父親不在家的時間多，衝突的時間比較少，加上對她特別好，便給人寬大縱容的印象。她父親外表和氣，其實脾氣很大，母親正相反。雁君還不到體會出父母間（或應該說，夫妻間）這種表裡間微妙的年紀，只很本能又放任的喜歡父親。和父親走在街上，她便依稀可以想像和一個陌生男子同行的滋味。那種受保護，可以比較愛嬌、任性的感覺。雅君和父親在一起時，眉眼手足好像都不太一樣。比較生動，多采多姿。然而她並不自覺到這一點，只是恍惚覺得在父親眼裡，自己好像比較尊貴，比較可愛。他會牽起她的手，甚至讓她挽著他的臂彎，像現在。

這場喜酒在「金陵酒家」，雅君已經來過一次。七樓，出了電梯迎面便是鮮紅色的大月洞門。裡面不是紅色就是金色，正中間紅幛上一個大霓虹燈雙喜。喜酒並不是什麼特別有趣的場合，雅君父母總視為負擔。她喜歡，因為熱鬧，可以看見許多穿著華麗的人，特別是可以看新娘。有時新娘一場喜酒換三四套衣服，中式、西式、大紅、粉紅、繡花、金鑲，讓她幾乎來不及看。這時別的女孩子可能想像新娘便是將來的自己，雅君從沒那樣想過。眼前攫住了她所有的注意，沒有餘暇去想未來。父親簽了名進禮堂，便被人招呼過去了。雅君跟在他身後，聽父親和這人那人握手寒暄，有時記得介紹：「這是小女兒。」

入座很久還沒有上菜的跡象，人不斷進來，站起，坐下，一片混亂。

父親說：「你坐好不要亂跑，我到那一桌去找個人。」

雅君點頭。她早已把牆上的喜幛喜聯念過幾遍，無非是「花好月圓」「天作之合」「百年好合」「相敬如賓」之類的成語。前面有主婚人致辭，證婚人致辭，還有什麼長官致辭，排了四五個，一個個都捧著講稿唸半天，麥克風嗡嗡的聽不清台上說什麼，只聽見台下一片嘈雜。旁邊的人在談新郎的來歷，什麼大學什麼系什麼職業，一清二楚。雅君直喝汽水，肚子還是餓得慌。父親看看錶起身，示意她跟從。出了月洞門，父親說：「你想回家還是想到別地方去？」

雅君眼睛一亮：「可是我們喜酒還沒吃。」

「要吃到喜酒還不知要多久。那些致辭的人以為是國慶閱兵，上了台就捨不得下來，幾百人白白挨餓！講話也要看場合，你說是不是？」父親和雅君單獨時，常會在句尾加上「你說是不是」，好像她是和他平起平坐的大人。母親就絕不會這樣問，她的話不是責備便是抱怨，不然是命令，帶著不耐煩和疲憊。

「可是我們已經包了兩個人的紅包。」

「不要緊，禮到就好了。」其實只包了一個人多一點，父親沒戳破。

「那我們到哪裡吃？餓死了！」

「到一個你從來沒到過的地方。不過不能告訴你媽，不然她會罵我們浪費錢。」他伸手叫計程車。

「我們要去的地方很貴啊？」雅君興奮起來。

「不是天天去，沒關係。」

計程車在市區繞來繞去，然後在一條熱鬧的大馬路邊停下來。他們順櫥窗明亮的騎樓走了幾步，右轉到巷子裡。沒有大街的燈火通明，但是也有很多店和招牌，另是一種彷彿比較沉靜高尚的熱鬧。他們進一家叫「美藝食家」的館子。

很強的冷氣，雁君立刻打了一個冷顫，全身起雞皮疙瘩。一個穿黃旗袍，嘴唇塗得很紅的小姐過來。父親和她說了什麼，她手一伸：「請這邊走。」帶他們到角落，一個白衣女人獨坐的桌子。

「雁君，叫唐阿姨。」父親一手搭在雁君肩上，用她從沒聽過的柔和聲調說。

那叫唐阿姨的女人站起來笑說，聲音沙沙的：「這就是雁君啊，穿得好漂亮！」

她的臉很白，燈光黃暈，雁君看不出是粉白還是皮膚天然白。兩線細長眉毛，粉紅油亮嘴唇。最引起雁君注意的是她方方的下顎，好像橋頭站崗的兵咬緊牙關的線條，岩塊的剛硬。她從沒看過女人長男人臉，感覺非常奇怪。

「我媽媽做的。」

「有人能替我也做這麼漂亮的衣服就好了！」唐阿姨笑說，微帶透明的白衫輕輕顫動。她笑起來好看多了，線條化開，好像變了一個人。

「你拿料子給我媽，告訴她你要什麼樣子，她就可以替你做。她什麼都會做。」

他們坐下來。雁君和爸爸一邊，唐阿姨對面。父親叫了三個菜，雁君每個都喜歡，尤其那道炸蝦球沾胡椒粉。父親和唐阿姨講話沒什麼吃，桌底下兩人的腳像老鼠交頭接耳。雁君邊吃邊張望別桌的客人，有點納悶無聊。

在回家的計程車上，父親又一次提醒雁君：「記得不要告訴你媽我們晚上去哪裡。」

「唐阿姨是誰啊？」

「爸爸學校的同事。」

13

作文題目是「我」，雅君坐在教室裡，咬著筆頭。她好咬筆頭，尤其是頂上的橡皮擦。軟軟硬硬的，含在嘴裡，有種淡淡的苦味。牙齒咬緊，輕輕的，橡皮擦在嘴裡滾動，然後用點力，牙齒淺淺陷進去，放開。她可以感覺橡皮擦彈回原來的形狀，像大拇指尖的肉，結實，有生命。「看你又在咬筆頭，不嫌髒，也不怕中毒！」雅君的母親總是說。雅君鬆開牙齒，為的是再咬緊，讓牙齒深深陷進橡皮裡，聞那味道，看終於在橡皮上留下的齒印。她的筆頭總是咬殘了，有時把玩鉛筆，她會覺得自己可能是個狠毒的人，暗自悚然。

她不知道寫什麼。她必須先發明一個我，然後寫那個人。而她沒有那個才能。如果她有創造一個我的本事，那表示她已經有一個我。這矛盾令人暈眩。她坐在那裡，牙齒在橡皮擦上磨，欲咬不咬，舌尖來回顫動，挑逗又逃避。這是她的祕密遊戲。她眼睛四下溜溜的看，大部分同學低頭作文，不管那自己有沒有什麼可寫。左前方一個女同學頭低得幾乎觸到桌面，筆尖向內，每一畫戳往心窩。這女同學的字很好認，朝右歪，筆畫擁擠，好像怕分開會有什麼危險。老師走過來，她趕緊低下頭假裝在寫。

從小學到高中，老師們似乎特別喜歡這個題目，或任何和我相關的題材。「我的家」、「我最喜歡的人」、「我的志願」、「我的嗜好」、「我的朋友」、「我的寒假生活」，寫來寫去好像就是這幾篇。雁君作文雖然總能得甲下、甲，甚至甲上，她從來不明白為什麼。她並不特別喜歡作文課，勉強應付而已。拿課本上學到的詞語和句型現成套上去，在生活中抓一點材料，拼湊起來就是一篇。不難，因為裡面沒有真正的她，更談不上創意。

雁君是一個自我意識模糊的人，凡事不是沒有意見，就是沒有強烈意見。她也許好奇所在的世界，僅僅是些微的，自娛的成分大於探索。她會幻想，連這都不很認真，有限而且矇朧，只及於大概，細節太吃力懶得去照顧。她想將來要快樂，隨心所欲。這快樂的內容是什麼？戀愛？結婚？生一大堆小孩？成大事業？發財？出名？連這樣都太具體，她滿足於將來就是將來，快樂就是快樂的籠統。頂多，將來不再是小孩，而是大人，出門不必報備，口袋裡有錢。她雖然不格外討厭當小孩，也模模糊糊覺得不管怎樣，當小孩不是一件頂讓人滿意的事。但是她茫茫覺得自然以一定的速度將她往前送，沒有什麼必要去催趕。她浮游在一種特殊的時空裡，早晨醒來，入睡邊緣，或上下學的路上，她有一種感覺：這是好的，這裡是好的。她並不去積極想像燦爛的未來，構築一個虛幻的世界。她在這裡，這裡有爸爸媽媽和大哥小哥，有她的家，她的床，她的故事書，這裡有她的一切。但是她沒法描述。我就是我，像空氣就是空氣，沒什麼可說的。

然而彭悅說：「我討厭這一切！」以令雁君驚奇的激烈，好像她知道很多雁君該知道卻不知道的東西。就像她有一天突然說：「你大哥很好看，你知道嗎？」那彭悅知道而雁君不知道的東西是什麼？生活裡有什麼龐大而且完全隱藏的祕密？雅君也數得出一大串的抱怨，但她不會斬釘截鐵說討厭一切，她個性裡欠缺武斷激烈的成分。彭悅的作文「我」這樣寫：「我等不及要長大，那時，我才能做真正的我。」她怎麼知道「真正的我」是什麼樣子？雅君想。雅君想不出在遙遠的未來，會有一個她和現在的她不一樣。她對未來真的是一點概念都沒有。這是她日後想起來，一再想要推翻卻反而一再證實的一點。她好像閉著眼睛往前走，不知道走到哪裡去，反正就是走下去。而彭悅張大眼睛，看見現在和將來的一切。存在並不重要，因為只要彭悅要，她就會讓不存在的東西變成存在。

雅君不小心提到和父親上館子，忘記把女人的部分剔掉，彭悅已經反應了：「女人？你爸的女朋友吧！」

雅君替父親辯護：「他說是同事。」

彭悅毫不相信：「只有你才會相信！」

雅君受傷了，提高嗓門說：「她不是我爸爸的女朋友！」

但是彭悅的疑心已經鑄成一種印象，一種看事情的態度，尖利快狠，像大人笑容下神祕猙獰的智慧。後來雅君問彭悅：「你為什麼說那女人是我爸的女朋友？他不能有女同事嗎？」「男同事和女同事約會吃飯？你這大寶貝給我用腦袋想想好不好？」彭悅幾乎是不耐煩而又愛寵的教訓雅君，好像她有多老了。

她們十四歲。雅君仍為樸良把自己歸類女生生氣，而彭悅胸部已經隆起，走路帶著某種姿態，說話眼神會飄。她四周的空氣閃爍，好像什麼正在發生，而只有她知道，蓄勢以待。她不是很漂亮，不像她兩個姊姊，她自己知道。但是她有一樣她們沒有的東西，一種熾烈毫不容情的生命力，一種從小便無法隱藏和壓制的雄心。她的眼睛和皮膚乾淨明亮，嘴唇鮮紅靈活，纖細的脖子和腳踝支撐獨立不馴的聰明和精力。在雅君眼裡，彭悅是美麗的，因為她征服一切的自信比什麼都散發更強烈的光輝。她們去看電影，彭悅指著穿牛仔褲的男主角說：「你看他屁股，真可愛！」雅君在震驚和追趕邊緣，努力看那屁股有什麼可愛，只看到英俊的面孔讓她融化。忽然彭悅說：「將來我做你大哥的女朋友好不好？」她並不在徵求雅君同意，毋寧是下達通知。「你大哥有沒有說過我什麼？」她問。高二時她對著北一女穿堂牆上，那些最好學生的「留影」說：「你知道我將來要做什麼？我要出國，我要到很遠很遠的地方，永遠不再回來。」她聲音神情裡有什麼莊嚴決絕的東西，讓雅君一陣寒冷。她因為數學不行只好讀文組，還不知道以「我要」來思考未來。最後她會出國，會幾乎為孩子的教育而留下來，變成許多身分感情模糊的現代中國人中的一個。不管發生什麼，不是因為她要，而是自然發生，沒有解釋不需要解釋的。但是彭悅早已超越懵懂，一心要讀丁組，要賺錢。她已經看見未來的自己：窄裙，兩吋高跟鞋，笑起來頭豪放往後擲，單身，成功，有自己的房子，數不清的男朋友，唯一的主人是自己。她看得清清楚楚。

「那你要給我寫信。」

「廢話！」彭悅白雅君一眼，幾乎是挑釁的笑說。

14

星期三，雨仍在嘮叨不斷，到處泥濘。雅君猶疑一陣，還是決定去活動中心的「美術社」。她討厭雨天，只有後來在美國冰雪長冬，才自虐似的苦苦想念滴答不絕彷彿永恆的雨聲，然後再後來在台北想念美國的白雪。

從文學院到活動中心好遠，那距離是整個梅雨季的累積，她連一步都懶得跨出去。如果不是個最守規矩的學生，她早就蹺課在家裡看小說了。她從來沒蹺過課，好像為了證明什麼。她總是坐在教室裡，眼睛看著教授，沒有人能指責她不專心。她的筆記完全而又工整，但是蕪雜混亂。她缺乏提綱挈領的本事，又懶得回家後重新整理。對她，到學校上課已算盡職。剩下的留待考試前加緊。「磨刀」，同學稱呼。

那年代，磨刀練劍是讀書浪漫的代稱。革命戰爭的大時代已經過去，一點餘緒叫動員戡亂，非常時期裡的平常生活。到處是領袖的像，禮義廉恥的匾，愛國歌曲，站崗衛兵。空氣裡有祕密的背叛和逮捕，沒有英雄烈士，只有匪諜和叛國賊。武俠小說和電影是生活裡最容易的浪漫，俠士，美人，單騎仗劍闖江湖。秦紅、司馬翎、臥龍生、諸葛青雲、司馬紫煙、獨孤紅、柳殘陽、古龍，和毫無疑問的，武俠之聖金庸。《獨臂刀》、《大醉俠》、《龍門客棧》、《虎山行》，甚至哄小孩的《七劍十三俠》都讓雅君如醉如痴。雅君從沒能擺脫對武俠小說的迷戀，越是年長，越以一種更新的熱情沉浸其中。也許因為這樣，她大學時特別喜歡《史記》，尤其是〈遊俠列傳〉。大歷史並不真正吸引她的興趣，她感興趣的是個人，他們的行動，行動後面的熱情。她嚮往那種激烈，不顧一切。唐代傳奇像〈紅線傳〉、〈虯髯客傳〉，讓她夢想有朝一日研究李世民，雖然只是倏忽即逝的念頭。大三時她甚至決定，將來要寫司馬遷傳。而事實是，她因為聯考掉在歷史系，對歷史，或任何學科，都沒什麼效忠，應付而已。因為習慣，也許加上一點小聰明，憑著考前磨刀，她成績還不錯，竟然領過一學期「書卷獎」，連自己都意外。

大學真正叫雁君感興趣的，是自由的幻覺。走在椰林大道上，那種隨處都有眼睛和訓示的感覺減輕了。可以選課，可以參加社團，可以什麼時候要離開學校就什麼時候離開。椰林大道和總統府前的重慶南路一樣寬，筆直豪壯，「長安道上馬疾疾」，像通往未來通往四面八方的路應有的氣魄。一進學校正門，她便忍不住覺得自己輕了，高了，放大了。快樂在等待，到處充滿機會。她抓住機會選了「美術社」，想也許有人教會畫得好一點。她想的是像彭悅那樣的書籤和卡片。

每個星期三五她課比較少，中午就到「美術社」去。那裡總是有人，而不管幾人，朱家康總是其中一個，好像以「美術社」為家，上大學和上課沒什麼關聯。數學系的，卻是漫畫高手。永遠穿著卡其襯衫、牛仔褲、黑球鞋，背著高中時代破爛拆線的軍服色帆布書包，為武俠小說典型的落拓灑脫做注似的。然而他的氣質裡面沒有真正的灑脫或叛逆，而是心不在焉。他單純是喜歡畫畫，追求創造而無意反抗破壞。看到雁君，他每每勤快招呼「嗨！」她便有點不好意思微笑點頭，走過去看他的素描。畫慣了漫畫，他的素描線條很快，形狀抓得很準，炭色輕染，有水彩味。雁君非常喜歡，常常站在他後面看他畫。他自己不滿意，要堅實，要深度，要畫出內在的生命。

「太輕浮了，你不覺得？」他問雁君。雁君不懂他的意思，不敢再像以前盛讚他的流動效果，怕洩漏自己沒水準。他幾個快筆幫雁君把形狀定義好，然後教她怎麼處理光線。

「說是這樣說，其實我自己還弄不好。」他抱歉笑說。

「我實在不應該參加美術社，一點天分都沒有！」一塊邊緣反光多少次處理不好，雁君炭筆摜擲到地說。

他把炭筆撿起來，站到她身後：「我看看，還好嘛！」開始慢慢清理那片塗抹混濁的肩窩地帶。

那個星期六幾個人走出活動中心，一個難得的晴天，下午兩點多，雲像爆米花撒開。有人醞釀去「東南亞」看電影，她說要回家，一個人往前走。背後一個聲音叫：「林雁君！林雁君！」她十步外回看。他眼光鎖住她，頭微微一側：「一起去嘛！」她沒有經驗過那樣無法抗拒的神情，似要求似命令，好像他們間有什麼神祕連結。她腳步僵滯一會，轉身朝他們走去。他替雁君付了票錢，進戲院後坐在她旁邊。他們肩膀微觸，雁君恍惚覺得特別。

雁君大二，朱家康便畢業了，隨即出國，失去聯絡。有這樣的人際關係，包裝整齊只為特定的時間場合。他和雅君的友情止於「美術社」，之外便好像兩不相干。一群人的場合，他似大哥哥照顧雅君，然而也一樣照顧別的女生。他人緣好，和誰都談得來。有人問他這麼會畫又愛畫，為什麼沒乾脆去上美術系。

「欸，我這人無可救藥，只能玩票，真刀真槍幹起來就沒興趣了！」他答。

「奸，你是笑我們沒你本事！」一個嘴快痘子長得也快的男生說。

「豈敢豈敢，我只是看我這輩子完蛋了！」他笑說。

他有女朋友嗎？雅君想。

一個周末「美術社」到淡水海邊露營，雅君謊說彭悅也去，換來父親輕蔑的許可。

「男男女女的，在外面要小心知道嗎？」父親以對樸良樸善的嚴厲語氣說。還是不放心：「你們一群不大不小的人打算做什麼？在外面睡能有家裡舒服，為什麼偏要出去找罪受？」

雅君提高了聲音：「跟你講寫生啊！」她開始領略父親的頑固老朽，不耐煩起來。

所謂露營是在社長父母的海邊別墅，進屋放下背包，大家就赤腳過馬路到海邊去玩水。有人立刻就全身撲進水裡，呀呀怪叫。雅君不會游泳，怕水，站在沙灘上看了一陣，捲起褲腳沿水線走。四點多，陽光仍然很亮。雅君一腳一個水花，一直走下去。不知走了多遠，一個聲音在後面叫，她停步回頭，欣慰認出那跑步的人影是朱家康。

「小姐，不要這樣嚇人好不好？不聲不響就不見人，以為你掉進水裡去了！」朱家康喘氣說。

「對不起！」雅君的第一個反應是道歉。

「大家忙著瘋，沒人看見你上哪裡去了！」

「我好好的啊！」

「跑這麼遠，想一個人走到高雄去啊！幸好我猜的方向對。」

「我從來沒在海邊這樣走過，很好玩。」

「這樣就好玩？」他笑笑，掉頭往回走。

「可是我還不想回去！」

「還走，真要一個人走到高雄去？」

「你先回去，我再走一下。」

「天馬上就黑了，還是現在一起回去，那邊已經在討論做晚飯了！」

「天還亮得很，我知道路，不會怎樣的！」

「走海灘，明天還有的是時間。」

雅君突然生氣了：「拜託，我媽老告訴我以後有的是時間，永遠是以後以後，我要的是現在！」

「別這麼凶好不好？我怕怕！」見雅君沒笑，他拿肘尖頂她一下：「老實告訴你，晚飯後的活動是夜遊沙灘。你小姐總可以等到吃完晚飯吧？」

雅君悻悻往回走，朱家康見她神色，伸手攬住她的肩：「生氣了？沒關係，吃完飯我們兩個跑第一。」

雅君幾乎說誰和你我們，卻只肩膀微斜，脫身跑開。來時火車上她看見朱家康和別的女生笑鬧，靈光一閃知道了自己的愚鈍。

快到別墅時雅君突然站定：「對不起，剛才那麼凶。」說完一點好強就垮了，眼睛紅起來。她快步走向前去，恨自己的遲悟，恨自己的道歉，恨自己無能表達真正的東西，儘管不是愛，只是一點尚未誕生但已經可以殺死的東西。

「沒什麼，晚上我們可以走沙灘走一個晚上。」他跟上來，溫和說。

15

星期六，雅君早上兩節課完便回家，帶母親坐公車到寶慶路。原來剪布料都在家附近街上店裡剪，這次跑遍幾家，甚至走到二十五分鐘外一條僻靜巷裡的一家去，都沒找到母親中意的毛料。雅君大三了，還沒有一件像樣的外套，母親慷慨起來，決定上台北。

母親極少出門，不習慣坐公車，一上車便即逃難似的東西竄找位坐。雅君安頓母親坐好，自己拉著吊手站在母親前面。母親一直往旁邊挪，要雅君也坐，雖然雅君笑說沒關係。過了兩站母親旁邊的人下車，雅君才坐下來。兩人肩腿相貼，雅君想不出什麼話說。看見對面一個小姐的外套，她叫母親看。

「樣子還好，顏色太灰了。」

「不會啊，我不覺得很灰！」

「人家化了妝，臉上有顏有色，壓得住。給你穿，就更整個人灰撲撲了！」

「灰撲撲就灰撲撲，誰要大紅大綠！」

「你穿衣服實在太素了，老挑發霉的顏色。樸良穿得比你都花！」

「他大花花公子一個，怎能不花！」

「怎麼這樣說你哥哥！他外向，朋友多，這不是花。」

「你是不知道而已。」

「我不知道什麼？別以為我什麼都不知道，你們沒一個有什麼事瞞得住我！」

「別太自信了！」雅君幾近自語說。

「欸，到了沒有，你看這裡這麼多人下車？」

「下一站。」

過了小南門，她們在中華路下車，經過遠東百貨公司往中山堂方向走。還不到中午下班放學時間，街上人已經不少。寶慶路連著幾家布店，她們一家一家看。從店前走到店尾，再走到店前。店員根據母親指示，拿下一疋疋布料，展開。母親拿起布料細細看，細細摸，或讓雅君披在身上。許多說不清的顏色，像複雜無法描述的情況。雅君完全不注意質料好壞，只看見恍惚的晦暗中交織顏色的紋理，彷彿充滿懸疑的情緒。她看見的不是布料，而是一種境界，穿在自己身上的感覺。母親立刻便告訴她不是純毛，或料子太粗，毛太扎，格子太大，顏色太不討喜。最後不是沒有看中的質料，但是出奇的貴。

「嚇死人，這麼貴，又不是穿金子！」母親半真半假嫌。

「這哪裡就貴！說貴這才是貴！」年輕的女店員露出虎牙說，抖開另一疋毛料。

「我這輩子還沒有穿過這麼貴的衣服。」

「不貴啦，這是真正上好的毛料，你摸摸看，又細又輕，不像別的料子，穿起來幾斤重，路都走不動了！一分錢一分貨，你掂掂看，看我說的有沒有道理？」店員很會說話。

「這料子普通而已，給你越講越神了。小姐你這麼會說話，東西南北都給你講得搞不清了！」

「這麼好的料子還叫普通？而且現在年終八折，實在一點都不貴！」

母親和店員講價，雁君在店裡轉。最後站在一批真絲料前面，看那些富麗古典的顏色發呆。說不出名字的顏色，從《西廂記》和《紅樓夢》出來的顏色，秋香、水紅、雪青、松花、石綠。愛情的顏色，夢幻的顏色。柔軟沉墜的料子，如最女性化的姿態，掛在男人的臂彎，或更進一步，如水從他頸脖瀉下。她不能想像穿這些顏色，那將好像戴別人的臉，過別人的生命。她不能想像任何人穿這些顏色。什麼女人配穿內在生命這樣濃烈的顏色？雁君在那一疋一疋絲料前來回，彷彿站在一個全新的宇宙，性格、愛恨、事件、美醜、好惡、成敗、時間、空間、生死，所有一切以顏色構築呈現，沒法形容，沒法計數的美麗顏色。

「雁君你走不走！」母親在叫。

等終於買到料子兩人都累了，出店來滿街下班放學的人，各自急急趕路，誰也不管誰。母親想就搭車回家，怕樸善樸良到家沒東西吃。

「哎呀，他們這麼大了，會自己找東西吃的！而且他們不一定回家，這是星期六。樸良鐵定不會馬上回家的！」

「樸善說回家吃中飯。」

「哎，難得出來，我請你去吃鍋貼，然後看電影，好不好？」

「你請我？」母親好笑說。

「用我的零用錢啊！」

「你那兩毛零用錢？我看還是回家吃好，外面貴又不好吃又不乾淨。」

「你根本是心疼大哥一個人在家！你心裡就只想到大哥！」

「你說這話沒良心，我這是替誰巴巴跑這麼遠來買料子做外套？你說！你知道這料子多貴嗎？比買現成的還貴！說我偏心！」

「只不過要請你吃個飯……」

「你自己想想看你講的什麼話！」

「我又沒講錯，你是擔心大哥嘛！」雁君知道這時該嘴軟，但是轉不過來。

「我擔心你們每一個。肚子我不餓嗎？我不想馬上找個地方坐下來有人伺候嗎？你們當中有一個人不在身邊我就牽腸掛肚，我想到自己嗎？」母親站在騎樓中間，經過的人帶著不耐煩轉頭看她。

「回家就回家！」雅君用盡力氣輕聲說。

她們往公車站的方向走。

「好了，我想開了，你要請我吃鍋貼我們就去吃鍋貼！」母親忽然說。

「你不生氣了？」

「你是好心，我生什麼氣？樸善他到巷口買麵包買包子很容易，不管他了！」

雅君高興起來，挽起母親手臂，兩人掉頭上天橋。橋上來來往往都是人，抬頭是環繞的巨大電影和商店招牌，底下車輛轟轟不絕，整個台北的熱鬧好像集中在這一個十字路口。雅君的眼光不經意落在馬路對面的天橋，人流中一個面熟的中年男人帶笑和一個白色方臉的女人，倏然一驚，再看一眼，迅即掉頭看母親。

「下橋就到了，這家的小米稀飯也很棒！」她急急說。

她知道母親沒看見，正如知道自己看見。她永遠不會告訴母親看見父親挽著一個女人公然在西門町走，就好像不會告訴母親她曾跟父親去和那女人上館子。在這個可怕的祕密以自己的時間自己的方式做毀滅性的呈現以前，雅君腦中轟然如車輛不絕不知自己在哪一輛車上往哪個方向，只十萬火急仗身在母親和真相之間，彷彿白衣俠客頂天立地站在惡人頑凶面前。

就這樣，那個下午，為了不甚明白的理由，雅君盲目保護一個謊言。在鍋貼和小米稀飯之間，她瘋狂的摯愛母親，如同她是自己無助的女兒。

迴旋

1

清早樓底下巷裡，一輛汽車的警盜器大鳴，咻咻的聲音十萬緊急，不肯停。

雅君從夢中醒來，睜眼看白色窗簾透進來的光，想要追憶夢中的情景，只有情緒沒有情節，才幾秒前的夢已經消失。

早餐照例是牛奶、吐司麵包、橘子汁、果醬，和每天相似的對話。

「小同，橘子汁不要倒在牛奶裡！」

「小文，不要一邊吃飯一邊看書！」

「晚上研究生有個案例討論會，不要等我吃飯。」

一切如常。這是九月初，一個陽光清朗的早晨。

他們都走了以後雅君收拾好碗筷，奔進臥房。昨晚睡著以前她便在心裡搜索過衣櫥、抽屜，現在面對大開的衣櫥，只穿著胸罩和內褲，尋找一個理性安全的搭配。她需要一個堅固的顏色隱藏底下的動機，她要看起來鎮定、冷靜、自信，沒有任何猶疑和不安。而不止這些，她要看起來深沉、誘人。她要在今天做她一向嚮往的女人：性感而又性格。

她有兩個鐘頭製造意欲的效果，她要他知道她有意，但是不庸俗、廉價。她不能讓他看輕自己！她沒有想到的是，她從沒有生過看他不起的念頭。而這不是思想的時刻，她所有的念頭集中在一件事上：今天他見她的第一個印象。她在準備，然後創造那第一印象，彷彿他們從來沒見過面。其實，這應是他們第三次見面。

房間裡終於出現一個期待中的偽冒者：半高領的米色半長袖痲紗短洋裝，領口配同色蕾絲花邊，銀色垂盪的螺旋形耳環，咖啡色絲襪，白色矮高跟鞋。洋裝底下是全新的白色蕾絲繡花胸罩和內褲，和噴在乳溝中間的香奈兒5號香水。她斜眼看鏡子裡的女人，吸進肚子，聳起肩，學做一個嫵媚而又無邪的表情。而後那表情倏然消失，一個老實的女人望出來。

2

從計程車後視鏡雁君審視自己，那冷靜的臉是一個分明自知的女人。她轉頭看流逝的大樓和車輛，錯覺自己確實是這現代都會裡的現代女人，成功、自信、世故。她總不太確定英文所謂的sophisticated什麼樣子，就像她現在這樣子嗎？而她清楚知道自己不過是個冒牌貨，是個走在城市裡的土包子。每一分鐘流逝的時間將她擺脫在後，每一個新的流行嘲笑她的保守。轟然的城市，轟然的時代。坐在計程車裡聽司機放許景淳如笛的歌聲，她是一個出發去犯罪的人，在為每一個紅綠燈而遲疑的同時勇往直前。她好像在一部庸俗的電影裡。

雁君跨出計程車走進「威尼斯」。小義大利餐館，深藍色厚實地毯，核桃木牆，牆上掛著古典人像素描。每一張小桌子鋪著兩層桌巾，底層白色，上面一層和地毯調和的另一種藍。她立刻喜歡。

雅君站在門口，齊文農從靠裡一個角落已經看到她。他早到了十分鐘，這是他的習慣。典型西方文化的產物，視準時為現代人起碼的道德修養，因此他在很多方面雖然可以不拘小節，卻絕對不在時間上苟且。

他招手，她看到了走過來。

「對不起，我遲到了！」她靦腆笑笑，坐下來。

「是我早到，不是你遲到。事實上，你還早到了一分鐘。」他笑看錶說。「我有早到的壞習慣，讓別人以為自己遲到。」

她腦裡閃過：他經常和女人約會。

「怎麼說是壞習慣？」輕微的緊張使她不知道說什麼，幾乎是盲目的抛出這個沒有意義的問題。

「說老實話，我不覺得是壞習慣。不過好壞常常是相對的，如果大部分人遲到而你準時，那就好像你不對，沒有照牌理出牌。我是比準時更糟，所以簡直壞上加壞。不是我故意和大家過不去，實在是天性這樣，改不了，快接近約定時間我就坐立不安，一定得早早出門才舒服。你可以說我神經質。不過台北交通這麼壞，有時我提早的時間全在路上用光了。」她聽他說話，覺得他們彷彿已經認識很久，毫無拘束。他隨和的眼神和輕鬆的語調使人舒緩下來，覺得凡事都沒什麼大不了。

「我是出名會遲到的。也沒有存心，只不過摸摸弄弄，最後就遲到了。今天是意外，大概因為我太緊張了。」她並不想讓他知道自己緊張，但是他那帶笑的眼神告訴她他了解，不管她說什麼。她不知道為什麼，到他面前立刻就安定下來，不必擔心動輒得咎，因為他會了解、包容。

服務生早就端了水拿了菜單過來，現在他來問他們是不是要點菜。她連菜單都還沒有打開，他告訴服務生等一會再來。

「我已經很久沒進過西餐館了。我們從來不上西餐廳，除非應酬。楊明則——我先生是非中菜不吃的，在耶魯時發誓，回台灣以後絕不吃西餐。我笑他是大中國菜主義，他糾正我說根本就是如假包換的大中國主義。還拿大日耳曼主義、大美國主義、大日本主義做了一大篇文章，把我當他學生，教訓了一頓。」她說，一邊瀏覽菜單。原來是隨口說，見他一臉興味盎然，便接著說下去。「他說他相信世界上有兩個最優秀的民族，中國人和猶太人。他所謂的優秀包括三方面：智力、文化和教育。他心裡可能覺得猶太人比中國人還強，因為諾貝爾獎得主至少有一半給猶太人囊括了去。不過他這人種族主義太強，絕不可能擺明了說中國人不如猶太人。要像我這種和他生活在一起的人，才能從平常的蛛絲馬跡中推敲出來。反正他提出猶太人，用意是說歷史上猶太人沒有國家，才吃盡了虧。如果他們早就有自己的國家，說不定現在整個地球都得聽他們的，哪裡還得慘兮兮拿一個小不可憐的以色列，去和那種文化落後的巴勒斯坦人打交道。可見種族一定得團結，國家一定要強才有戲唱。中國人就是不團結，清朝以前有點本錢還可以妄自尊大，可是這民族自尊心從鴉片戰爭以後給洋鬼子一炮打爛，從排外、懼外變成媚外，凡是自己的都不好，外國的都好，到現在不但沒恢復過來，還越來越厲害，除了提倡大中國主義，沒有別的方法可以矯正。他雖然認為毛澤東是中國史上最大的暴君，卻贊成他說矯枉必須過正的說法。所以他從個人開始，實踐大中國主義。對外來的東西保持理性的警惕，甚至排斥。看見街上多開一家麥當勞、肯德基炸雞，他就氣得不得了，罵劣幣驅逐良幣，恨不得拿磚頭砸那些店的招牌，像個小孩子。」

服務生站在旁邊等他們點菜。她求助的望他，他便替她點了，還點了兩杯紅葡萄酒。

服務生走，忽然一下沉靜，立刻她覺得空氣尷尬起來。熟悉感消失了，代之以陌生。她和他三個月前認識，通過兩次電話，喝過一次咖啡，她對他的了解幾近於零。她相信她看見的他不是真相，正如她不知道和他交往的她是誰。她抬頭看牆上的畫，清楚意識到臉旁迴盪的耳環，自己身上恍惚的香水味。他的眼光追隨她的。牆上的素描以迅速堅定的黑白筆觸表現出宏偉的骨架和僨張的肌肉，讓她想起米開朗基羅。

「我第一次來這家立刻就被牆上的畫吸引，想就算菜不好吃還是可以來喝咖啡。結果菜非常好吃，我尤其喜歡這裡的大蒜麵包（我剛好非常喜歡大蒜）。館子裡的師傅自己做的，每天當天做，你店一開門來，他麵包才剛出爐，軟烘烘的，抹上一點奶油，真是香得不得了，全台北找不到第二家！我相信真正的義大利麵包一定不是這樣，我沒去過義大利不知道。但是誰管他義大利不義大利，反正好吃最重要。我一點也不在乎台北的西餐館菜道不道地，我的哲學是西菜一定要中吃。我是不迷信西餐的，不過沒到你先生大中國菜主義的地步。基本上吃我也是偏中菜，不過我總覺得上中菜館就是純粹吃，完全是感官的，口腹之欲的滿足。也許我這人比較虛偽，snobbish。我覺得吃，真正算得上享受的吃，是包括精神和官能兩個層面的。你不光是吃，同時在享受一種氣氛，一種情調。你不止是咀嚼吞嚥，而是品嘗一種文化和生活方式。桌上的食物重要，同桌共飲的人也重要。我可以說一大篇。我這人的毛病是學問沒幾兩，意見倒有幾大籮筐。其實我真正要講的是你先生的話我也有同感，雖然猛一聽覺得太極端。不過我倒不是信奉大中國主義或什麼主義，原則上我對任何主義都敬而遠之。我有一個衝動的弱點（哈，我弱點可多了！），很容易就一頭栽進某種思想模式，爬不出來，所以我隨時都保持警覺，旁觀而不參與。我同意你先生因為和他一樣，我也很中國，除了中國文化，沒法認同其他文化。不過我是身不由己，想不做中國人都沒辦法。不像你先生，他好像是理性的決定，有種要孤手挽狂瀾的味道。他大概有點英雄主義在裡面。」

他說話時菜已經一樣樣來了，她邊吃邊聽。從第一次遇見他到現在，她始終為他的侃侃而談驚奇。他好像蘇東坡寫文章，水到渠成，左右逢源，不擇地可出。明則的興趣只集中在兩方面：法律和政治，其他可有可無。平時他沒有什麼話說，碰到感興趣的才慷慨激昂，長篇大論。這時她是聽眾，插不上嘴。明則並不要求她的反應，當他振振有詞表達自己時，重要的不是他說什麼，而是他說的方式。他的眼神、表情、手勢、聲調、措辭，在在都表達一件事：我比你聰明，我想得比你周到，我是對的，我不可能錯。他不是交談，而是演說，甚至訓話。他的思想和氣勢把你壓下去，他讓你縮小、退卻，雖然他一再說他是最民主、最講理的。而他，眼前的這個他，仍然陌生卻又熟悉。他談笑無心，嚴肅中帶著遊戲。他不把自己看得很嚴重，自嘲、自貶，說了一大篇之後又統統取消，彷若無事。

他們寂靜吃了一會，不時相視而笑。他吃得很慢，很仔細，每過一會就啜一口葡萄酒。有時她把眼光從他身上移開，看看館子裡其他客人，或細細研究正對面牆上的畫。等她眼光再回到他身上時，他含笑迎接她，充滿一種相知的戲謔，好像他們身在一個只有他和她知道的玩笑之中。她微笑回應，覺得自己也調皮斗膽起來。

「你呢？我說了半天我我我，你說了半天明則明則明則，好像我在和你先生吃飯。不是我反對你談你先生，我一點也不介意。只不過我請的是你，不是他。」

「我？我沒什麼好說的。我是天下最普通的人。」

「我們都是普通人，可是我們都不一樣。我的興趣正是普通人，看起來平常可是裡面有神祕的東西，使這種人一般而又不失特別，耐人尋味。我最沒興趣的是英雄，他們太極端。極端的東西搶眼，可是沒什麼可以咀嚼。小說裡寫極端容易，把他們誇張、簡化，變成典型，stereotype。難寫的是普通人，既善且惡、愛恨交織，看起來沒什麼，裡面卻有很多迴旋餘地，進一步退一步可以造成完全不同的後果，這才有意思。我相信我絕對普通，可是我也相信這世界只有一個我，沒有第二個。所以你和我說你普通，是一點意義都沒有。」

她笑笑：「你太會說話了，我無話可說。」

「我不是太會說話，而是太多話。別讓我說個不停，你有權利也有義務隨時打斷我。」

然而他們這一餐飯免不了他說她聽。她一點也不以為意，正如當學生時從來沒有跳上台去現身說法的欲望。如果她自我強一點，會覺得他太自我中心，只忙著炫耀自己，卻看不見別人——至少看不見她。但是她覺得自己這樣空洞乏味，樂於在他的言語裡面隱藏。而她確實喜歡聽他說話。她不能分辨是因為喜歡他所以喜歡聽他說話，還是他的話真的與眾不同。只要和他在一起，看他說話時用心的注視自己，她便覺得足夠。從來沒有男人這樣認真和她說這麼多話。

吃完飯兩點多，他要送她回學校，她回絕了。他替她招手叫來計程車，她從車裡向他揮手，他也揮手。她不想回學校，今天只有早上的一節課，但是也不想回家。司機問她去哪裡，她說：「你開就是。」

年輕帶八字鬍的司機笑說：「哪裡都不去這難開，你還是給我一個地方！」

「會難開嗎？那你就先往前開就是了！」慌亂中她說。

3

文農和雁君半年間見了四次，每一次他打電話來都好像臨時起意。分手時沒有約定沒有承諾，連不捨或期待都沒有，好像就此不再見面了。好像他們的關係再平常不過，正是多年老友或夫妻的無所謂。

起初雅君以為久久見一次面正好，她還不習慣和明則以外的男人單獨一起。她不確定她的身分允許這樣的自由，雖然明則和她從不曾對彼此明白約束。如果明則在外單獨和別的女人約會，儘管不過是吃吃飯說說話，她會在意嗎？會，她知道。她沒有足夠自信支撐慷慨的肚量，立刻便會受傷了。未必是愛情受傷，而是自尊。她需要禮儀的形式來維護一定的規模，譬如道德維護婚姻，婚姻維護愛情，雖然婚姻並不等於愛情。而愛情是什麼？雅君還不要陷到這個討論的混亂裡，還不到時候。她並沒有在和齊文農談戀愛。兩個已婚的中年人偶爾見面，談一談學問和家常，如此而已。

顯然文農是一個強烈自覺但欠缺自制，或者，看輕自制的人。他說別讓我說個不停，卻忍不住在他們見面的一兩小時裡滔滔不絕。雅君嘗試從這些洩洪式的獨白中拼湊文農的真相，她並不認識他。他在語言的障嶺之後，她知道他的意見，並不知道他。好像閱讀一篇繁長的論文，知道討論的主題，但毫不知道背後的作者。雅君的拘謹保守，使她不會輕易便以為自己已納入他人的寵信。她和文農之間無疑有某種曖昧，不是苟且，純粹是難以定義。他們在交朋友，但是並沒有越過性別的定義。文農和雅君都深刻意識到對方的性別，因為同樣特質放在同性身上立刻便失去吸引力。

他們在一個大學夏令文藝營裡認識。她的「通俗小說和歷史」和他的「小說和新聞語言」剛好隔壁，下課時在走廊上遇見，同行到辦公室途中打破陌生人的藩籬。她在報上看過他有時的散文，對他名字的印象多於對他的文章，而他並不知道她林雁君是何許人。晚餐時剛好坐在一起，他立即便很健談，像多年老友。她邊嚼邊點頭，像注腳似的偶爾插進自己的意見或問題，比學生更謙虛。

齊文農不是個好看的人，額頭低而突，頭髮雜草似的一把罩住，幾乎掩住粗厚的眉毛，給人尼安得魯人的印象。下巴尖長，青青的像瘀血。唯一好看的是眼睛，亮而不安，西方人似的凹陷，捲長睫毛，對準人看時有一種讓人錯覺凶狠的犀利，笑起來卻立即滿是孩子氣。菸槍，一根根不停抽。雁君不喜歡他抽菸，曾經勸他戒，至少減量。他搖頭又搖頭：「不是我不怕死，也不是我不想戒，實在是，我戒過太多次了，知道我的人形容我是永遠在為下一次戒菸做準備。說老實話，我也看開了，人生夠沒意思的，菸不抽，酒不喝，肉不吃，不性不愛，不競選，不革命，不年輕，不天才，不漂亮，不有錢，不霸道，不胡作非為，你說還剩下什麼？」

雁君覺得好笑：「我只叫你少抽點。」

「問題是你不是我周圍唯一的人。這個說你酒喝得凶了點，那個說你吃得太油了，另一個說肉就是毒，再一個說天下最傷身體的就是結婚，又一個說只有猛吞維他命丸才能保命。大家都是專家，都像佛教徒基督教徒一心要渡你上他們的天堂。他們不知道我要是沒菸幫忙，搞不好馬上就會做出什麼驚世駭俗的事！」他一邊吐煙一邊說，幾乎揚揚自得。他說的其實是他太太。三十五歲以後，她一夕間變成維他命和素食狂，大量削減他的糖鹽油葷，完全無視他的哀求與抗議。她是一個果斷實際的人，相對他似乎正相反。他不確定他真是不切實際，還是只是把握機會享受太太賦予的奢侈。

「譬如？」雁君不相信。他這人太喜歡誇張了。

「說不定我馬上胖三十公斤，不然立刻競選立法委員。」他笑說。「其實我真正想的是同時和五個女人談戀愛。」

「五個？不嫌太少了？為什麼不乾脆說十個二十個？」這不是雁君通常會說的話，但文農的無忌逗引出她隱藏的戲謔。

「五個一點都不少。其實整個台北要找出一個我中意的女人都難，五個簡直是天文數字！你知道我無聊到什麼程度？有一天下午我在辦公室等一個學生等得快睡著了，就拿所有我認識的女人來想若真正愛起來的話會怎樣，結果是我根本對她們一個都不感興趣。開始還好，過不到幾天就不行了。沒有什麼可以撐過頭幾天的東西。」

「我應該覺得受侮辱，不過我懂你的意思。」雁君立刻覺得當面一擊：那麼他把她算什麼？不是女人，還是不值得他計較中不中意的女人？一個人的誠實有時是這樣可怕的殘酷，而教育一再強調誠實的美德，正如她發現自己不知多少次對小同重複要說實話，絕不能撒謊。可笑我們的道德總在猝不及防的時候反噬，而我們除了繼續一貫的政策無以應付。這些念頭瞬息間掠過，不夠清晰到激起她自衛的憤怒，但是足夠給她短暫的清醒以看清局勢。她微笑掩飾過去。

「不要誤會，我不是說台北沒有可愛的女人。有，很多，街上隨便看看就是。現在的女人無疑比以前的女人要可愛很多，因為她們有自我、有野心、有鈔票，甚至有車、有丈夫（他做了一個鬼臉，顯然這是他一時的神來之筆），會打扮、會說話、會對你張牙舞爪，會像換衣服一樣把你換掉。不像以前的女人，只是雲啊霧啊眼淚鼻涕啊的捉摸不清！我說找不到一個是針對我自己，在我這個年紀，這個局面，這個心境，我看女人馬上就越過頭幾分鐘的火熱，然後是誤解、不了解、不想了解，到冷淡、厭煩、鄙視、仇視，到什麼都沒有。好像照明彈一樣，轟一下滿天亮，之後一片漆黑。我不信佛，可是我覺得我的心境有時根本就是佛家，《金剛經》裡面那句已經被引爛的如露亦如電如夢幻泡影的那種空寂。可是佛家真正追求的不是空寂，而是空明。空寂是完全黑暗的境界，而空明是光，是山窮水盡以後的出路。希臘神話裡有一個國王，手指碰到的東西就變成金。我是剛好相反，碰到什麼馬上變成灰，一點可愛都不剩了。你說，這樣子不抽菸不喝酒還能活嗎？」

她從沒有見過這麼愛說話，也會說話的人。他瘦長身架裡龐大如鯨魚的自我永遠讓她驚奇，他像一個永不停止要求的小孩子。她不知道他為什麼向她說這些，唯一的解釋，是她只不過是他眾多聽眾中的一個。

4

十七歲的文農不會認識現在的自己。

瘦長如典型的高中生，已經開始出現青色鬚根的臉上一對不安的眼睛——以後不管怎樣變，他始終不會失去這如註冊商標的眼神。高三時，他正忙著考大學，他母親在緩慢的痛苦後死去。目睹死亡挫傷了他權利內應有的天真，他在別人享受盲目而燦爛的青春時，太快理解了成人的意義：成長最終只是痛苦的累積，不是什麼。

他痛恨母親死亡的樣子，她原來是個愛漂亮的人。我的樣子一定很可怕，是不是？她曾經問，勉力擠出一個微笑。他不知道怎麼回答，這是適合女兒回答的問題。他只是一個在需要時可以身體保護母親，但不能以語言安慰的兒子。你會好起來的，他聽到自己笨拙的說，聲音帶著不能掩飾的僵硬。他們從沒告訴他母親她無救，但是他知道最後她知道，只是假裝不知道，讓他們哄她，騙她。她死前幾個月老是夢到已經死了、埋葬了，萬分驚恐醒來。你們一定要確定我死了才能抬出去，她一再交代。你不會死的，你會慢慢好起來的！他強給自己聲音灌注一點樂觀的權威，然而誰也騙不了。

他始終沒有失去死亡給他的特殊知識，雖然那痛苦已經淡忘，被認命式的漠然或叛逆性的鄙視代替——沒有人能時刻直視死亡而不失去生活的勇氣或興趣。他所保持的，是隨時召喚母親死亡的臉，然後以穿透人生短暫的嘲諷急速從現實退卻的能力。這是他在最低落時，給予自己最大的安慰。同時，他決心做一個不會被死亡掃蕩盡淨的人，不知除了個人意志有其他先決條件，外在譬如時機，內在譬如天賦。他不知道這個決心最後會以寫作的形式呈現，從沒把寫作當作很嚴肅的事。他是一個多才的人，能寫能畫，有一個低音的嗓子，吉他拿起來撥弄兩下就也能彈像樣的曲調。甚至在他父親再娶之前是家裡稱職的廚子，他煎的魚皮金脆而肉滑嫩，簡直不比母親的差。高中時他當了一年校刊主編，大學時在學校報紙上寫長篇抒情的思想性散文，掛筆名「下隱」。他是當年典型遊戲筆墨的文藝青年，無文學野心而有充分熱誠。那時整個政治、社會風氣遊戲的成分很小，教訓意味很濃，文學是年輕感情的一個出路，一種限度內自由的幻覺。校園裡多少低頭聽話的學生，他是其中一個。沉默變成不耐時，寫作給他一個聲音，不管那聲音多麼微小。要不然，他只是另一個等候畢業，等候人生從功課變成現實的學生。在那階段，他們都還是假的、空的。

原來文農並不知道自己會出國。大三時，同學間開始聽到討論出國留學的聲音。他把自己從這些聲音中排除，認為無關。除了沒有強烈出國的欲望，隱隱有必須留下負起長子責任的念頭——「父母在，不遠遊」，古訓這樣說。當兵時同排，一個很談得來的預官申請到柏克萊，退伍後馬上就走，夢幻似的談美國、加州、汽車和高速公路。機械化的軍隊生活使他突然狂烈嚮往國外世界，雖然有時也矛盾的喜歡軍隊嚴明秩序下的簡單。他相信自己是個追尋自由的現代人，為了貫徹（或者說考驗）這個信仰，也為了對退伍立即就業的恐慌，他開始申請一些美國大學。機場全家來送行，父親、繼母、弟弟和三個妹妹。他沒什麼感覺，除了微微的歉疚——父親已經五十多。繼母竟然拿手帕擦眼睛，教他好好照顧自己。他對繼母從沒有什麼特別感情，除了分內的禮貌。她並不壞，該做該給的她都盡到責任。但是他知道她不是他母親，知道她對自己親生的孩子不一樣。她對他少了那點額外，那和需要、責任無關的，盲目的感情。他不怪她，因為他也沒法逼自己偽裝親近。他受傷脆弱時，就在心裡召喚死去的母親。事實上繼母的眼淚倏然牽動他對母親的思念，他默默提醒自己出國離母親更遠了，肚子裡一陣緊蹙。需要什麼就寫信，父親交代。弟妹笑嘻嘻和他揮手再見，他拿著機票揮手往裡面走。機艙比他想像的大，擠滿了忙著放行李就座的人，簡直像菜市場。飛機起飛，引擎聲和衝破空氣的速度放大了情緒，一陣熱潮湧上，他意識到這便是詩詞裡傷感戲劇的離別，急急看窗外以眼睛向台灣島告別，只看見藍汪汪的海。

在密西根的安那堡，文農從社會系轉到大眾傳播，一待七年。早出晚歸，生活是教室、研究室、圖書館的循環，吃飯經常在麥當勞解決，每個月給家裡寫一封信說一切都好。博士論文寫到最後，年紀大的指導教授大病一場，住院開刀，他只擔心他死掉拿不到學位，一切得從頭再來。指導教授回到學校，瘦了一圈。放心之餘，文農才有時間省視自己的良心，看到自己已經變成冷血功利的人，微微覺得愧疚——只是微微，現實的考慮第一，溫情是負擔不起的奢侈。

在美國，他從身分證上一向的安徽合肥，變成來自中華民國台灣，從以前的省籍自覺換到膚色甚至性別的自覺。暗戀統計學班上一個紅頭髮的女生，從沒見過眼睛那樣會笑的人。他只敢遠遠偷看她，知道她有男朋友，更重要的，知道自己不是白種人。未必她會以這理由拒絕他，安那堡到處可見跨族的戀人。而是他先自膽怯，隱隱覺到平等的表面底下，種族的界限分明。不是不可跨越，只是要花力氣，而他不願降低身分去花那種力氣，也沒有時間。他聽到過機械系一個台灣男生追一個白人女生，以為到手揚揚得意，最後吹了，發誓再也不眷顧臭美國母狗。他不對這故事認真，但是記在心上。那男生他知道，是個自以為是的空心大蘿蔔，活該被甩。他不需要自找麻煩。週五晚上他有時放任自己，在亞洲圖書館看一整晚的武俠小說或過期雜誌，或到校園邊的戲院看午夜場的春宮片。偶爾買一本《花花公子》雜誌，可以撐上好幾個月。一直到他認識章敏。

章敏小文農三歲，同系碩士班。長得白皙古典，舉首投足都非常秀氣，他立刻就喜歡她。那個夏天他沒修課，找人教開車拿到駕駛執照，立刻買了一輛龍船級的老爺羚羊，非常平穩，開上路像航空母艦，吃油則如長鯨吸海，好處在車身爛光，引擎可以再跑二十年。章敏應該有男朋友，但是她始終宣稱沒有，他也不多問。安排過去是她的權利，他關心的是他們共同的未來。他帶她去買菜、逛公園、划船、看電影、上中國餐館。異國兩年的孤單盛放成長篇自如的談笑，他有很多觀察和結論，關於學位、文法、人種、熱狗、房東和口音。她不多話，聽他像個表現狂一樣鳴放。不特別精采的話，也能逗她笑得上下牙齦都露出來。在她面前，正如以後在別的女人面前，他發現底下那個能說善道的自己。週末晚上他們整夜聊，喝啤酒，在無聊的學生生活裡挖掘出無數可笑的事。平常一起做飯，上圖書館。她住在一棟大房子裡，公用浴室和廚房，自己一個臥房。在她房間他們坐在地毯上看書，吃冰淇淋，躺在彼此身上。然後，必然的，那使人短暫忘記一切的奢侈：肉體。她從沒有害羞或猶疑，出乎他的意料。他們只是很自然，很實際的進入情況。他知道她必然已經有過經驗，她既不說，他便把合理的好奇歸入檔案。他不計較，不在乎。他心目中的自己，不是個小心眼的人。他相信自己應該是個溫和講理的現代人。他們從現在開始，而不是過去。所以他們去看電影《黛絲姑娘》出來，竟是章敏堅持黛絲不應該洩漏她的過去。她一拿到碩士他們就結婚，她在社會研究所找到一個做統計研究的工作，生了第一個孩子，兩年後他們回台灣。他三十一歲，有一張嶄新如鈔票的博士文憑，孩子已經滿街亂跑，而生命還沒有開始。

5

雁君有個習慣，搭上公車以後，不管站或坐，車子一開動，除了開始幾秒，便很快忘神，對自己對身外都恍惚不覺。或者想到小同小文講的話，或者想到晚餐要弄什麼菜，或者想到一篇正在讀的論文，或者因為什麼觸動想到小時的事。在公車停停走走的韻律中她的思緒很輕，像蒲公英，儘管根植於地，花絮卻等候隨風飄散。她不能把握自己會想到哪裡，也無意把握。每天公車帶她到一定的目的地：學校或家裡，如人生種種可見不可見的條理帶她往一定方向。而在到達之前，她很樂意暫時放縱自己飄遊。

從沒有其他時刻，像在公車上短短二十五分鐘，她這樣充滿了想法。說想法其實不正確，既然她不能掌握所想的內容，很難說那些不知來自何處的東西是想法。想，思想，對她來說，應該是有秩序，自覺的。也就是，在某種程度內，接受意識左右。而她在公車上腦裡的活動，完全是散漫的，自來自去，絲毫不受她控制。任何一個景象、聲音、氣味，甚至只是她自己內在蒙昧的感覺，都可能倏然發動另一個世界，她在那世界裡來去自如，彷彿是自己，又彷彿不是。偶爾黃昏時刻，洗米準備做飯，站在水槽前，她會突然凝鑄在一種感覺裡，整個人充滿了什麼而微微發光。就像那個時刻，白日將盡，明暗交接之際，什麼東西在逝去和成形邊緣，飽蓄了可能，複雜而耐人尋味。然後一個聲音打破那流質的膜，她幾乎全身一震，又回到現實。她喜歡那出神的恍惚，因為缺乏想像，無力憑藉自己隨時躍出現實。並非她有什麼特別不快樂，必須逃避。她只是珍惜那短暫的自由，儘管並非實質。她早已知道自由的不可能，不管從理論或現實的角度，自由充其量只是一種幻象，一種感覺。而當生活鍥而不捨以無限重複的細節使人麻木、愚笨，即便是倏忽即逝的錯覺也是好的。雁君會在最不可能的時刻突然發現自己已經很久沒有感覺，在出生和死亡，快樂和不快樂的中間地帶，生活只是一個無可否認的事實，迴避不了的義務。這剎那的認識使她抬起頭來，看一看周圍，領略一下那真正活著的刺痛之感，然後低頭回歸生活必須的平常。只有在車上，窗外不斷逝去的景物給她自己恆動的輕快，她失去了重量，最主要，失去了自己。

也許因為這樣，雁君一向喜歡旅行。小學時遠足那天，她總是充滿了興奮。當然興奮的不只是她一人，但是她這種對旅行的興奮一直維持了下來。也許對別人，旅行的愉快在於目的地所許諾的神奇，對她則是到達前的憧憬，到達本身反而不重要了。坐在遊覽車、火車或飛機上，她的第一個感覺永遠是立即年輕，甚至回到童年。她的眼睛機靈起來，打量其他旅客，臉上好奇發光，像永遠在笑。等到上路，她轉頭看窗外熟悉的景物逝去，變成陌生，那種駛出局限通往廣大的開闊之感給她最大的快樂，好像突然具備從沒有的能力，可以快速不斷行進，永不停止。不過這種感覺只有在她是乘客時才有，如果是自己開車（儘管少之又少），她便有種慌張失措之感，代替興奮和輕快是某種程度的自憐，興味索然。對她，駕駛是太大的負擔，完全破壞了旅行應有的無憂無慮。自我、責任、歷史、道德、愛，都太重了。當她旅行，她不要任何重量。

雁君並不常旅行。成長時，台灣仍在貧窮中掙扎，整個社會建立在工作維生的迫切邏輯上，度假是奢侈，旅行只為需要。雁君父母從來沒帶他們旅行過，連上圓通寺都沒有。只有一次，雁君父親心血來潮，帶他們到烏來看瀑布。他們坐近兩小時的車到山上，在熱鬧的遊人中虛晃一招的走一圈便上車下山，僅夠時間讓雁君母親從暈車中恢復過來。所以在雁君記憶中，上植物園、新公園和動物園簡直便是旅行。大學時父母也並不鼓勵她參加旅行活動，表面的理由是以後機會很多，底下的理由雁君從來沒去想過。留學時比較有機會旅行，但是雁君不會開車，只有認識明則前隨一群中國同學到紐約玩了一趟。結婚以後便像生了根，頂多到附近海邊走走。明則不喜歡旅行，也太忙。他是那種不需要假期，也不了解假期需要的人。度假不是消遣，而是高消費的無聊，他曾經調侃說。讓他一天不看報紙，不面對書桌上成堆的書籍、檔案，他便若有所失。除了結婚時到夏威夷度蜜月，他們在美國五年最北到過尼加拉瀑布，最南首都華盛頓，最西不越過芝加哥。波士頓從耶魯開車只兩個半小時，如果不是雁君堅持要看童書《讓路給小鴨鴨》裡的市立公園和哈佛大學，根本就不會去。連上館子他都不感興趣，理由是館子裡的菜沒家裡好吃。結婚以前他忠於他母親做的菜，結婚以後忠於雁君做的菜。他所謂好吃的菜，是他從小習慣，每天吃的菜。從吃擴張出去，他的舒適，也就是他的快樂，建立在每天一樣的環境，一樣的流程。在這熟悉之中，他才可以毫無分心，全力以赴。目的取向，他從來就有清楚的目標，而設定之後便不再懷疑，更改。雁君抱怨他只看見正前方的東西，其他都視而不見，而對他視而不見就等於不存在，沒有考慮的必要。他的回答總結了他的人生哲學，他說人活著一定要有目標，目標使人集中，而只有集中才能給人真正的快樂。這裡他甚至難得的引用法國哲學家巴斯卡的話：「只有工作才是救贖」，來強調他正確，不可辯駁。他的意思是，工作給他最大的快樂，只要有工作，他就是個快樂的人。雁君自己不是這樣，對明則的一絲不苟既敬重又不耐，看情緒而定。心情好時她也能像明則一樣，抱著「大丈夫當如是也」的豪情積極進取，致力於家庭和工作。心情不好時那種煩躁就又來了，覺得自己不過是生活的化石，操演忙碌的騙局。從明則的穩定裡她至少吸收到一點：心情不好是違法的，也就是，無能和不道德的總合。她反正夠忙，沒有時間操心鼻尖以外的事。

這些天她在公車裡想的是齊文農。他們的見面、不見面，他的話語、眼神。她停留最久的，是沒說的話和話裡的弦外之音。所謂弦外之音，是表達的口氣和發聲之間的停頓。一個眼神，一個轉頭，或摸摸鼻子搔搔頭髮的動作。線索，到處都是線索，等候搜集、詮釋。文農是一個充滿小動作的人：少年式的甩開額頭的頭髮，說話時如龍蛇舞動的手臂和指頭，右手背習慣性的摩擦青色下巴，斷句時彷彿取消所說一切的嘿嘿輕笑，和隨不停的抽菸游離的眼神……，太多太多。她在無數小節上流連，斟酌話題間的起承轉合，像做歷史考證，從蛛絲馬跡中一點一滴堆疊出可觀的架構，只是沒有那種枯燥乏味。

帶著回味和憧憬，雁君在少許幾次見面的記憶裡構築未來。他們的未來，在她想像之中，是繼續的見面和離別。不是戀愛，沒有婚嫁的問題。也就是，他們的感情不帶終極的獎賞，不是理想和現實的交易。而是感情本身，兩個心靈的流動、分享，不涉及愛情，而比愛情更純粹，更真實。這些當然並不清楚，在期待的驚喜和失望中懸宕，最清楚的是犯罪意識。在想到和文農下次可能的見面，她已經立即跳到明則終極的發現。

他必將發現，遲早的問題。她和自己商量他應該的知道方式：由她自己，或由別人。她有亟欲告訴他的衝動，隨後強大的恐懼使她幾乎決心再也不見齊文農。她想到明則簡易的人生哲學背後的嚴厲，他必然不能容忍她的——，她的什麼？她自問。不貞？多麼古老的詞，多麼黑暗原始的裁判！她一陣悚然。而她不貞嗎？她知道自己做的是社會不容許的事，但不視為不貞。他們沒有上過床，在一起不過說說話，連言詞間的挑逗，最起碼的拉手都沒有，甚至不能說在談戀愛。她沒有背離婚姻和家庭，除了經常的出神，仍然是原來一樣盡職的妻子和母親。她為自己辯護：我沒有不貞，只是有一個無害的祕密。她沒有進一步想為什麼需要這樣一個祕密，為什麼她有權利擁有這樣的祕密。她只是一再想到最後那個裁判的時刻，她是過失的一方，如他的法律述語。他不會饒恕她。她會失去丈夫、家庭，她會失去孩子。她知道台灣的法律，和背後統治整個台灣的強大傳統男權思想。她無法不想齊文農，無法不在他召喚時歡欣奔向，只能一再以最大的恐懼武裝自己，在一切都結束以前不斷自我懲罰。

6

雁君父親又回福州探親，明則碰巧到南部出庭，星期五晚上雁君打了電話，說好要來過夜，週末下午，便帶著兩個孩子坐計程車上永和。下了計程車，雁君立即牽緊了小同和小文過繁忙的馬路，穿過「普一超級市場」、「金石堂書店」、「慈美素菜館」和「名家服飾」的騎樓進巷子。

至少每個月一次，雁君帶著孩子走過這條巷子。從小走到大，但除了名字，幾乎不能說是同一條巷子。原來的黑瓦日式木造平房全部拆了，改建成千篇一律，外面鑲浴室用白色小瓷片，掛鐵窗，企圖美觀身分而只做到拙劣粗俗的公寓。醜陋如監獄，相似如教室，揮發典型現代建築的高效率和冷峻。等十年以後，新人類、新新人類、凸顯、酷等詞彙興起，流行觀念是弔詭和顛覆，政壇變成武壇，滿街名品店、私家車，公寓建築走向豪華造作，又是另一番風光。台灣不斷在急遽改變，整個社會轟轟火速往前趕，沒有時間等候成熟和深度，彷彿意欲將未來壓縮在現在，彷彿還沒來得及適應便已經厭倦，中年從二十歲開始，一切在年輕時就老了。

窄巷更狹長，這裡那裡，任何可能的尺寸空間都停了車子。有時圍牆或電線桿上貼著這樣的條子：「本停車位專屬某號幾樓」，或甚至同樓的居民爭車位，貼出：「紅色可樂娜車主並非住在本樓，懂不懂現代停車規矩！」這樣火氣的條子。雅君懷念以前安靜乾淨的巷子，那種從容溫和的文化情調，那種人味。但是既然她必須長大變化，能要求永和也不改變嗎？——她只是可惜必須以這種令她惆悵的方式。然而有什麼變化不帶來惆悵嗎？惆悵不是因為過去比較好，而是人面對無法挽回時必須的自我折磨——這是史詩的浪漫，古今中外的遺憾。也許她應該做一部永和史，和仍然活著的人談談永和的成長，好好在現實中建立歷史，而不是一味在故紙堆中挖掘。她忽然發現小同在扭路邊的一輛摩托車，驚叫：「小同！」剛才做史的念頭早已不見。後來真的有人動手做永和史，一個剛從美國回國，學位仍熱騰騰冒煙的麥迪遜大學歷史博士。

路上不時有髒污可憐的野狗，和沒人清理的狗糞。小同顧自在前面跑，雅君在後面提醒：「小心不要踩到狗糞了！」小同不喜歡牽手，總是一個人跑在前面，讓雅君在後面無奈追趕，不然是：「小文，去把小同追回來！」小文會跺腳叫：「討厭！」生氣的拔腿跑去。她對這個自私固執的弟弟比媽媽更不耐煩。

上了三樓，叫過外祖母，小同馬上打開電視看卡通，一邊玩自己帶來的變形金剛超人。小文到雅君的舊房間，躺在床上看帶來的小說。她十二歲，已經隱隱有胸部，每三天就看一本小說，喜歡死了《櫻桃小丸子》。有強烈的好惡和意見，經常看弟弟不順眼而要教訓他，甚至會教訓雅君。「不看《櫻桃小丸子》，你怎能了解我？」有一天她這樣宣稱，堅持雅君一定要和她一起看《櫻桃小丸子》錄影帶。出乎雅君意外，她確實喜歡那個鋸齒劉海，聲音粗嘎老氣橫秋的小女孩，在她身上看見女兒的影子。那以後母女兩最親密的時刻，是睡覺前一起看新出的《櫻桃小丸子》，在同樣時刻會心開口大笑。因為小丸子，小文決定媽媽還沒有過時到無可救藥，願意和雅君講一些小大人的心事，或指點她的穿著，對弟弟的管教。也因為小丸子，雅君竟考慮告訴小文自己最深的祕密，忘記女兒終究是個孩子。最後是母性的本能使她沉默，她清楚自己有義務維持圓滿的假象，以確保女兒仍未完全脫離的童年。

每次回家，雅君和父母並沒有多少可說。吃一頓飯，閒話家常。她儘管在大學教書，他們仍然是父母，話題十分有限。雅君談她的孩子，母親談她的孩子、孫子。雅君問起樸良，母親非常高興說：「聖誕節他們要回來，然後說要帶我和你爸過去住一陣……。」樸良住在加州，有一個女兒。樸善沒出國，和太太三個小孩住在新店。母親讚許樸善的穩重厚道，但是像許多女人，強烈受到樸良的聰明玩世吸引，提起樸良總是不停的笑。

「那好啊，台北的冬天又陰又溼，正好到加州享受太陽！」

「再說啦，你爸懶得動，你又不是不知道！」

「他到福州都可以不管你，你到加州幹嘛管他！」

「怎麼可以這樣講？」

「開玩笑的。」

母女真正的談話在廚房。母親已經解凍了魚和肉，雅君只好幫忙洗菜，忍不住責備：「不是說晚上到『慈美素菜』去吃的嗎？」

「哎，出門又要穿衣又要梳頭，懶得麻煩！」雅君母親開始切肉。

「梳頭穿衣頂多二十分鐘，那比得上弄一頓飯一兩個鐘頭麻煩！」雅君不禁失笑，有時她完全不能了解母親的邏輯。

「我寧可煮飯，又衛生又對味。」雅君母親的這些話，她已經聽過許多次。留學時，她聽到自己以母親的聲音告訴美國室友館子裡的東西沒家裡的好吃，換得她們的驚訝。

「我是每天想到要煮什麼就頭大。」

「你從小就喜歡在外面吃。」

「那有小孩不喜歡上館子的？大哥、二哥不是一樣喜歡上館子！現在我也不是說喜歡，館子裡的菜又貴又油，又吵，實在是有時忙得沒時間精神去一根一根洗菜，然後切啊炒的，吃完一大堆碗筷。在美國念書時洗碗是明則的事，回台灣以後他立刻回復中國大男人的身分，下班回家第一件事蹺起腳來看報紙。」雅君從來不和任何人抱怨明則，除了母親。即使這樣也不是針對明則，而更像普天下的女人對普天下的男人。雅君不喜歡把自己想成劍拔弩張的女權主義者，她不習慣加入任何陣營，為什麼理念搖旗吶喊。她不相信性別除了畫分男女同時畫分對錯，對錯不像性別那麼清楚。但是她發現，生活中對明則或大或小的抱怨，許多不可避免從性別出發，只等她給它們正確的名字。然而她不要一個她支持但不擁抱的理念橫在她和明則之間，他們間已經有足夠的溝了。

「做女人的除非不結婚，不然女人的這些事都逃不了的！」母親笑說。

「時代不一樣了。」

「時代，時代，時代到底不一樣到什麼程度？我可看不出來！女的還不是照樣燒飯洗衣生孩子，男的還不是照樣吸菸蹺二郎腿，看不起你女的低聲下氣做牛做馬。我看不出時代有什麼變！」

「媽，你知道時代不一樣了。男人可能一樣，可是女人不一樣了。有的女人照樣燒飯洗衣生孩子，可是有的女人拿了大學文憑到酒廊陪酒，不是被迫，而是喜歡。還有些女人和有婦之夫調情，一點都不覺得怎樣。以前做太太的擔心先生在外面亂搞，至少大部分女人待在家裡。不像現在，許多上班的女人，會抽菸，會公開和男人出去喝酒，簡直滿街都是威脅。現在女人怕的不是男人，而是女人自己！」

講到一半雁君開始警覺她嘴下的女人包括自己，但收不住。她不知道自己為什麼冒出這些話來，好像在影射明則什麼。或者更甚，指控其實是逸出控制的自我表白。在母親面前，她本能以妻子身分和母親站在同一戰線，然而……她暗自希望母親不要太過敏感。

「明則在外面有女人啊？」像所有做妻子和母親的女人，話題一旦牽涉到她們最切身的男人，些微的線索都不會遺漏。

「不是不是！我是說時代不一樣，隨便舉例而已。」雁君重重搖頭否認，心跳不能控制的加速。她把洗菜的髒水倒掉，放上新水。水龍頭嘩嘩，母親劈劈啪啪開始爆紅蔥頭煎肉。

「明則老到南部……」

「他有不少客戶在台南嘉義，光靠電話不夠，尤其是碰到出庭。」

雅君母親張嘴想說什麼，嘴巴開闔兩下，畢竟沒說。雅君知道母親要說什麼，也知道她為什麼沒說。母親是一個謹慎的人，從來不喜歡聽人搬弄是非，自己更不會沾上挑撥女兒婚姻的嫌疑。

「你放心啦，明則他只對一件事有興趣：法律！」

「你放得了心就好。」

如果媽知道我的事……？雅君想。我永遠也不會告訴她，她不會懂的。

雅君想過告訴母親，她需要人分享她的祕密，以減輕犯罪感。好像說出來，將事情放到陽光裡，一切便合法了。幾次在公車上，她幻想和母親談齊文農，將心底最大的欲望和恐懼一一袒露，然後接受母親的質問和責備。等到母親責備完，她就乾淨了。她這時才了解到天主教徒為什麼需要告白，為什麼跪在一個權威面前坦白有淨化作用，儘管回頭又繼續剛才懺悔的罪行。懺悔不是為了停止，而是為了繼續。每一次懺悔是積聚勇氣，像募集基金，重新出發。

一個人要走到對的另一邊，才知道所謂對錯原來看起來是什麼樣子。雅君看見自己是一個沒勇氣做錯事，又沒勇氣不做的人。如母親不能明白指點雅君提防丈夫走私，雅君也不能透露自己對文農的感情。她沒有和母親談自己感情的習慣，所有的期待和失望都在無聲中單獨進行，即便受傷到覺得世界以正常進行嘲笑她的無能。母親從來不知道她的女兒大學時曾將所有快樂投資在某個人的一瞥上面，不知道某個人曾經牽過她的手然後毫不在意放開，不知道有一天她躺在床上覺得自己躺在棺材裡。雁君和母親的關係止於母女，也就是物質的關係：吃、穿、舒適、溫暖，生存基本需要的滿足。此外，她們彼此喑啞。母親從不曾透露過任何有關父親外遇的事，雁君也不敢提起。她們以強大的沉默保護對方，保護自己。她們的談話只能關係最現實的事，直到那現實直接揭露底下另一層的現實。譬如直到父親第一次回福建探親，雁君才知道他所謂探親的雙重意義。

「為什麼不帶媽一起去？」雁君曾經問父親。

「你以為這樣回去一趟容易啊？」父親迴避了直接的回答。

他走了以後，母親才解釋「那裡」除了三個兄弟和一大族的遠親近親，有他第一個太太和兒子、孫子。那個戰亂時代經常的故事，雁君聽過許多次，在別人身上。

「和你爸婚都結了，還能怎樣？『她』（指第一個太太）也可憐哪，鬥爭，勞改，身體弄壞了！」

「你是說爸沒告訴你他已經結過婚？」

「我自己應該心裡有數的。告訴我他有什麼好處？」

母親講得很平靜，無奈的認命混合同情和嘲諷。她已經六十八歲，三十幾年前鼻涕眼淚的帳現在講來甚至微微帶笑，好像說她雖然無力改變什麼，但至少可以一種被迫學習的世故，將時代導演的悲劇看成鬧劇，同情所有人，也嘲笑所有人，包括她自己。如果不是為了顧忌雅君爸爸和他第一個太太為難，她自己並不在意跟去看看丈夫的「歷史」是什麼樣子。雅君聽母親，第一次發現母親的堅強也許不在她的刻苦，而在她的通達。

「為什麼沒有早告訴我們？」雅君和兩個哥哥從不知道父母結婚的詳情。

「有什麼好說的？」

「有什麼不好說的？」雅君反問。

「說了又怎樣？不是一樣過下來了？」母親說。

「說不定說出來也一樣過下來。」雅君說。

「知道那麼多幹什麼？有人幫你扛著，還不知道福氣！」

7

將近十一點，雅君破例在床上看報。平常雅君睡前看書，今天因為忙連報紙還沒摸過，便帶到床上翻翻。樓上的電子鬧鐘又響了，高頻率的嗶嗶聲不停叫喚，大約五分鐘後才被按熄了。

明則又到嘉義去了，剛剛才通過電話。他們的電話總是短短的，公事公辦的意味。他簡短告訴她什麼時候到，什麼時候回台北。問一下她和孩子的事，然後好像無以為繼匆匆掛了電話，連再見都沒有。明則從不說再見，不知是有意還是無意。放下電話，雁君總覺得有些錯愕。明則一聲「好」，然後喀——，電話斷了，好像句子生生腰斬，一個人的表情做到一半。和明則打完電話，雁君常有和他吵了架的荒謬感，因為那些生硬的對話，像表格上一行行面無表情的印刷。她會說記得吃或不要亂吃，也是很公式，好像一個做太太的就是要說這樣的話。她也想不起有什麼特別可說，一些比較親密、戲謔的話，譬如她在文農面前會說的話。彷彿她和明則的關係已經超越了所有文明的包裝，剩下裡面那個堅硬乾枯的骨架。他們的關係已經是日出日落一樣的定數，不需要彼此相互假飾和取悅。所有他們說的話都是必需的，關係一日正常的運行。此外，是一個自明的假設，或自信：夫妻就是這樣。

雁君不喜歡看報，世界每天每刻發生的事並不引發她的興趣。她對眼前的事有興趣，或對突然想到的事有興趣。她的心靈像一個有許多房間的屋子，而大部分房間是暗的，等候她偶然興起逛到一個房間，打開燈。她腦後並沒有一個聲音，督促她去追逐他人時刻的發生。而明則和文農儘管不同，卻一樣關心報紙。他們每天第一件事是看報紙，彷彿關係生死存亡。雁君一日不看報不覺得有什麼損失，於明則和文農卻如突然聾啞，如退出戰場。

「你怎能不喜歡看報紙？今天的新聞就是明天的歷史，學歷史的怎能不看報紙？」

「我不做當代史，沒有看報紙的職業需要。而且我不是不看報紙，只是不愛看，不懂報紙有什麼好看。一大堆亂七八糟的東西，政治經濟文化搞在一起，今天這國內戰，明天那國地震水災，今天一國兩制，明天統獨相爭，股票狂飆狂跌，強姦殺人放火，大事小事，國內國外，每天每時都在發生，相關的，不相關的，有意義的，沒意義的，統統在那裡，等著你。不管你心情好不好，有沒有時間，總是那麼多，越來越多，等著你。事情發生那麼急那麼快，誰來得及消化？我想到就頭痛，我沒有那麼多好奇，那麼多命去追趕那麼多東西！」

「只是看看，又不叫你做學術論文！」文農取笑說。

「連看都太多。那一堆沒組織的東西讓我害怕。你不知道每天堆積的報紙給我多大壓迫感！我看報是為了盡義務，不是說喜歡看，不看會死，像你一樣。」

「講得太過火了。看報是為知天下事，不看少知道一點，哪裡到不看會死的地步！」

「你最喜歡打比方的，給你打個比方就受不了了？」雅君抓住難得的機會嘲笑文農。

「我今天才知道像懼高症一樣，有『懼報症』這東西。」文農將嘲笑倒轉向雅君。

「不是怕，是討厭。」

文農戲謔看著雅君。那眼神是大人看小孩的縱容，取消了小孩所說任何可信的成分。文農有時會不自覺露出這樣的笑容，讓雅君在那笑容裡縮小。

「拜託你不要那樣笑行不行！」

雅君大約掠過頭條，便翻到副刊。副刊已經不再是以前的副刊，純文學作品被當務之急的議論取代，多少聲音爭相發言，經過時間過濾的散文和小說被精悍即時的方塊放逐，副刊成了新聞的延長，有現實性，而沒有永恆性。那些大小方塊火熱而粗糙，許多看得出來是倉促成書的東西。一點思想用時髦的罐頭詞句包裝，再掉一些西方學術用語，便是堂皇的現代一家之言。幾百字夠短了，但若只有二三十字的內容，便可怕的長。雅君覺得以前看副刊是一個人在舒適的角落和作者閒談，現在好像在會場聽人七嘴八舌爭吵。把這些「趕上時代」的東西剔除，剩下沒有多少讓人涵泳沉思的東西。因此即便是副刊，雅君也只是例行的匆匆翻閱，看有沒有什麼吸引眼睛的題目。像穿衣服，雅君又有種被潮流拋棄的感覺。在眾多管道開放，九流十家爭鳴，彷彿春秋鼎盛的時候，她卻覺得什麼在沒落。也許是對慢的追求，對專一的衷情，對忍受寂寞的堅持。現代的特徵是快，是爆發。連小說的語氣都加快了，事件和意象高度剪接，浮面的印象替代內在，彷彿列車轟轟擦身馳過，只見光影斑斕，其他不知是什麼。

今天雅君特別累。上課，開會，準備一篇論文，在學校忙了一天。回家弄晚飯，督促小同寫作業，小文照例已經自動做完。小同今天特別蠻，硬是拖，不管雅君一再提醒，只管玩。好不容易坐下來，卻又在椅子上跳上跳下，亂寫一通。雅君看他寫得太不像樣，拿橡皮擦擦掉要他重來，他便大哭大鬧。雅君氣極了，對他大吼起來。小同一愣，乾脆掉頭跑進房間，房門摔得全屋震動。雅君第一個反應是衝過去拍房門，命令他出來。但是她壓下怒氣，閉上眼睛，用力深呼吸。過了幾分鐘她走到小同房間門口，輕輕敲門，然後小同開門讓她進去，開始和解的過程。

弄到小同上床，都已經近十點。雅君腦袋裡嗡嗡響，像十字路口。然後明則的電話響，放下電話，重新打開報紙，只覺眼皮沉重。副刊一樣是時議割據的局面，當紅寫手高聲吶喊，要給無知大眾醍醐灌頂。疲倦中雅君對那理直氣壯冷淡到不能再冷淡，不管所說是切身的女性主義、環境污染、台灣獨立，還是剛才出櫃見光的同性戀議題。長篇連載雅君從來不看，不知道這樣如每天吃藥劑量的閱讀有什麼趣味。中間壓卷之作是一篇從電影電視解讀現代社會「文本」的時髦言論，隨意掃過，已見連篇的鑵頭詞彙，寫作好像變成一種公式，而不是創作，令她厭倦。左邊擠在報緣和主文間一個狹長地帶，是一篇叫〈不離婚的方法〉的散文。雅君打個呵欠，正要摺起報紙，忽然注意到作者竟是齊文農。她實在太睏，便收起報紙，打算第二天找時間再仔細看。

第二天只有一節課，上完回到辦公室，她從公事包裡拿出早上放進去的報紙。剛剛打開，工友進來倒垃圾，她微笑打個招呼，等他走了才靜下心來讀。文章不長，以嬉笑怒罵的語氣談論外遇的必然和實際的好處，一本正經，好像在宣揚新外遇美學，然而用的卻是貶低的比喻：「像男性打手槍自慰幫助維持性心理健康，間接對女性給予保護，像娼妓給有需要的男性必要的性出口，減少潛在可能的性犯罪，外遇給予已婚男女再度浪漫的機會，從而使他們能夠安心留在婚姻裡。」雅君全身發熱，起來把毛衣脫了，站在桌前，重新再掃過文農的文章，彷彿直立的高度可以給她更清楚的視野。然後她坐下來，開始按文農辦公室的號碼。按了三個數字，她把電話又掛回去。就算他真的相信他文章所說的，就算她和他吵一架，那又怎樣？她準備和他宣戰，然後一刀兩斷嗎？

雅君坐下來，仍然覺得文章裡娼妓那兩個字像刀插在眼睛裡。所以，如果文農不是在遊戲文字，那麼她對他不過是……她甚至很難將那兩字用到自己身上。而他們還沒有性關係，她連娼妓都算不上。連外遇都是這樣妾身不明，她在氣餒之餘只能好笑。電話突然響起來，她拿起聽筒。

「喂，我齊文農。」他一貫的開頭。

「林老師不在。」

「雁君？開起玩笑來了！」

「什麼事？」

「看到我的大作了嗎？」

「正在欣賞。」

「有什麼感想？」

「沒有感想。」

「少來，我知道你一定有話說！」

「你知道我看報都很隨便，不用腦筋的。」

「哈，你生氣了！」

雁君不作聲，不清楚自己是真的生氣，還是為了激起他的反應而生出來的。

「有沒有空，一起吃午飯去？」

「沒空！」

「吃個飯不傷風化。」這是文農第一次打電話邀請雁君用的話，不過那時是喝咖啡而不是吃飯。

「對你沒有事傷風化。」

「你怎麼會氣成這個樣子？你要罵我我看還是當面比較有效，生悶氣最要不得了。我來接你。」

文農帶雅君到他們第一次正式約會的「小威尼斯」。雅君沒有胃口，叫了個豆子湯。文農點了海鮮義大利麵。

「喂，解凍了沒有？」文農拿手在雅君面前晃。雅君一路在車裡都沒有說話，只是側頭看窗外。她覺得自己並沒有真的生氣，至少不是很生氣，但不知為什麼臉上出現的卻是受傷的表情。這時她不確定要怎樣下台，拿什麼姿態緩衝。

「其實我差一點打電話給你。」

「找我吵架？」

「你用了很不抬舉的比喻。」

「故意的，語不驚人死不休！」

「我看你是嬉笑怒罵說真心話。」

「是真心話，百分之百的真心話。我本來要叫『外遇宣言』，像馬克思和恩格斯的《共產黨宣言》，大大給他一個譁眾取寵的！」

「你太太怎麼說？」雅君極力避免提起文農太太。

「章敏從不看我寫的東西。」

「我不信。」

「真的，她不看所謂的文學作品。她說她的文學青年時代已經結束了，太忙，沒時間作夢，沒時間風花雪月。她是個最實際的人，她最喜歡的消遣是逛街買衣服，給自己買，也給家裡所有人買。有人為世界末日囤積罐頭，她囤積衣服。她是個不折不扣的買衣服專家，我們需要再買一棟公寓來放她買的衣服。」

「所以她不知道你在〈不離婚的方法〉說了什麼？」

「我和她提過我的想法。」

「所以你那篇文章是寫給我看的？還是給所有那些幫助你不離婚的女人看的？」

「難怪你那麼生氣。我只是從一個遊戲的角度解剖婚姻和外遇而已，純粹是自娛，寫給自己看的。」

「所以所有結婚而有外遇的人都值得歌頌？為了外遇，婚姻是一個應該保障的制度？我們只不過像嫖妓一樣，維持某種表面和陰私間的平衡？」

「不像你講得那麼醜。我的意思是婚姻和外遇滿足不同的感情需要。婚姻是一個人安身立命的所在，是那個方方正正的家庭的內涵，每個人都穿的制服。外遇是方正盒子之外的，不是必需，而是超越必需和現實，屬於海闊天空的層次，屬於藝術。就好像小說和非小說，滿足不同的閱讀需要。太太是神龕上供的菩薩，婚外情人是廟外的青山白雲。」

「又是不同需要又是超越需要，不嫌太含混嗎？」

「你懂我的意思。我知道你懂。」

「不要太過自信了！」說完雁君突然想起十八年前，她對母親也說過一模一樣的話。

「你怎麼都沒吃？」文農突然不相關的問。

8

下午四點半，齊文農準時提著一個小旅行袋下樓到地下室的「強英球場」。面對樓梯的牆壁，醒目貼著白底紅字「請勿吸菸」的告示。整個球場每張球桌後的牆上，都貼著同樣的告示。字沉厚有力，正是文農的手筆。五個月以前一天，球場老闆趙震國看見他進來就笑嘻嘻說：「眼鏡的，來來來，幫個忙，你是我認識的人裡教育水準最高的……」引他到角落的小辦公室，裡面桌上準備了紙筆和紅色廣告原料。

「麻煩你幫忙寫幾個請勿吸菸的條子，紙我都裁好了，這是廣告原料不必磨墨，只等你老兄大筆一揮……」

雖然不是鑲裱了供在牆上瞻仰，文農還是忍不住得意。廣告原料不比磨的墨，沒有那樣的流晰性，但是字的骨肉在，有體有形，看得出功力。寫完，趙震國拿起來一看：「嘿，你老兄還真不是蓋的！我雖然不會書法，這字的好壞還看得出來。你看看，大馬路上隨便也找不到一個招牌的字有這樣氣魄！」乾了立即就四處貼上牆，逢熟人就廣告是齊老的手筆，自此他外號從「眼鏡的」變成「齊老」。

他慣例一進球場先到趙震國的辦公室晃晃。

「怎麼，出汗的時間到了，齊老？」趙震國正在電爐上燒水準備泡茶。

「改了一下午學生報告，整個人都鏽住了，不動動不行！」齊文農接過茶。「有人可以打嗎？」

「阿狗已經來了一陣，和吳地殺得正熱。」

「吳地怎麼今天來了？他不是到高雄去了？」

「回來了，回來好幾天了。第一晚就跑來了，打到關門還捨不得走，拉去喝酒喝到半夜才散。」

「怎麼，今天下場指導一下吧！我好像打來打去就是那個樣子了，該進的有時不進，不該進的莫名其妙卻又進了，打不出個所以然來。」

「打球玩玩嘛，你又不參加比賽，還要打出個什麼所以然？我打球這麼多年，你看我又打出個什麼所以然來？」趙震國笑說。

「你那手懶洋洋的飄球在整個台北縣找不出對手，在我已經可以開山立派了。」

「開山立派？你看我有那個派頭嗎？我現在每天教教小學生和老太太，開山立派，我開老幼班還差不多！」

這時阿狗和吳地大汗淋漓先後進來。

「ㄙㄨㄟ，連輸三場，從來從來沒有過的ㄙㄨㄟ！」阿狗拿條白毛巾不斷擦臉抹脖子。

「活該輸！打球不專心，眼睛盯著隔壁桌的小姐，好像沒見過那種胸部一動就跳上跳下的動物！」吳地已經灌了一杯熱茶。

「怎樣，吳地，要不要趁手風和齊老幹一場？」

「晚上有個喜酒老婆交代一定鐵定要到場，六點以前就要回家報到，不然吃不了兜著走，一個月不准來打球！那晚我喝到一點半才到家，她乾脆把房間門鎖了不讓我進去，還給我吃了三天臉色。」吳地做個怪臉。

「跟她打的那傢伙是個大菜包，球只會往上飛，乒乓球他也有本事打成羽毛球！」阿狗憤憤說。

「人家根本和你一樣醉翁之意不在酒，談戀愛又不是比賽乒乓球，你在這裡吃哪門飛醋？小孩都一堆了還一天到晚祭個大色眼找豆腐吃，跟十七歲的少年小伙子比啊！」吳地專愛損阿狗，阿狗給吳地一損就更貼心的裝瘋賣傻。兩人一搭一唱二十幾年了。

「阿狗這個不專心的我看也不行，他要看小姐就去好好看，齊老，來不來？」

趙震國不是齊文農見過乒乓球打得最好的人，但卻是最靈巧的一個。文農初中開始無師自通打乒乓球，但真正認真才不過五年。他發現一個人怎樣打球和怎樣寫字一樣，帶著一個人性格獨一無二的印記，沒法修改，沒法模仿。許多人打球，許多人贏球。有的人中規中矩，有的人拚命三郎，有的人老謀深算，有的人安逸從容。文農沒看過自己打球，但是憑藉自己對球的反應，他知道自己是中規中矩那類的。這和才能無關，而是個性裡潛在的小心拘謹，不能放任自己的步步為營。這裡有某種秩序和討好的極需，當眾出醜的恐懼。他從來不能放鬆自己，總是有條狗繩一樣的東西拴著他的脖子。而趙震國恰恰相反，他似乎不驚不懼，無所謂。而球好像總落在他最擅長的地方，他不費絲毫力氣球就漂亮的輕輕越過網去。不是筆直如箭的低勁球，也不是急速旋轉的高飄球，而是兩者之間，好像那球有眼睛有意識，選擇了最接近舞蹈而又不損效率的方式，從容自在的穿過空氣而去，毫無殺氣，卻絕對致命。文農不在乎趙震國贏還是輸，只要有趙震國在場的比賽他一定去看。當然趙震國通常贏，即使輸了也好像贏，因為他那樣氣定神閒，彷彿超越輸贏成敗。看趙震國打球是看一種境界，而不是結果。好像抽菸喝酒先為的是氣氛，然後才是結果。

他們先練球暖身。趙震國發個平直球過網，文農拍子拉一個大弧送回去。他們便拉起球來，兩人離球桌遠遠的，手臂畫弧，不疾不徐，以一種擴大的氣度將球往復來回。文農的球有時高有時低，有時快有時慢，而趙震國總是從容將球送回來，落在文農最容易接的地方。文農盡可能以一致的動作將球送回去，但總有什麼地方變動，回去的球不免多少偏差。趙震國的球加快了，他開始短打，球才剛彈起便閃電推回。即便這樣快速短打，他仍是雍容溫文，好像球正好落在他拍子前面，他抬手便自動飛回。他將球忽左忽右忽長忽短送回，文農在球桌前忽而搶進忽而躍退，勉強維持球在檯面上，但已經章法全無，顯出狼狽。他沒有時間欣賞趙震國談笑用兵的氣度，只能在招架之間再一次自覺肢體罩在無形的甲冑中，施展不開。趙震國的球更加快了，而且開始飄浮。那球好像突然擺脫了重力，飄過太空，不急著降落，隨時準備改變方向或速度，刁文農的難。他盡量把球旋回去，然而經常拍子一觸球就斜飛而去，或筆直彈起。他正疲於奔命，趙震國突然停了。

「齊老，你等一下。」

文農點頭，抓袖子擦汗。

趙震國輕輕放下拍子，走過三張球桌，穿過球桌間的通道，停在一個坐在塑膠椅上，嘴上叼著香菸手上握著可樂的人前面。

「這位先生，我好像沒見過你。第一次來？」趙震國笑容滿面說。

那人點點頭，有點狐疑的神情，眼睛不離前面的球桌。

「對不起，請你看看牆壁上貼的『請勿吸菸』的標語。」

那人這時拿眼睛打量趙震國，看見他瘦小邋遢又滿臉帶笑有點不放在眼裡：「你打你的球，我吸我的菸。我不管你，你也不管我。」

「先生——，對不起貴姓？」趙震國笑容不改。

「幹嘛幹嘛，攀親戚啊，問名問姓的！」那人吸了一口菸，噴到趙震國臉上。

「先生，不管你姓什麼，有話好講。」趙震國低頭讓煙散去。「我是管理這個球場的，來這裡打球的，都是我的朋友，我都非常歡迎。」他從不說他是球場老闆，總說是管球場的。「我希望他們高高興興的來，高高興興的回去。他們在這裡的時候，就是我的責任。我要大家都打球打得痛快，不希望有什麼意外。不知道你有沒有注意到，這間球場是個地下室，沒有窗戶，全靠兩台老通風機打空氣進來。空氣本來就已經不是最好了，有人再抽起菸來，那馬上就壞很多。大家打球，劇烈起來氣喘吁吁，這個呼吸進進出出比坐著不動至少多上好幾倍。煙霧瀰漫，對大家身體多不好？你說是不是？」

「抽個菸有什麼大不了，囉嗦一大堆，比我媽說得還多！」那人不耐煩將菸從唇間抽出，夾在手指間。

「沒錯，剛好我是管球場的，這裡的空氣是我的責任。來，我辦公室裡有個菸灰缸，你可以拿著到外面去抽。」趙震國領著那人到辦公室去。「我沒有叫你不要抽菸，只是請你到外面去抽。這樣你愛抽菸可以抽得高興，底下愛打球的人也可以打個高興。大家都高興，你說是不是？」

前後不到十分鐘，趙震國又回來打球。

這趙震國是個異數，其貌不揚而且穿著極邋遢，長年一件老舊運動衫，腳上一雙塑膠拖鞋，卻自有一套生活美學，不多話，但是開口必有可聽，人緣極好，結交三教九流，隱然有種龍頭老大的派頭。他這球場不賺不賠，發不了財也餓不死，白天人零零星星，晚上便熱鬧起來，乒乓球聲清脆不斷。他的辦公室像茶館，總是在燒水泡茶，而且不是有色無味的爛茶，還有點心搭配。有時齊文農進來，有人帶了剛出爐的蟹殼黃或大蒜麵包，正熱烘烘打開，爐上水正滾，外面球聲起落，偶爾一聲叫喝，他接過小杯釅茶，立刻就輕鬆下來，聽他們閒聊。這是外面高競爭高速度之外的另一種世界，是成功和名牌之外的無所謂，但隱含自己一套道德和美學的江湖。這裡固然有各式各樣的人，學生、老師、醫師、記者、律師、做房地產的暴發戶，但通常混得熟的來自社會的另一個階層，工人、店員、公司的小職員、計程車司機、卡車司機、擺攤子的、失業的人，甚至在職業失業間混日子的人。齊文農參與他們的談話，但很清楚自己不是他們的一分子。他到這裡來打球消耗體力，也到這裡來經驗一種形式的自我放逐。坐在趙震國的辦公室裡，聽阿狗、刺蝟、吳地和半仙他們談笑發生在自己身上的倒楣事情，或高聲議論女人，臧否政治，他覺得這裡有某種非常貼近生活的真實和倫理。在這些不是知識分子的人當中，他看見熱情、義氣、英雄、俠士之類的東西。當那些成功得勢的人以相互的嫉妒和藐視在「江湖」上龍爭虎鬥時，他想到趙震國的強英球場才是人間真正的，帶著草莽芳香的江湖。文農曾以趙震國做模特兒，寫了一個短篇〈趙強英〉，是他最偏愛的作品。

趙震國陪文農打了兩局，只用三分力氣，還是把文農打得狼狽不堪。

「受教受教！」文農笑說。

「你第二局比第一局好，比較放得開，比較敢。」

「還是一場糊塗！不過是沒錯，到最後我才開始覺得有點進入情況，好像手腳才終於知道怎麼辦，自己去應付，不需要我大腦操心。」

阿狗和刺蝟下場打球去了，吳地已經走了，辦公室裡剩半仙在看報紙。

「ㄟ——半仙你來多久了？」趙震國放下球拍坐下。

「剛到，屁股還沒坐熱。」

半仙是他的老球檔，長得精壯結實，可以做角石的那種身材。頭髮半禿，臉上的肉一坨一坨的，有點虎豹之相。看起來好像軍隊出身，熱血耿直，一板一眼辦事，說到就做到，但是到論功行賞全沒他分的那種人。其實是個菜場的魚販，笑瞇瞇的，做起生意來大而化之，不爭一角錢兩角錢。經常給愛吃海鮮的趙震國留鮮魚，有時甚至別出心裁煮好整鍋端到他家裡去。唯獨打起球來聲勢凌厲，殺氣騰騰讓人喪膽。和趙震國是兩極對比，兩個風格路數南轅北轍的人，打起球來全場都要收手旁觀。武俠小說裡形容高手過招如何神奇，正可以用到他們身上。他們打球的精采，是連不懂球的人也立刻就可以看出來的。

文農從小旅行袋裡拿出毛巾擦臉，脖子背後也小心擦乾。看看錶，已經過六點。通常這時他就收拾回家了，碰到趙震國和半仙要打球，他當然要留下來看。難得他來球場的時候半仙也來。正要坐下忽然想起，今天他得去「小樹林」接女兒，早上太太特別交代的。

「可惜要錯過你們這場球了！」他提起袋子說。

「下次先在球場貼廣告：乒乓球爭霸賽，請勿錯過。」趙震國笑說。

「搞不好還可以賣門票撈一筆！」半仙插嘴說。

「撈什麼？又不開養魚場撈魚！」

文農笑笑上樓走了。

9

彭悅的回信過了很久才到，雁君幾乎不記得自己信裡寫了什麼。

彭悅的信照例不長，簡短明快，給人她是在事情夾縫中抓到幾分鐘塗一兩字的感覺。好像她隨時起身要走，有更重要更有趣的事等著她。雁君有時一邊讀信，一邊想像彭悅坐在椅子邊緣，電話在旁邊不斷的響，她終於拿起聽筒，一邊聽電話一邊繼續寫信，臉上化妝整齊，腳上兩吋高跟鞋跟急速敲著地板。雁君看見彭悅其實人已經一半出門去了，去迎接刺激和歡樂。她一年給雁君一兩封信，不到一頁的篇幅裡交代一點生活裡的變化。彭悅的生活總是有變化，換工作，搬家，換新車，換男朋友。這些她輕輕帶過，事實的敘述遠比不過她賦予的詮釋：她有許多意見。譬如雁君印象特別深刻的一些句子：「性是兩分鐘瘋狂過後就記不起來的東西」、「愛情是奴隸的手段」。彭悅知道自己的意見，曾經謔稱自己是「鳴放」，不無得意的成分。雁君珍惜彭悅的意見，一如珍惜她的信。她在生活多少年翻滾下來，算算竟然只有彭悅一個真朋友。遇到什麼事，第一個想到的是告訴彭悅，問她的意見。然而彭悅並不分享這種依賴，她大刀闊斧過她的日子，不需要雁君的意見。她好像不需要任何人，匹馬單槍在美國，從空氣中擷取她所需要的東西。

「你真是中產階級入了骨，典型裡的典型。事業、丈夫、房子、子女、汽車，剩下就是外遇了。老實說，你搞外遇我是真正有點意外。不過你當初會嫁給楊明則那個磚頭一樣的人，我也是意外。大概意外了一次，還可以再意外第二次，第三次。

看你寫的，兩個加起來快一百歲的人像玩捉迷藏一樣玩愛情遊戲，台詞多，動作少，真是無聊！要就豁出去幹，不然就在家安心做模範先生模範太太。這樣不乾不脆算什麼呢？賈寶玉的意淫嗎？這都什麼時代了？大家動不動就說做愛做愛，沒有人再像以前一樣遮遮掩掩說相好了，你們還在那裡放不開！我一到美國就和第一個見到的男人上床，哪受得了你們這麼婆婆媽媽！這種豁不出去的感情哪裡配稱愛情？充其量只是昏了頭的貪心！我最看不起這種拿不起放不下的事。我勸你要嘛去轟轟烈烈大愛一場，不然就不要做。不生不死的戀愛，幹什麼？看場電影還好一點！」

這樣的信像炸彈一樣，雁君讀完，彷彿間不知道自己是不是還肢體完好。她把信摺好放進信封，收到書桌抽屜裡。過兩分鐘又拿出來重看一次，收到皮包裡。第二天早上到學校的公車上她把信再拿出來看，看來看去停在那個和她無關的句子上：「我一到美國就和第一個見到的男人上床……」然後她的意識將這句子其餘的部分瀝去，剩下「上床」。她覺得自己的身體在不意的撩撥間醒來。

她想像和彭悅上床的男人，直覺必然是美國人。她不能想像兩個中國人第一次見面就跳上床去。中國文化裡沒有那樣直接、赤裸的東西，一切知覺意識，都嚴封密裹在四千年的禮義教化裡。道德先行，義務先行。「萬惡淫為首」，五個字這樣斬釘截鐵宣布。所以一定是個美國人。彭悅怎麼才到美國就認識什麼美國人呢？雅君假想是彭悅在台灣認識的人的美國朋友，受託來接飛機，安排剛到的一切事情。彭悅穿著繃緊的牛仔褲，雪白襯衫，寬寬的真皮皮帶，黑亮的長髮一甩一甩的。彭悅始終沒雅君長得高，但是身材比例好，細腰長腿，纖秀如鶴的脖子上一張五官分明的臉。彭悅的臉隨年紀而越發方稜，幾乎像鋼銼的，滿是直線的男性臉。然而沒有人會把她和男性聯想在一起，因為那稜角分明的臉上有一張介於微笑和冷笑之間的嘴，一對神采閃動彷彿不屑彷彿挑逗的眼睛。這張臉是專為男人而生的，永遠在說：「你要嗎？你敢嗎？你做得到嗎？」在雅君面前這張臉剩下不屑的倨傲，彭悅為雅君保留了她的原形，可以說是她對雅君最大的奉承。

雅君第一次注意到彭悅的公眾形象在大二。彭悅介紹一個男孩子給雅君，約好在總圖門口見面。那個男孩子很清秀，也大方。彭悅大概已經事先向他簡報過雅君，他禮貌問雅君一些看書畫畫的問題。彭悅在一旁說笑插嘴，替雅君答，又替那男孩子問，忽然嘴角一揚欲說不說的樣子，忽然兩手插進頭髮裡撩起一蓬光來，眼裡盡是意在言外，只有她自己清楚的曖昧。那男孩會看她一眼，低下頭去，兩手在卡其褲袋裡一上一下的。雅君不明白到底怎麼回事，但是突然間她意識到彭悅的不同。彭悅整個人是光，生動得像多少舞台燈光集中在她身上。而那生動有什麼隱藏的目的，激得她美麗燦爛，好像多少權力握在手中。那是第一次雅君清楚認識到美麗不是一種皮相，而是一種內在的光輝，那光輝說的是自信，是權力，是對局勢的掌握。

當彭悅穿著曲線分明的牛仔褲彷彿漫不經心，那忙著幫她提行李的美國人已經看見了她內在的語言。他必然是個好看的人，彭悅看上的人不是好看就是有才氣，至少在那個時期。雅君想像他帶彭悅到暫時借住的地方，放下東西，然後帶她逛校園，陪她一整天，到晚上還捨不得走，彭悅也不趕他。也許他請她上館子，叫了兩杯葡萄酒，晚餐後帶著淡淡的酒意沿安靜的校園走回她的住處。夏季最後的軟風在空氣中漸漸涼下來，才剛開始的秋意欲語還休，有什麼稍縱即逝的東西將起碼的好感變成強烈的誘惑。他送她到門口，她開了門，看他一眼轉身自己上樓，他猶豫一下跟著上樓，然後一切就自然而然發生了。

雅君眼神集中在車窗外逝去的景物，什麼都沒看見。在移情的想像中，她已經不羨慕或嫉妒彭悅，只是讚美，像小學時讚美彭悅在台上說話的風采。彷彿她和彭悅已經變成一種存在的兩面，她中規中矩做平常人，而彭悅去採蝶騎鯨，海闊天空。而她知道彭悅多少？高中她們便開始疏遠，大學偶爾見面。彭悅有新的朋友，她生活裡似乎總是有許多熱鬧。那熱鬧真正在那裡嗎？還是彭悅製造的印象？或者，根本是雅君憧憬的投射？雅君不知道，她從來沒去想過。彭悅高中就開始談戀愛，向雅君炫耀說那男孩為她瘋狂到向她求婚。雅君先出國，彭悅做事。雅君定期給彭悅寫信，她對彭悅的友情停留在小學時代。當時彭悅給雅君的全部注意對雅君好像日後永久的約誓，彷如古代女人從一而終的信條。彭悅的信從來不可預期，總是不夠多，不夠長。然而雅君必須感謝竟然有一張半張可以握在指間，來自彭悅的片語隻字。然後她們的聯繫以一年一兩封信來維持，如果彭悅連一封信都沒有，雅君至少盡她這面的責任。搬家，生孩子，回國，任何生活裡的變動她總記得向彭悅報告。有時她驚訝發現和彭悅的友情有形無質，甚至連形也快要不存在，會難得反省一下她和彭悅的交往。然而不管那反省的結果是什麼，視彭悅為她唯一而且永遠的朋友已經變成根深柢固的習慣，無法擺脫。更重要的是，她並不想擺脫。好像掉進一種明知的惡習中，卻因此更加受吸引，彷彿憑藉繼續，可以證明那惡習終究有什麼值得。也許雅君苦心維持彭悅，其實是為自己保留一扇窗口。彭悅與其說是提供任何扶持的朋友，不如說是生命的一種風景。也許雅君始終在等候下文。

彭悅說她會回來過農曆年，雅君等候她當面的嘲笑。

10

給兒子、女兒說過床邊故事，關了燈，經過臥房，章敏靠在床頭講電話，滿面笑容瞄了文農一眼，繼續和電話裡的人說笑。章敏總是有很多電話，可以說上半天。文農照例到廚房燒了開水泡茶，端到書房。茶和菸是他工作必備，茶在左邊，菸在右邊。

他打開電腦，繼續寫了三個星期的一個短篇。在所有短篇裡，這一篇的自傳性最濃。文農不喜歡長篇，不相信長篇。他認為生命欠缺真正歷史的脈絡，只有時刻遞移的片段才有意義。任何長篇小說都可以濃縮在三兩萬字裡，交代一樣明白而更有力。他的大眾傳播訓練使他集中在現在，做橫掃的觀察。過去的事情他快速在一個簡單的邏輯下組織成一點，為了襯托現在。他的寫作態度是壓縮，說得越少越好。不然讀者做什麼？都說出來了還要讀者幹嘛？他對雅君說。給學生的一個作業是找一天報紙的頭條，改寫到原來一半的長度。一個女學生交來兩倍長的報告，文字華麗生動。他批：重寫，新聞不是小說。雁君說，看樣子是個聰明學生。太自作聰明，我的課她大概要當掉，文農說。雁君喜歡長篇，一本長篇就是一個濃縮的人生過程，從字句段落到逐頁進展，簡直就是一天天的人生。讀長篇小說是經歷那閱讀的過程，到讀完那書和書裡的世界就是老朋友了。而短篇太短，太快，還來不及認識熟悉就結束了，讀完是若有若無，虛懸在知與不知間的感覺。

「難怪你看得下又臭又長的武俠小說！」文農取笑雁君，雖然她其實已經很久沒看武俠小說，甚至很久沒看任何小說。

「長不見得就臭。大家喜歡讀長篇小說而冷落短篇是有理由的，因為長篇接近生活，有種散漫雜亂的親切感，比較有人味，比較容易進入。短篇太集中，太有秩序了，比較機械，比較知性，比較冷。難道你不覺得嗎？」

「覺得？當然我覺得！正是因為這樣，我認為短篇有更獨立的創作空間，因為首先它便不以模擬或假冒現實的身分出現，它就是自己，是一個純然虛構的世界，而不附屬於現實。它可以用任何聲音，將時間空間以任何形式包裝，它可以在兩千或兩萬字裡交代五分鐘或五十年的事情，它可以隨意伸縮，極大或極小。而不管多短多長，它清清楚楚表現一件事：它的內在空間是無限的，也就是它有無限可能性。短篇其實是小說範疇裡的詩。」

他們並沒有在這件事上爭論。一來這純粹是建立在主觀好惡上的理論，爭不出所以然來；

二來文農從切身創作經驗出發，而雅君只是一個讀者，甚至不是一個很有心的讀者，沒有像文農那樣強大的氣勢支撐，同是喜好，她的卻顯得單薄無力。她不是一個振振有詞的人，而碰巧明則和文農都是。他們都強烈相信自己的見解，以清楚有力的語言表達內在那個不容妥協不容篡奪的絕對秩序。當世界明顯存在相對的基礎上，他們哪裡來那絕對？雅君有時想。

文農瞪著電腦螢光幕上深藍色的字句，逐字讀下去。

「……有什麼事比明白說出你在一切裡看見灰燼更虛假、自欺？甚至對自己承認這樣的虛無都似乎不誠。而在那個片刻，當倏然的清晰滌蕩出終極的條理，思想和感覺匯集到一個強大的認識：空無，這既不是絕望，也不是狂喜，而是冷靜的理解，看見事物的本來面貌，你只覺得在真實中心，沒有任何虛偽的成分。然後那短暫的清明離你而去，你依稀記得那空幻之感，但是環視左右，你喪失了宣稱一切是空的理由。你覺得像個騙子，像個傻瓜。

每天晚上，送女兒上床以後，他回到書房，試圖寫作。往往，最後的成果是滿碟子菸蒂，和一些如死屍般的句子。有時，連一字都沒有。那些在最不可能的情形下產生的句子，其實應該說觸動那些句子的情緒，那使他倏然驚醒，整個人燃燒若即將燎原的野火，沖天若遽起的鵬鳥，從現實躍至離奇的興奮。那閃爍飛揚，不是快樂而是超乎快樂，突然意識到生命完美形式的喜悅之情。在那時刻，彷彿某個因子適時嵌正位置，一個隱藏的秩序豁然呈現，而以文字向他表達……。」

像過去這兩星期裡的每一天，他坐在那裡，瞪著電腦，感覺一種死亡的無力懸在空中，什麼事也不能做。他坐在那裡，好像進行一種儀式，好像儀式本身便是內容，便是目的。然後菸灰缸慢慢裝滿了菸蒂，然後他裝滿了對自己的鄙視和厭倦。

好一段時間以來，文農嘗試寫一篇風格迥異以前，以自己為主角的短篇。他構想一篇視點放在極遠，節奏輕快而內容隱晦的故事。然而真正開始以後，出現的卻是一篇意外的東西。一種不知那裡來的急切，掃除了敘述的距離和含蓄。彷彿攝影特寫，逼近到毛孔歷歷，拒絕任何透視的空間和暗示的可能。小說的曲折扳直成散文，除了那個偽裝的「他」。而他痛恨那個「他」，恨他毫無遮掩的赤裸。他不可能以這樣形式繼續下去，他需要語言的距離。他需要將自己放在極大的時空以外觀察，然後以一種輕鬆若無其事的語調，描寫一個平庸而且安於平庸的作家，然後在這平庸裡萃取人生最深刻的哲學。他要將自己的平庸轉化成哲學的形而上，於嬉笑怒罵之間傳達天才和完美真正的意義。他不要這樣哭喪的告白，太愚蠢，也太乏味了。現在有誰要看這樣的東西？連他都不要看別人這樣的東西。然而他拔不出來，坐在那裡一根根吞吐明知有一天可能給他肺癌的香菸，對著螢光幕上出神，強迫自己生產文字，好像強迫椅子走路。

文農四十歲前夕，彷彿毫無理由，毫無警兆，聲光形色突然從一切事物遁走，他看見世界轉瞬由彩色變成黑白，剝蝕解體，有如廢墟。早晨醒來，他找不到起床的理由。看報紙，對大小新聞只覺漠然。走在街上，那個身體不是他。面對妻子兒女，他只找到歉疚，因為愛得不夠，不能以他們來驅逐虛無，他衷心抱歉。他仍然像平常一樣上班下班，處理一切需要處理的事情，給兒子女兒念書說故事，機械而盡職。多少次等過馬路時，那一步跨進車流裡的衝動幾乎無可抑止的強烈。他毫無恐懼，除了心底一個莫名的固執堅持他等候綠燈。也許牽念妻子兒女，也許牽念生命，他毫髮無傷的回到家裡，繼續每天的循環。

當然那彷彿突來的幻滅不是毫無理由，而是許多年點滴失望的累積。那失望不是清楚的失落，而是漸進的認識到自己真正的位置。他並不清楚自己到底要什麼，但是模糊中有一種憬悟，也就是所謂意義，不管那意義是什麼。然而他逐漸認識到所謂意義只是人的創造，如同村落與城市是人的建築。和諧生存的需要創造了道德，而自然法則給道德提供了邏輯基礎，此外沒有什麼先天神聖的東西。出於人，止於人，如此而已。人給自己製造幻象，那幻象全在於人的仲裁。所以你大發大紅，那又怎樣？別人讚你一聲好，或給你一點錢，你就抬起來了嗎？沒有人抬你就懷才不遇，否定一切的意義嗎？他找不出回答。神是答案嗎？來生是答案嗎？為什麼抬出神或來生就解答了問題？他看來只是把一生的問題延長到永生而已。他可以輕易想見永生的人在太虛中抓腦袋自問：這一切沒完沒了，到底有什麼意思？因為，他的問題不是死亡，而是純粹。無所為而為的純粹，超乎生死成敗的純粹，莊子式的。而他不是莊子，正如莊子也不是莊子。在一個不純粹的環境才要追尋純粹，不能超越泥塗所以才創造至人。莊子的《莊子》宣揚一個理想，因為他自己也沒法做到，不然就不必浪費力氣去寫《莊子》。

齊文農看得很清楚，他只是一個普通到不能再普通的人。真正的荒謬不是生命沒有意義，而在人堅持意義——他需要意義，卻又否定意義，像最典型的現代人，不斷建築同時又自我拆解。偶爾寫作仍然帶給他一點快樂，他卻又不能偽裝背後要求他人認許的那點不純粹：他不過是追逐名利的芸芸眾生，仗恃一點學歷自以為不同尋常。他的真相，他必須承認，是一個失望的作者，痛恨大眾傳播的大眾傳播學者。如果他有任何表面上的成功，譬如名，譬如利，難道他不也會意氣風發，享受名家的稱謂？他有什麼免疫的能力？他不是和大家一樣打嗝放屁，等待多方的奉承以確定自己的價值？沒有，所以失意，所以苦澀。他看得很清楚，也許太清楚了。所以找咖啡館喝好咖啡，找茶館喝好茶，找餐廳吃好菜。然後他認識了雅君，外遇的可能不是庸碌生命的救贖，而是點綴。他的生命不通向任何地方，但是至少他可以岔出去，像文學裡最不經意而又最給人驚喜的離題——離題暗示作者的學問和從容，才能不慌不忙，娓娓道來。散文若不離題就太單調乏味了。

這晚文農下定決心，從頭到尾讀過一遍，在一陣滅頂的短暫掙扎後，按下那致命的取消鍵。立刻螢光幕上一片空白，剩下背景的藍光。在那片晴空一樣的藍光上，他開始打一個新的標題「迴旋」，換行，繼續打下去：「一個男人碰見一個女人，還是一個女人碰見一個男人？有什麼不同？他們都已經結婚，有工作，有小孩。他，她。他說：從沒見過嘴巴這麼快笑自己笑得這麼大聲的人……」他任手指在鍵盤上打下去。

11

過年期間不可避免瘋狂的忙碌。

除夕那天，雅君和明則帶著兩個小孩，匆匆忙忙趕回嘉義婆家，一年一度在公婆面前扮演傳統的媳婦。雖然許多事婆婆喜歡自己做，但形式總是在，而形式奉行的是幾千年道德倫理的架構。一個女人在外的身分地位無法演繹到家裡，雖然雅君遠非呼風喚雨的現代女強人，但是這裡外時差好像光線的反差太大，她忽然有種全盲的慌亂之感。

明則的母親是個傳統的女人，以傳統的無微不至伺候丈夫和兒子。所有禮教集中在飯桌上演練，除了同桌吃飯，大家其實好像不太相干。座位添飯，有一定次序。添飯先添丈夫和三個兒子，女兒其次，媳婦最後。飯桌上男女說話一樣多，一樣大聲，但底下是不需要聲張的法則：丈夫第一，生了兒子才算。雅君在飯桌上不多話，因為她從來不多話，除了教小同吃慢一點，不要飯粒直掉。婆婆會笑容滿面替孫子夾菜，堆得碗滿滿的雞鴨魚肉，眼光無限慈祥，好像當年就是這樣縱容自己的孩子。

過年他們花很多時間打麻將，雅君不會，也沒興趣學。小孩們自己到外面玩去了，她管招呼大家吃喝。年假忙亂過去，明則不肯多留，初四早就全家趕回台北。雅君筋疲力盡痛恨這樣的年，又為自己對公婆欠缺真正的感情愧疚。她知道，如果自己多關心他們，多愛他們一點，就不會一切覺得這麼勉強。他們是明則的父母，此外，是明則的兄弟姊妹。但是她只能做到不形於色，卻無法消解疲累之感。

回到家，答錄機上的留話中有彭悅短短一條：「林雅君，我是彭悅。我初六回美國，給我打個電話。」雅君直到很晚才找到彭悅，第二天下午她們約在「遠企」喝下午茶，聊了三個鐘頭，第二天早上彭悅飛美國。

雁君遲到了十分鐘，以為彭悅必然等得光火，卻到處找不到她人影。讓領台小姐找一張可以看見進口的桌子坐下，她喘一口氣，拿手指理平散亂的頭髮，眼睛一邊張望。這地方是彭悅挑的，她似乎比雁君更清楚台北有哪些時髦地方。光滑的地板和玻璃窗，是不容情的直線，不允許眼光停留，現代到沒有人味的典型現代都市空間設計。而到處的鏡牆映照無數精心雕琢的表面，每個人可以隨時顧盼，將潛在的虛榮浮升到當眾展覽的得意。雁君坐在那裡，看陸續進來的時髦男女，各自占據一張張桌子坐下，好像占據了他們在時代的地位，自己心目中的領導風騷。忽然雁君心中閃過也許在那張桌子看到文農的念頭，他們已經又近一個月沒見面了。隨即她告訴自己不可能。文農痛恨這樣的地方，稱之為「假雅痞假知識分子展覽假文化乳房和屁股的地方」。他選的地方必然小而隱祕，要靠「狗鼻子」（套句文農的話）才能找到的地方。這些地方有強烈的個人色彩，並不豪華，然而別致，好像專門為了尋求孤獨的人而開。藏在台北各區域彎曲的巷子裡，以不屑被發現挑戰前來的人。在這樣的地方一個人覺得到了自我裡面，或者是自我脫了衣服走出來，感覺和思想穿過一向的玻璃牆融在一起，一個人再真實不過，然而在一種幻境的真實裡。雁君從來都喜歡文農帶她去的地方，那些地方要求她和他在精神上赤裸相見。而這裡，太多的反光令她自覺在一個冷漠造作，將時髦和文化、名氣和品質混淆的地方。坐在這裡，她彷彿追隨其他桌客人在做一個虛假的戲，戲名是「看我們是這樣現代」。

女侍來問她要不要點什麼，告訴她下午茶再二十分鐘開始。她告訴女侍如果一個叫彭悅的小姐問，請帶她過來。

下午茶開始，雁君乾坐了十五分鐘以後，決定起來拿點吃的。剛回到桌子坐下，就看見彭悅提著幾個購物袋出電梯。一身米色寬大西裝外套和長褲，裡面一件緊身低胸的黑色羊毛衫，走動之間褲腳在高跟鞋上如風擺動。她的頭髮剪短了，時髦的果斷俐落，一片水盈盈在纖細的脖子上晃動。這些年來，彭悅的頭髮始終是直的，長度或者稍有改變，而那筆直流瀉的風采永遠不變。彭悅的氣質是流動的，這雁君初中時就知道，而一年比一年更深刻體會。她看見彭悅朝她走來，臉上似笑非笑，兩角鋼片耳環在髮腳一晃一晃。雁君即刻的反應是自己細心合身的杏黃色套裝相形侷促，變土了，好像分秒之間潮流已經又棄她而去。

「遲到了，你打我吧！」彭悅坐下就伸出手來。

「買了什麼東西，一袋又一袋的？」雁君笑說，輕輕把彭悅手撥開。

「就是為了試幾件衣服才遲的，其實我早到，就在樓下。」

「真捨得，這裡的東西我只敢看。」

「是貴，可是誰叫我剛好看中！反正我又不天天回台灣，又不需要養先生小孩，貴就貴吧！」彭悅拿手在雁君盤裡挑了一個燒賣，咬一口：「餓死了，我去拿菜。」

她們邊吃邊聊家人狀況。雁君講小文、小同，形容小同的蠻不講理、小文的小女人派頭，讓彭悅直笑。彭悅說她媽吵要離婚，不然要去和聖嚴法師出家。她二姊和二姊夫也是吵吵鬧鬧的，兩個小孩教得一團糟。大姊一家勉強算正常，可是大姊抱怨大姊夫忙著賺錢，根本不幫她的忙。

「我那兩個姊姊，我沒話說。我兩三年回來一次都覺得太多，沒一次不是一大堆問題！有時我下班回家，看見一屋子冷清清的，會一時軟弱想要結婚，幸好有我兩個姊姊擺著，維持我的清醒！」

「你真的不想結婚？」雅君試探的問，準備接受彭悅的嘲笑。

「跟自己結啊？」彭悅果然冷笑說。

「你不是一大堆男士？」

「有男士的是你，小姐，不是我。我誰都沒有，只有彭悅一個，獨來獨往。」彭悅伸手做了個拔槍的手勢，虛空射了幾槍，嘴裡做出槍響。收槍入套，她神祕笑笑：「我要聽你和那一位的故事。」

雅君突然一陣沒法壓抑的笑意，低下頭說：「沒什麼故事。我都已經在信裡告訴過你了。」

「你告訴我什麼？就那幾句話，說你不知道怎麼辦？我只知道那傢伙陰陽怪氣，一點都不乾脆，我最受不了的那種人！」

「我們只是要做朋友。」

「算了，朋友，my ass！」彭悅嗤之以鼻。「你們上過床沒？」

「你這人！」雅君笑白彭悅一眼，低頭攏一下頭髮說：「沒有。」

「果然和我想的一樣糟。」

「我們不是情人。我不是他喜歡的型，他告訴過我。」

「狗屎，那他惹你幹嘛？窮極無聊？」

「就是窮極無聊，一對窮極無聊不知道怎麼辦的中年人。只能這樣說。」

「少來，這樣一句就搪塞過去了！天下有誰不窮極無聊？我每天上班下班，到了週末就想什麼都不做享受一下人生。可是小姐你知道當我坐下來什麼都不做，我發現不知道人生是什麼東西，除了機械化的工作睡覺供養這具身體，其他好像什麼都沒有。我不知道這樣的人生有什麼有聊的，雖然表面上一切看起來都很像樣，有工作，有頭銜，呼風喚雨，高跟鞋走起路來卡卡卡響得好不威風！所以你不要跟我說什麼窮極無聊那一套，這種騙別人的自知之明並沒有解釋任何東西。事實在那裡，你有外遇，你愛那人愛得暈頭轉向。ㄟ，別否認，你自己跟我說的，我記得一清二楚！」彭悅不抽菸，可是雁君有種她兩指夾菸，頭斜斜睨眼朝她吞雲吐霧的錯覺。然後她發現這錯覺來自對文農印象的衍生：彭悅說話的神采和內容太像文農了！文農就會這樣一篇話道理聲勢把人封死，毫無反駁的餘地，然後再由他自己提供更多篇幅善後。他應該有彭悅這樣的女人，他們會是最好的搭檔。

「我無話可說。」

「別搞錯，我不是要叫你招供。我只是要知道你們怎麼認識，怎麼交起來的。不過如果你要把我當神父告解，把心裡天人交戰的罪惡感快感統統傾吐出來，我一點也不反對！」

可是雁君覺得沒什麼可說。彭悅的語氣令她退卻。

「談談你吧。我們上一次見面什麼時候？三年前？都三年了，時間好可怕！」

「我就是那一套，上下班，人事鬥爭，升級，無聊得很，沒什麼好說的！」彭悅招手叫男侍給她添咖啡。「我要去拿甜點，不過先說一句你一定會吃驚的話：我想結婚。」彭悅站起來，頭一甩將頭髮甩回去。「看你猜不猜得到我的理由！」

雁君看彭悅走開，立刻想到的答案是：原來彭悅也不過和大家一樣。

彭悅拿了許多小蛋糕回來，笑說：「怎樣？知道我為什麼說窮極無聊了吧？」

雁君聳聳肩：「你被一個你愛得要死要活的人甩了？」

「哈，這樣的人還沒出現！」彭悅吃巧克力蛋糕笑。

「我根本不知道從哪裡猜起。十分鐘前你還在感謝你兩個姊姊維持你頭腦的清醒，現在又全盤推翻。小姐，我從來就趕不上你顛來倒去的邏輯。」

彭悅舔舔唇角，喝一口咖啡：「有沒有只吃甜點不吃正餐的經驗？光談戀愛不結婚，就像只吃甜點不吃正餐。」

雁君搖頭：「好像懂，可是不能體會。我沒有只吃甜點不吃正餐的經驗。」事實上她懂。她立刻就懂了。

「你應該是最懂的人了。」彭悅意味深長說。

「也許我懂，也許不懂。你這樣曖昧，為什麼不乾脆直說？我們幾年才見一次面，直話直說都嫌來不及，還要這樣不乾脆！」

「我要說的只是人不能光為了談戀愛而談戀愛。我們從小做事，都是為了什麼的反動而做，很少有人真的是為了心裡要什麼而特別去做一件事，只有天才是那樣，他們做什麼不是為了反動，而是裡面一個什麼力量叫他們做，非做不可，他們沒有選擇。可是一般人沒有裡面那個力量，他們只是做社會叫他們做的事，然後才起來做一點無傷大雅的反動，最後還是做社會要求的事。像談戀愛。你記得你以前為什麼急著談戀愛？除了生物的理由以外，真正的理由，是戀愛是逃離家庭的手段。等等，我知道你會反對，我還沒說完。而我談戀愛就不一樣。我談了這麼多年戀愛，愛就好，不愛就再見，要怎樣就怎樣。當初是為了看不起結婚（其實我現在還是看不起），後來變成了一個框框，變成了習慣，不知為什麼而為什麼的做下去，像一天三餐，像上班下班，都是套公式，一點味道都沒有了。我這些年來，才特別懂得『他山之石，可以攻錯』的道理。什麼事都要有攻錯，才有趣味，才有意思。一件事不稱你的意，於是你全力去修正，去改進。沒有了那個叫你不稱心的東西，你就沒有了攻錯的對象，沒有了反彈的力量，你就不知道為什麼在這裡做這個，你就像一團爛泥一樣，一天過一天。結婚把你箍在一個框子裡，憋得你要發瘋，然後你的想像力動員起來，才能想像戀愛的快樂，才又有了年輕時代那樣的憧憬。你懂嗎？人要有憧憬。所以我羨慕你，要聽你和情人的故事。因為我自己的故事已經一點味道都沒有了。我已經生活在夢裡，不需要想像了。除了，嘿，除了想像沉悶讓人發瘋的婚姻到底是什麼樣子！」

「為了有外遇而嚮往結婚？你話有沒有說反？你到底有多少羅曼史？」

「那是數不清的啦，一團爛帳！我不中意的，一定要談結婚。我中意的，卻不覺得值得為了我和老婆離婚。反正陰錯陽差，最後什麼都沒有。所以說甜點還是要正餐來襯托，什麼事都要襯托，白米飯配菜，結婚配外遇。結婚就結婚，沒必要那麼挑剔，好戲在結婚以後。」彭悅微笑說，眼神裡是雅君熟悉的挑釁。那眼神以前雅君覺得敬畏，現在她突然產生了反感。

「你是故意異端邪說，不是認真的吧？」

「哪裡，我百分之百認真的！」

「你應該說給齊文農聽，他寫過一篇〈不離婚的方法〉，論調和你一模一樣。」

「真的？多沒意思，居然有人把我的想法搶走了！」彭悅吃口蛋糕，嘴一歪做個鬼臉，笑說：「他說什麼？搞不好他是我的知音，我們可以做朋友！」

雅君裡面什麼驚動了一下，但是她說：「你真能吃甜，奇怪倒不胖。我肚子上一圈油，怎麼都消不掉。」

彭悅幾乎把盤裡的蛋糕吃完了。雅君自己的只吃了兩口。

「運氣好，我不需要運動也不用擔心發胖。不像我們組裡的祕書，簡直連喝水都嫌熱量太高，一天到晚就看她試這個那個減肥法。我要像她那樣就不要活了！我現在只剩下兩樣樂趣：一個是甜點，一個是衣服。能吃又能穿，讓所有女人羨慕死！可是，這是很大的可是，我絕不跳過正餐光吃甜點。還有，甜點一定配茶或咖啡。光吃甜點而沒有相稱的飲料搭配，就好像畫沒有框子，失色！」

「你還畫畫嗎？」

「畫畫？早就是陳年歷史了！和一個畫家來往過一陣倒是真的。……怎麼又變成談我了？好傢伙，故意離題，原來不是說到齊文農的嗎？」

「沒什麼，他說的就像你說的。」

「說來聽聽！幹嘛，我又不搶他，何必像拔牙一樣！」

「你這張嘴在公司裡也這樣快？」

「別小看我，我是見人說人話，見鬼說鬼話，不然哪能一直升上去！你看，又掉轉話題了！什麼時候你也會這麼陰了？」

「你要那篇〈不離婚的方法〉，我影印寄給你。」

「你是真捨不得分享你的齊文農？」

「你要我打電話叫他來嗎？」

「你肯叫他來，我等他。」

雅君說出一個號碼：「你去打。」

彭悅站起來就要去打。

「哎，彭悅！」雅君拉住她的外套下襬。彭悅回身坐下。

「你幹嘛？」雅君氣急問。

「你自己叫我打的，不是嗎？」彭悅一臉狡黠的笑意。

「我們聊我們的，你找他幹嘛呢？」雅君的聲音繃緊到開裂的地步。

彭悅終於笑出來：「逗你的啦，小姐，我還沒有無聊到自己找燈泡做的地步！我真的無聊到受不了，就去做女同性戀，試試滋味，哪裡做這種無傷大雅的蠢事！緊張成那個樣子！」

好像並沒有說多少話，雅君才終於開始覺得熟悉彭悅，有了期待中細說從頭的知心之感，彭悅卻看看錶說得走了。雅君堅持付了帳出來，天幾乎黑了。彭悅有另一個約會，而雅君得到父母家去帶小文和小同。站在門口等計程車，溼冷的空氣幾乎使人立刻低落起來。車輛如光流過，卻沒有幾輛計程車。

彭悅的褲腳在風裡獵獵響，終於雅君說：「冷不冷？」

彭悅笑說：「我在美國公司裡練出來了，全身上下都是老繭，不怕刀槍冷熱！」

「不要等到小孩都上學了才告訴我你結婚了！」

「想那麼遠。我是連下一頓飯都嫌太遠，打算不到的！」

終於來了一輛計程車，雅君讓彭悅先上。關門前彭悅飛來一句：「下次一定要介紹我和齊文農認識！」擺擺手，車子就開走了。

12

雅君前所未有的多夢。劇烈鮮明的夢，讓她無法真正擺脫，好像那另一個更強力的現實仍攫住她。

夢裡她似乎要往什麼地方去，但是不知道什麼地方，也不知如何到那裡。站在一個空曠的月台上等候，每樣東西都破舊好像隨時會倒塌。似乎已經等了很久很久。風從四面八方吹來，非常冷清。她覺得自己既站在月台上，同時又遠遠旁觀，看整幕景象色澤慘黃，而且模糊，像舊電影閃著粗大的粒子。隆隆的聲音傳來，火車進站了，卻是一列鮮明嶄新的火車，和整個景致的暗淡一點也不協調。月台騷動起來，不知從什麼地方擁來一大群人，穿著破舊灰暗的衣服，帶著篤定習慣的表情，擁擠向火車。她仍在彷徨不知是否該登上這班火車，身旁忽然來了一個男人。樣子並不認識，但是心裡卻有相識的熟悉感。他說：「就是這班。」指著月台上標示火車班次的木牌。她抬頭看，班次７４７。那號碼對她毫無意義，但是他又說了一次：「就是這班。」他帶她上了火車。火車裡寬敞舒適，好像他們已經到了未來。火車緩緩開動了，月台和附近景物慢慢退後。這時一個大遠景，由火車窗看出來的。一片棕色荒蕪的大地，長長寬寬無止無盡的橫披開去，像死亡一樣。

醒來她強烈不安，整天都悶悶不樂好像什麼陰影罩在頭頂。夢裡，她隱隱有通往死亡的感覺，儘管死亡列車嶄新而明亮。

另一個夢在海邊。沿海公路大轉彎的地方有一個岬角突出，是一座用來觀賞風景的看台。她和一群人站在看台上，看不遠海中升起的一座小山。黑色凸岩構成的山，扭曲怪異。突然風起雲湧，浪掀得天高，然後撲擊在黑色岩石上。大家都讚嘆叫好，被這奇觀驚奇不已。她也叫好，對那洶湧浪濤的壯觀又崇敬又恐懼。因為那浪濤只要方向一變，不撲向山岩而撲向岬角，看台上的人便立刻會被席捲而去。可是似乎沒有人在意，只管向那可怖的巨浪不斷喝采。這時有人注意到在巨浪撲下和掀起之間，有一個短短空檔，山岩和岬角之間露出一條窄窄的乾路。「怎麼樣，有沒有人敢趁海水沒撲下來以前走過去？」有人提議。起初沒有人敢，大家互相觀看。後來不知為什麼忽然又都敢了，趁下一個空檔時一窩蜂都跑下岬角，經過那水中通道到山岩去了。留在看台上的人看見海水在兩旁聚湧騰高，最後帶著毀滅性的力量傾倒下來，都抽了一口冷氣。但是沒有人被捲到，他們都安全到達山岩。有更多人願意試了，海水正匯集力量往上，許多人趁機跑過去，然後海水轟然潰倒下來。於是一次又一次，許多人冒險跑過去。沒跑的人一邊喝采，一邊猶豫。她也抱著相同的心情，想試但是不敢。奇怪是下一次有人跑過去時，景致變了。洶湧的海水變成洶湧的馬路，如潮的汽車高速行駛，絲毫不停，最後那批人正夾在車陣當中往前跑。這樣不是要被撞死了嗎？她一邊想一邊慶幸自己沒有貿然涉險。

當她事後想起這個夢，覺得它已經為自己做了最好的描述。她正是那猶疑再三，舉棋不定的人。她有些生氣，被夢中的真相冒犯了，想要立刻就去做什麼驚世駭俗的事，來否定那小看她的夢。她必須採取什麼激烈行動，重新創造自己，把一向的自己丟下。

最讓她心神俱裂的夢長而複雜，簡直像整個晚上都在作夢，醒來疲憊不已。

她獨自在水邊，非常快樂，那種只有童年才有的無憂之樂。忽然意識到天黑，一種隱隱的危險籠罩四周。她跑離水邊，跑進一個幽深的竹林。很久才走出潮溼藤曼的竹林，在巨大黝黑的山巖間奔跑。跑得腿疼腳疼，但是不敢停，覺得什麼東西就在身後。跑了很久，變成在一所畫廊裡面。白牆白圍屏，上面掛著許多顏色造型怪異但是神祕悅目的畫，她忘記了危險，慢慢一幅幅仔細看起來。突然一片圍屏後閃出什麼黑色的東西，向她撲來。她掉頭就跑，立刻身在一座廟裡。四周有紅光，一疋疋白色麻布帷垂下來，在空中擺盪。布帷後隱隱露出菩薩和棺材。她怕極了，覺得棺材裡的死屍隨時會跳起來追殺她。可是不知為什麼她走近其中一具棺材，掀開棺蓋，看見裡面躺的是小同。她伏在棺上痛哭，背後有聲音告訴她他在河裡淹死的。她大叫不是不是，她在河邊，小同沒有在河邊。下一個景象又回到河邊，一群人扛著棺材。她要找小同，他們告訴她已經葬了。她在河邊走來走去，找小同的棺材，相信只要找到棺材，小同就會活過來。

夢裡那心膽摧裂的感覺好幾天都籠罩著她。早晨她幾乎不願讓小同離開她去上學，她送小同和小文到小學門口，一再交代小文等小同一起回家，過馬路時一定要等安全了才過，仍然忐忑不安，好像災難隨時會發生。那夢讓雁君極端不舒服，突然間迷信起來，似乎夢有預兆的能力，是宇宙冥冥中在向她暗示什麼。她發誓不再見文農，不再對生命有任何抱怨或非非之想。她只要現狀，只要她的孩子無災無難。她可以什麼都不是，無名無姓，讓義務道德把她的欲望憧憬夷為平地，只要保護孩子平安。她痛恨那夢，痛恨它給她的傷害，痛恨它對她的無情指責。她恐懼它再回來，彷彿宇宙正虎視眈眈，她需要立刻尋找一個神祇，去祈求膜拜以求心安。直到兩個月後，她才終於漸漸淡忘心安。

而不斷有離奇的夢，有些好像有明確意義，有些純粹一團糟。一個夢裡雁君和文農在海上划船，槳忽然掉到水裡去了。雁君正在慌張，文農解開褲子，抓出他挺直的陰莖，划了起來。一個夢裡雁君獨自在黑夜裡開車，忽然大雨傾盆，車子高速飛馳，開車的人變成明則，文農和彭悅在後座，她大叫他減速他不肯，車子瘋狂往前衝，她死盯前面等候撞毀。

雁君不嘗試去解析自己的夢，不願賦予夢太大意義，怕夢裡的現實侵犯到白日的現實。同時她相信夢是情緒的編織，原始而混沌，理智無法分析。但真正原因，她覺得知道自己的夢。畢竟，那作夢和試圖了解夢的她是同一個人。她知道自己。

13

說不定我們應該去旅行，有一天文農提出。他立刻為自己的想像著迷：離開茶館和咖啡館，離開學校和家庭，離開台北，離開台灣，離開寫作，離開生命一切中規中矩的追求，帶一個心愛的女人，在異國廣大的天空下。不管是不是可行，他喜歡這念頭：離開。

「不要參加旅行團，就我們兩個，自己開車……」在他的興奮裡他看到澳洲的沙漠，美國的大峽谷。

「怎麼可能？」雁君立即想到她的兩個孩子。她始終停留在現實，拒絕完全離開。

「我們要就可能！」

文農再一次和雁君提到旅行時，他們已經在旅館開過房間。像婚禮宣布婚姻，那遲延太久的肉體相見為他們的感情正名。他並不急切為她解衣，有如在墮入最後的庸俗之前，掙扎要註冊一點個人風格。他坐在床邊，她坐在他膝上。他把頭埋在她頸窩裡，用鼻子和嘴唇來回感覺她。一隻手探入襯衫，輕輕停在腰部最細的曲線上。雁君呆呆坐著，在不知是昏亂還是清醒的錯愕中，想也許這不是她真心要做的事。閉上眼睛前她收進旅館房間的花布窗簾，然後小文和小同的臉浮在空中，然後她感覺嘴唇的溫熱逐漸變成緊急，她機械回應。她始終有種第三者旁觀，無法介入之感。

到了第三次雁君才真正放鬆，恣意在文農面前展露自己的裸體，讓身體左右一切。她恍然這樣的身體穿了衣服便可以回到大學教書，回到家裡繼續做母親和妻子，有一種人格分裂的震動。

這裡，文農說，指著她耳後的彎曲，這裡，他嘴唇湊過去，一邊吻一邊說，這裡是最小巧無辜，最誘人的地方。

「我最想念這個地方。」他不止一次說。

所以我是我身上的一個地方，耳朵後的那一小塊地方。在我們上床以前他從沒有說過想我。雁君想。

在第一次和第二次之間有一段距離，好像為了否認突然呈現的內在真實，他們不約而同膽怯撤退。以台北之小，將近一個半月，他們竟然沒有在任何地方意外碰見。直到雁君在辦公室拿起電話，立即她感覺腳下的地結實了，那在流沙裡無盡陷落的感覺在聽到文農聲音的片刻消失了重量。然而她竟有本事壓低了聲音，彷彿不關痛癢的說：「你好。」

那一段時間的冷凍強化了他們對彼此的感覺，好像聲響在寂靜中放大。他們可以消滅欲望，假裝一切如常，或者可以在一個新的層次上繼續。雁君兩個都要，也兩個都不要。在那一個半月中她替報紙寫了兩篇書評，拉明則去看了一場電影，為小文和小同買書買衣服，甚至認真問父親永和的歷史。彷彿為了懲罰自己，或看清自己的真相，她重讀《包法利夫人》和《安娜卡列尼娜》，完全忘記了另一種結局的《查泰萊夫人的情人》。

然而他們沒有變成床上的情人。在多少茶和咖啡之間，才有一次短暫放縱。他們在大台北的小巷裡找到提供隱私的房間，關上門。他愛她起初的被動和急起的熱烈，好像面對兩個女人。他吮遍她的肩膀、小腹和腳踝，她輕咬他結實的手臂和大腿。事實上，她的驚訝不亞於他。她可以許久不知自己是一個性的動物，不知兩腿間根植一個生命最基本的快樂，一個原始的承諾。當他們關上門，文農把她攬到懷裡，她的每一個毛孔每一個細胞活過來，渴求觸摸與被觸摸，渴求吞噬、同時被吞噬，渴求一種瘋狂的毀滅，將她、她的姓名身分思想憂慮、一切，從地球表面從宇宙中掃蕩盡淨。

他們在做愛後的赤裸裡談話，雁君頭枕在文農胸上。

「我在美國拿到駕駛執照時並沒有車，都是借朋友的車練習的。我沒有上過高速公路，想試試看。有一個星期六我和朋友借車，自己上高速公路。那天早上車很少，根本沒什麼車，很容易就上了。我沒有目的地，純粹為了上高速公路，上了以後就一直往前開，越開越快，不知道自己開得多快，只管往前飛。那種快的感覺真沒法形容，我大概至少有八十五哩，搞不好九十。運氣好沒有警車，我開了一個多鐘頭才下來。以後我再也沒有開那麼快過，那大概是我在美國感覺最年輕痛快的一刻了。」

雁君安靜等他繼續。他並不常提起過去，當他偶然提起童年、母親、聯考，她覺得自己的耳朵豎了起來，在他的聲音裡顫動，像兔子。從他敘述的語氣，她知道他始終沒有從他母親的早逝中恢復過來。

「我不是說做愛像開快車，不完全是。像的是那種排除一切，全然往前衝的感覺。說排除還是不對，你排除什麼是表示還是意識在控制。可是在做愛時，所有的感官指向一個方向，不斷集中，加強，起初你覺得你還在那裡，在某個高度上，然後所有速度加快到你不能跟隨的地步，像個大漩渦你一頭栽進去，整個宇宙在你裡面炸開來，根本沒有所謂的你了，你只是一團黏黏糊糊的感覺……。」

「我們的前輩很久以前就知道怎麼說了，他們叫消魂，叫欲仙欲死。」

「我打過電話到你家。」一次雁君在文農懷裡說，全無前提。

文農身體緊了一下。

「真的？」

「三次。每次都是你太太接的。她跟我講你去和別的女人約會了，叫我死心，不要再打了。」然後雅君假裝大哭，像連續劇裡的女人捶打他的胸部，一邊捶一邊笑起來。「不能收不能丟，你要我把你怎麼辦啊！」

「說你會跟我到天涯海角。」

雅君突然一震：「為什麼你有時一定要說這種虛偽的話？」

「虛偽？可是我是誠心誠意的！至少這時，我真心希望我們可以到天涯海角，打破一切重新開始。」

這使雅君真正受傷了，因為他清清楚楚說「這時」，底下的意思是他們沒有未來，這一切都是暫時的、假的。她幾乎承受不住，寧可立刻就破壞、結束。

14

過年樸良一家沒有回來，母親也沒有到美國去。倒是陰雨連綿時，婆婆抱著枕頭棉被來了。

婆婆是個潔癖的人，而且認床認得凶，換個床就睡不好。床不能搬，枕頭被子可以，於是再一次，她以僅小於搬家的規模，神色嚴謹搬進雅君和明則的五間臥房公寓。雅君和明則初回台灣時，買的是三房兩廳，論坪不算小，剛好夠住。但是沒有書房、客房，終於嫌小了。明則父母原想搬到台北，後來作罷，改為資助明則買公寓，裡面一個雙人房專門留給他們，一年幾度北上時用。

前一天晚上，公公打電話來，安排明則接火車的事。

「又吵架了？」雅君問明則。

明則不願多說：「說媽要來台北散散心。等過幾天爸可能也考慮上來。」

「選這種滴答不停的天氣散心？」雅君當然知道真正原因，儘管明則身為兒子極端吝嗇談他父母的事，好像比當年的政治禁忌更嚴。

那天下午兩點明則開車到火車站接他母親，雅君提早下班在家裡等候。

「你不要因為我妨礙你的工作，我自己會照顧自己。你告訴我菜市場在哪裡，附近巷子怎麼走就好了。」婆婆像以前一樣說。

聽到雅君說都在超級市場買菜，她皺皺眉頭：「超級市場？又貴又不新鮮你在那裡買？附近沒有菜市場嗎？」

婆婆皺眉的事不止一件。屋裡不夠整潔，菜燒得不好，對先生小孩照顧不周到。請人打掃洗衣服太浪費，不是富貴出身，又不是鈔票大把大把的賺。這些起初是暗示，後來漸漸就變成直言教訓。她對當初明則娶雅君的不以為然，在每次來住期間必然一點一滴洩漏。但凡她來，雅君就陷於時刻需為自己辯護的處境。

「菜市場走路要十五分鐘，我沒有時間每天趕來趕去……」

婆婆沒有多說話。

「爸怎沒一起來?」雅君轉移話題。

「他來我就不會在這裡了!他嫌我,我就走給他看。」婆婆幾乎是冷哼說。

「爸哪裡會嫌你——」

婆婆掃雅君一眼:「你知道什麼?你以為我喜歡大包小包拖著東奔西跑?」頭向明則一扭:「我知道你等著回去上班。你現在回去就給我和你爸辦離婚,馬上就辦,越快越好!」

「再說嘛,等我晚上回來慢慢再說。」

「沒什麼好說的,你立刻就給我辦!我這輩子沒請你替我做過什麼事情!」婆婆聲色俱厲。

明則滿臉堆笑,在母親腳邊蹲下來:「你忘記了,我不是辦婚姻法的——」

「可是你那個叫什麼的合夥人辦,我知道,我還沒有那麼糊塗!……叫陳什麼,陳律師,高高壯壯的,很會笑,我見過的。」

「你真要辦,我一定給你辦。就算辦也要先把事情搞清楚,晚上回來我們再好好商量……」

明則用對小同說話的語氣說。

「你上班儘管去上,商量是沒什麼好商量的,我老早就已經打好主意了!」

「媽你好好休息,有什麼需要就跟雅君講。我有一個客戶要談,完了我就回來。」

接下來幾天,雅君和明則漸漸看出事端。婆婆在和公公鬧空前的意氣。

「——嫌我勞碌命,每天東擦西抹,把他趕來趕去,坐不一刻安穩。說我病態,看不得地上一粒灰塵,衣服上一條皺摺,他在家裡就怕把家裡搞髒了,提心弔膽。……嫌我有錢不會花，有閒不會享受，一身灰撲撲像個老太婆，嘮叨管不著也管不了的事。……嫌我囉嗦，一天到晚叫他不要抽菸。嫌我偷偷拿錢給明任做生意，都給他虧光了。……嫌我不催明堂結婚，教出這樣一個陰陽怪氣的兒子來。……嫌我這嫌我那，我沒有一件事情做對。想我嫁給他四十年，為他為楊家肝腦塗地還不夠，現在嫌我老，嫌我煩，什麼事情都怪罪到我頭上來……」沒有眼淚鼻涕，婆婆在訴說中盛怒不已。

「現在時代不一樣了，處不好就離，不是只有你們年輕人可以離，我們老的一樣可以離！」

雅君心裡驚了一下，彷彿潛意識裡以為，破壞是年輕一輩的權利，長輩不管再怎麼難過，也必須以忍受維持既有的秩序。如果他們也開始大談離婚，那麼她要站在什麼基礎上？

公公每天打電話來，婆婆堅持明則接，自己坐在一旁監聽翻白眼。

「把我氣走了再來虛情假意！」婆婆睥睨說，像個任性小孩。

「爸你還是等一陣再來，媽她還是吵要離婚。」明則勸他父親。

「人家是年紀越大氣越小，她是年紀越大氣越大！」

「過一陣子就好了。」

雅君告訴父母婆婆來了，一個晚上他們來。

「雅君，怎麼不把我昨天買的蘋果切了招待？」雅君剛端了茶來，隨即回廚房切蘋果。

談天氣，談交通，談物價，談孫子孫女，婆婆傲然彷彿無事。

「親家公怎麼沒一起上來？」雅君父親問。

「他那人懶得動的。我想念兒子孫子。」

「這次來要多玩幾天。雅君你要帶婆婆來家裡坐坐。」雅君母親說，當然她已經從雅君那裡知道了大概。

「有空多來坐坐玩玩嘛！」送客時婆婆說。

回頭婆婆說：「你媽真是好脾氣。」

雅君笑：「我媽就是講話慢，生起氣來就快了。我們小時打起人來痛死了，都是我媽打，我爸很少打人的。我們都覺得凶的是媽。」

「這你不懂，不是慢，是她講話的那個調調，好斯文，一點火氣都沒有——」

雅君知道婆婆在母親身上照見了自己。婆婆的聲音尖而急，而且越說越拔高。

「我媽說她的脾氣都是讓我爸給磨出來的。」

「你爸做什麼磨你媽的事——？」婆婆反應之快總是讓雅君吃驚之餘警惕。

雅君不打算說父親外遇的事：「就是他的一些習慣，抽菸、喝酒、賭錢、耍排場、大脾氣……」

「不抽菸不喝酒又顧家，辦案又負責又正直，如果不是太書呆子不知道轉彎，我們明則是一點壞習慣都沒有，比他爸好太多太多。你不知道你有多福氣！」婆婆最心愛在台中當醫師的小兒子明堂，但是最稱讚明則的穩重能幹。

雅君不作聲。

「你們和明堂有打電話嗎？」

「很少。」

「唉，明堂從小就讓我操心，現在當醫師了，還是讓我操心！不相親，不結婚，誰都不愛搭理，一個人獨來獨往的，沒有人知道他肚子裡在想什麼！」

「順其自然吧，操這麼多心自己累。」雁君不願說明則告訴她明堂是同性戀。她相信沒有人肯也沒有人敢說破這件事，即便明則。或者尤其明則，他是最不會自惹麻煩的。雁君承認初聽到時的驚訝，然而她即刻相信。明堂確實不同，他從沒對女性表現過興趣。雁君並沒有因此歧視明堂，相反，她對他產生了奇異的好感，想要多了解他，但是沒有機會。明堂從不和明則或其他家人聯絡，只有一年一度回家過年，禮貌應答，絕口不提他的私生活。

明則母親曾私底下問他：「明堂他不是同性戀吧？」

「你太胡思亂想了。」明則以這代替否定安慰母親。

那個週末難得放晴，婆婆說要去買衣服、化妝品。雁君建議約她母親一起去：「我媽會看會挑。」

母親和婆婆並肩，雁君走在一旁。兩個小時後，她們提著大袋小袋從百貨公司出來，經過一家咖啡館，婆婆說：「我這輩子還沒有進過咖啡館，這次就給他進進看！」

母親笑說：「進就進，只是我們又不喝咖啡。」

「沒關心，也可以喝柳丁汁，喝紅茶，吃蛋糕。」雁君說。

咖啡館裡一大片玻璃窗，此外砌了古色的紅磚牆，掛著黑白人像照片。婆婆和母親坐下，四下打量。

「我們這下真成了鄉巴佬了！」婆婆掩嘴小聲說。

雅君研究菜單：「竟然也有香草茶，要不要試試看？」

「香草茶是什麼東西？這麼奇怪的名字，薰衣草、迷迭香、紫羅蘭……」

「外國進口的，就是拿一些有香氣的花草泡開水，和我們泡茶一樣。」

婆婆和母親在價錢上大驚小怪了一番，最後還是決定試試。三人各叫不同的香草茶，另外叫了蛋糕。端上來，一個人一小壺茶、一套杯碟、蛋糕和茶匙、叉子。

「辦家家酒了！」婆婆笑得小孩一樣，拿光亮的叉子在手裡晃來晃去。

茶新奇卻無味，蛋糕太甜，但是兩個老太太像做壞事的小孩，高興得眼珠轉來轉去。在這樣氣氛下，婆婆成了觀眾，看見舞台上的自己和年紀老大的丈夫鬥氣。她邊笑邊敘說那一星期前令她氣短的事：「他坐在那裡，拿放大鏡看報紙，我走過去，看見他椅子底下一層灰，拿了掃把過來掃，叫他換個地方，他抬起頭來，手裡握著放大鏡對我照，氣沖沖說你看看你，你這張臉上多少條皺紋，你一天到晚拿隻掃把幹什麼！……」笑得不斷拿手掩住嘴。

她們居然說說笑笑，喝了兩個鐘頭茶。

15

文農比平常晚一小時才到強英球場，正好趕上趙震國一冰箱啤酒，辦公室裡一屋子人頭吵鬧。

「ㄟ，齊老，來來來，喝啤酒！」趙震國招呼他。

「什麼事這麼熱鬧？」

「慶功啊，市長盃，昨天才拿到！」趙震國遞一罐啤酒過來。

文農接過來：「才市長盃，我還以為是北區冠軍——」

「嘿，吳地，你聽聽看，這齊老竟然不把我們市長盃看在眼裡……」

「不看在眼裡？你知道今年市長盃有多艱苦嗎？沒有人會想到小小一個市長盃會有多難拿，誰知道今年高手如雲！你知道都是怎麼贏？21比20，21比19，煮熟的鴨子都會飛的那種緊張法，你不在場不知道死活！……」阿狗搶先說，看樣子已經一肚子啤酒。

「失敬失敬，我罰自己！」文農灌下一大口啤酒。「有沒有人要陪我打一場？」

再過不久他們一票人馬就準備殺到「寶味樓」去慶功，強英球場事實上等於沒開門。

「半個小時打什麼？啤酒喝一喝跟我們一起慶功去！」趙震國說。

「我來就是要打球……」

「哎，吃喝玩樂，有時打球，有時喝酒，有時玩女人，有時大吃大喝，有時統統一齊來，你說是不是？」阿狗笑說，酒已經紅到脖子根上。

「齊老，難得今天剛好趕上，一起去輕鬆一下，我看你需要的是輕鬆而不是打球！」吳地說。

「來開開眼界，保證笑話百出，絕無冷場，和你們教授吃飯的氣氛不一樣！」一個叫瘦猴的說。

「我全沒準備——」文農說。

「哎，準什麼備，又不上禮堂結婚！逢場就要作戲，好兄弟吃頓飯，那麼認真幹什麼！打個電話就解決了！吃個飯不犯罪吧？還是連吃個飯都要三通公文才能批准？」阿狗大聲說。

所謂人多勢眾，大家你一句我一句，頃刻造成半挾持的場面。文農看看趙震國，他一臉看好戲的神情。

「阿狗你今天嘴夠刁，那樣激我，上刀山下油鍋也跟你去了，何況吃飯！你說打電話我就打電話！」文農笑說，不盡然想去，卻又覺得去也無嘗不可。

「你不知道，阿狗他喝了酒嘴巴就跟不會打乒乓的人一樣，球滿場亂飛！」吳地說。

「寶味樓」開了兩桌，名為慶功，其實和球隊不相干，球場一般的熟兵熟將也加入湊熱鬧。清一色男子漢場合，喝酒勝於吃飯。菜普通，大家心思反正不在上面。只有半仙皺眉，罵魚不新鮮，要送回去。

「哎，可以吃就好了，慶功就高高興興的，不要那麼挑剔！」阿狗說。

「這種魚你說能吃？你吃給我看！」

「吃就吃，又是香菇又是蔥薑，能不好吃！」阿狗夾了一大塊，送進嘴裡。「我不但魚給你吃，酒也給你喝。來，喝喝喝！」抓起啤酒就灌。

半仙直搖頭，轉頭對文農嘆氣：「這種死魚他也能吃得下去？沒救！」舉杯對阿狗：「服了你，乾杯！」

「乾就乾，還怕你不乾！」阿狗仰頭又灌下一杯。手勢連揮，叫添酒，拿起酒杯對文農：「來來來，齊老，難得大駕光臨，乾杯！」仰脖子灌了下去。

「這阿狗，打球是拚命三郎，喝酒也是拚命三郎！」趙震國搖頭笑。「欸，阿狗，你可以了，都快爬到桌子底下去了，還在那裡假威風！」叫旁邊不准再給他添酒了。「他太太嘛是一天到晚叫我照顧阿狗，不要讓他多喝。這個阿狗是有酒就要喝，誰勸得動他？他太太以為我有什麼神通，管得動他，到後來我看了他太太就怕，好像他喝酒都是我的責任。」

「喝酒就喝酒，有什麼了不起？今朝有酒今朝醉，該喝的時候還是要喝，不然怎麼辦，做在家的和尚？喝完回家看是要跪算盤還是跪煤渣再去跪，好漢做事好漢當，怕他做什麼？」

趙震國又笑又氣罵：「阿狗你是狗腦袋說豬話，豬八戒還比你頭腦要清楚一點！」

「ㄟ，怎麼我的祕密被你偷知道了？豬八戒他老人家，是我每天三炷香早晚誠心供奉的！」

像任何這種場合，一句正經三句不正經，話題顛來倒去，從乒乓球、職業、女人、股票、政治到算命、招魂、買賣二手車、做菜，風言流語，大家都有很多可說。不知怎麼說到老婆上，大家一致公認趙震國的老婆沒話講，漂亮，菜做得好，球也打得好，最難得是脾氣好，總是笑瞇瞇的。

「老婆好，可惜趙老大不知道疼，一天到晚呼來喚去的。」吳地說。

「我跟你講，老婆我比誰都怕，可是老實說，不是我自吹自擂，做壞事膽子最大也是我。」阿狗說。「我是有哲學的，可能你們以為我阿狗頭腦簡單——」

「什麼頭腦簡單，根本沒有頭腦！你是天天在床邊頂尿盆，在外面裝模作樣，誰不知道？」

「不要這麼沒有風度好不好？我這邊誠心誠意在說正經話，你那邊嘴巴拉肚子亂拉一通，成何體統！……我這個人是最裡外分明的，你們知道，沒有人比我更寶貝老婆。老婆說往東我不敢往西，老婆說跪下我就跪下。老婆加班辛苦回家，我茶端到嘴邊，飯菜給她送進嘴裡。她什麼事要辦，一聲吩咐，我馬上給她去跑腿。你們說，我對老婆是不是仁至義盡？可是在外面，大家逢場作戲，我也不落後，因為我頭腦清醒，睡小姐儘管給他睡，都是假的，放屁一樣，我裡面知道得很清楚，一點也沒有含糊的地方。你們以為我沒有分寸，是因為你們沒有人知道我心裡有多疼我老婆，連我老婆她也不了解我，三天兩頭哭哭啼啼的鬧，回娘家，鬧離婚，鬧得人頭昏腦脹！你們不了解我沒有關係，她是我老婆每天睡一張床她怎麼可以不了解我？李登輝搞台獨，她也跟我搞台獨！……」阿狗越說越傷心，眼睛竟然紅了。

阿狗正說時，吳地悄悄對文農說：「他喝醉酒就把老婆搬出來重演一遍。」

「誰不了解你啊？你五臟六腑在哪裡我們誰不摸得清清楚楚？」趙震國給阿狗一杯茶：「來，喝了！」

「阿狗，你要正經我們就給你正經。你說你裡外清楚，老婆歸老婆玩歸玩，如果你老婆也給你來個裡外清楚，在外面另外有人，那你怎麼說？你知道現在女人在外面上班，和以前守在家裡不一樣了。」一個綽號叫鐵齒的問。

「我老婆？她不是那種人！」

「我沒有說你老婆是哪種人。我是說假如，假如她也和你一樣，裡外分明——」

阿狗愣住：「我，我……我不知道……大概，大概……她不能做那種事，她一做那種事就不是我老婆了！……我就不能要她了……」

鐵齒正要開口，趙震國插進來：「來，吃菜吃菜！齊老，來，不要客氣，我看你都沒吃，不要等我幫你夾！」

文農光聽，吃得很少，大家不斷敬酒乾杯下來，倒喝了不少酒。坐在這批熟但不深交的人旁邊，他覺得是個局外人，旁觀的意義遠勝其他。但是他似乎在哪裡都是局外人，格格不入。譬如在校務會議上，看系裡的山頭鬥法，或是在作家聚會的場合，看彼此的虛張聲勢，他一樣覺得非我族類。不管在哪裡，他永遠納不進系統，停留在主流之外。他冷眼旁觀，以潛在的優越彌補寂寞。而在這批酒肉笑鬧的好漢之間，他沒有任何優越，只是不同。這不同起初他以為來自學識程度的差距，是思想、品味、文化，也就是雅與俗的問題。然而再深一層看，那些所謂的文化人物和這批江湖人物有什麼不同？是穿的衣服、開的汽車、住的房子，還是思想的內容、談話的方式？剝除了這些，底下的原形呢？當大家脫光了，不一樣是要錢要名要人褒要人寵不盡光明的貨色？文農看見的不同，是表象和真相之間的距離，是一種人生態度。一個所謂文化或上流人物，嚴封密裹，在層層物質和精神的包裝下面，讓人莫測高深。要知道他們簡直和考古一樣，需要一層一層挖掘，入地三尺，還沒有看見內容。而中下階級，沒有架子可端，沒有台階可上，只有天生一張臉一股氣，大聲小聲直來直往，沒有其他。他們的裡面全在外面，外面也就是裡面，沒什麼需要挖掘的。是的，他們庸俗。（穿名牌就不庸俗嗎？）是的，他們膚淺。（滿口假學問就不膚淺嗎？）但是他們熱誠、憨直、豪爽，有天真未鑿的趣味和直截了當的痛快。他們的態度是，再怎樣無名無勢，他們有能消化酒肉的腸胃、消魂蕩魄的性器，他們有現在、這裡。無論如何，他們有快樂的權利。他們利用生命的每一分每一秒製造快樂，有機會就大聲宣示他們的快樂。在他們粗糙的小排場裡，有一種睥睨以視的王侯之氣，名利不能換取的海闊天空。文農寧可坐在酒臭的阿狗和邋遢的瘦猴中間，聽他們滿嘴髒話打屁，也不要聽那些文化名流的高調。基於個性，他不能變成他們，但是至少，他能欣賞、羨慕。還是——，文農適時警醒自己，這是他一廂情願的美化？

將近十點散席，半仙、瘦猴、吳地帶阿狗要到趙震國家喝茶解酒。

「齊老，要不要也來，見識見識我老婆泡茶的手藝？」趙震國問。「我的茶是上好的，點心也是上好的。我有鹿港的綠豆糕、萊陽桃酥和澎湖花生。」

文農考慮了一下：「喝茶我沒問題。可是已經這麼晚了，你太太不會已經上床了？」

「我沒上床她上什麼床？沒問題，我們常這樣，半夜了還一屋子人！」

「我喝兩杯就走。」

「你喝一口就走也行，沒有人會去數你！」

趙震國家在一個死巷裡，黃色路燈半明半暗。他們把摩托車停在院子裡，然後上樓。多年老公寓，樓梯陡窄，踏起來沙沙的。經過三樓時，裡面一隻狗叫起來。四樓門口，一支鐵架上掛滿了鞋和幾隻雨傘。趙震國太太開的門，泛藍的白色日光燈光洩出來。

「請進！」她笑說。文農首先看到她背後黃色印花的牆。她扶著門，直到他們都進來才關門。

趙震國一進門就叫：「徐碧華啊，泡茶泡茶！這阿狗少說也要一桶才灌得醒！」

「人家根本沒醉，什麼一桶？一杯都不需要！」阿狗嘟囔。

「口齒都不清了還沒醉！你就是狗牙嘴硬！」趙震國說。「你不給我灌十大杯不放你回去，晚上就在這裡打地鋪，反正我地板有的是！」

小小的飯廳連不大的客廳，中間靠一具書架分隔。簡單的藤家具，椅子上放了黃花紫花墊子，桌上散著報紙雜誌。正對長椅是寬螢光幕的電視和音響，電視背後斑駁的牆上，掛著夜市可見的夕陽帆影油畫。角落三角架上，茶葉茶具俱全，一只帶輪小茶几上電爐、水壺總是就位等待。

「坐！」趙震國說，把水壺遞給太太：「裝水，礦泉水！」

徐碧華果然像大家所說親切帶笑，紫毛衣配紫花裙，托出細緻白皙的膚色。有些發胖，雙下巴隱隱可見，仍然漂亮，是中年女人圓熟的風采。她拿水，準備糖果點心，趙震國坐定寶座執掌泡茶重任。

等徐碧華坐下來，趙震國才給她介紹：「這位就是鼎鼎有名，給我們球場寫請勿吸菸的齊老。」

她朝文農笑笑，用輕軟的聲音說：「難得來，歡迎！」文農也點頭笑笑，有些尷尬。

徐碧華一直陪他們坐聊，不時起來取水添點心弄消夜，總是微微帶笑。有人開她玩笑就嬌憨瞪人：「哪有！」不然瞅趙震國一眼：「你說我哪裡有！」而他們喜歡開她玩笑，好像喝茶是假，來和她說笑才是真。文農看得出來她真是得這一幫人的心，幾乎勝過趙震國。她那帶笑的神情，溫婉的聲音，帶著說不出的優雅從容，好像諸葛亮談笑用兵應該就是她這氣度。然而文農本能覺得她是個強硬的人，表面上呼風喚雨的是趙震國，而底下真正執掌大權的其實是她。她讓文農聯想到雅君，他一時想不出為什麼。

文農坐到近午夜才走，第一次這樣接近聽趙震國放口暢談，由蛛絲馬跡間推測他過往的得意和挫折。趙震國做主人無懈可擊，不但會說，而且會聽，話題向四面八方去，他總能漁翁收線一樣收回來。大家有話說話，沒話喝茶啃瓜子，即使一時無話可說也不冷場。茶果然好，溫度時間恰到好處，入口滿嘴甘香，更好的是餘味。也許因為趙震國的氣度，也許因為徐碧華的笑容，也許因為茶的滋味，也許因為阿狗的可愛，也許因為晚飯時多喝了一點酒，文農逐漸由局外進入局內，鬆弛了一向的自覺，笑談無忌。因此當最後話題轉到趙震國正標會集資，準備頂下附近一家朋友的小酒館，邀請文農入會，他毫不考慮就答應了。回家路上，摩托車馳過車輛依然不絕的馬路，他沒有想到怎麼向章敏解釋，也沒有想到剛才加入一個月兩千塊的會，而是從徐碧華想到雁君。他突然很想載雁君到什麼地方兜風，在夜色裡疾駛，她從後面環住他的腰。看到騎樓下一個公共電話，他停下來，找到零錢投進去。

「喂——」正是雁君略沙的聲音。

「是我。把你吵醒了嗎？我忘記已經很晚了。」

「沒，我還在看書。幾點了？都過十一點半了，這麼晚……有什麼事嗎？」她聲音裡有點收斂的欣喜。

「方便講話嗎？」

「楊明則還沒有回來。什麼事？」

「我現在來找你。我在外面公共電話。」

「現在？你發瘋了？」

「對，發瘋。今天晚上我想發瘋，用摩托車帶你去兜風！」

「你怎麼這麼晚還在外面——」

「跟一群打球的朋友出去吃了頓飯。」

「那一定喝酒了。」

「兩口酒，無傷大雅。」

「醉成這樣子還無傷大雅！」

「剛才灌了幾杯濃茶，就算醉也該醒了。」

「醉醺醺騎車多危險！」

「沒事，清醒得很！我現在過來，十分鐘就到。」

「說不定你還沒到楊明則就已經先到了——」

「我們很久沒見面了。」

「上星期才見的。我們有更久不見的紀錄。」

「你不想我嗎？我們應該天天見面——」

「還說沒醉，清醒時就不會講這種話。」

「我是很清醒。」

「清醒就會乖乖回家去，就不會吵著一定要現在來。」

「你怎麼講話一點感情都沒有？」

「你有膽就從家裡打電話給我，我們再來談感情！」雅君忽然一聲冷笑。

「好，你等我電話。」

他掛了電話，重新發動摩托車，駛上馬路。

16

陰雨的冬天過後是意外暖晴的春天，陽光慵懶照在街上，掛在人肩上，好像可以疊成軟軟一包放在床上，晚上再攤開來。馬路上的車聲，商店裡的音樂，都以一種特別的旋律漂浮空中，在新生和腐爛中間無知漂浮，漂浮在只有現在沒有明天的歡欣裡。小同像廣東館子裡的生猛海鮮，格外蹦跳吵鬧，好像隨時會打破窗戶或跌下樓梯。小文已經有少女氣息，童稚的秀麗懸宕在嬌豔邊緣。她明年上初中，胸部已經成形，儼然便是一個小女人了，而且是雅君沒有想像到的，一個漂亮的小女人。雅君不能不在小文身上驚奇看見，那種青春正當什麼都沒法遏止的明亮，她相信自己從未有過的明亮。她悄悄注視小文圓翹的小臀，無心擺動的長腿，臉上鮮明的肌膚，清亮的眼神。她看到一種尚未進入意識的美，像山水無心，草木無情。然後剎那間，她的意識轉到一個奇異的角度。好像在盛開的玫瑰花和切開的草莓裡看到性，她發現自己以男性的眼光品味女兒毫無瑕疵的天真之美。她可以理解為什麼男人喜歡年輕女人，而且越年輕越好。她懂得他們在少女身上看到什麼，她也感到那種含苞待放的生機，那種楚楚動人。意識再一個一百八十度迴轉：文農在她身上看到什麼，她這樣一個毫無特色的中年女人？她不讓自己在這點上多想，她和文農的感情如夢正酣，她不要打破，儘管這念頭一再浮現。他們相識已近兩年。

感情的危險在它不穩定，它尋找理由收縮或膨脹，而絕不安於現狀。他們對面喝茶，或擁抱在床，而見面之間一切好像煙消雲散，在各自的現實裡過各自的生活。然後一個現實退後，另一個現實進入焦距，占據意識的所有，他們裝滿彼此的眼眶。他們在雙重現實間來回，隨時調整焦距，讓一個現實取代另一個現實。然而在一個時刻，永遠只有一個現實。好像一個物件不能同時占據兩個空間，每一個時刻只能容納一個現實。這種雙重現實的旅行削尖他們洞識真實的能力，每一次回返益發尖銳感受兩個現實的衝擊，自己意識的分裂。

什麼使一個男人一個女人走向彼此，不忍分離？什麼使他們魂縈夢牽，彷彿彼此是空虛中的最後家鄉，好像兩個長久遊蕩的靈魂追尋一個定點，一個不完全渴望完全？這親密是心靈的創造，因為畢竟還是兩個人、兩個世界，渴望成為一個。這裡有自我可怕的交付，至少對雁君。

雁君沒有經歷過這樣可怕的親密。和明則的感情停留在意識的層次，她從沒有越出現實。好像他們的感情先是功利的，然後才是其他，如果有其他可言。而文農以那樣專注的眼神攫住她，讓她忘記了自己。多少次她想說「我愛你」而沒說，說了，就破綻，就褻瀆。感情的混沌因為在語言之先，不能用思想的邏輯羈絆。嘗試用語言的混沌去描述感情好像用小學算術推導量子力學，好像用眼睛呼吸。而另一方面，潛意識裡，雁君不願以語言的臣服給文農凌駕她的力量。除了用相同的話回應，他能說什麼，如果他說「我愛你」？她不要這樣的愛情零頭，愛不是買賣交易。何況他可能尷尬無話，說不出我愛你，又不忍不說，只好僵在那裡。她不確信他愛她，不知道為什麼他在大台北這麼多時髦能幹的女人中選了她。她始終停留在受寵若驚的狀態，所有女人都可以有外遇，都不會令她驚奇，唯獨她自己——她的意外使她恍惚如在作夢。她讀到夢是主觀意志的活動而不是客觀推理的行為，定義而不接受定義。她在一個強大的夢境裡，身不由己。他們在做什麼？這是始終的問題。而他是清醒的，她相信。對他，她可能只是無關痛癢的消遣。這給她無盡的痛楚。

雅君會假裝玩笑說：「我們斷了吧，再也不要見面……」

「如果你真的要斷……」

文農從來不說：「不，我不能讓你走！」當另一個更強大的現實侵入他們兩人私有的現實時，他立刻便卸下纏綿，換上兵來將擋的冷靜效率，一點也不執迷。

「我真恨你這種什麼決定都放在我身上的態度！」

「你要我強迫你做不願意做的事嗎？」

雅君說不出「我要你永遠不讓我走」，更確切的翻譯是「我要你覺得沒有我會死」。說的卻是：「你的意思是只要我要斷，你隨時就可以斷？」

「我尊重你，我絕不會強迫你做任何你不願意做的事。」

雅君腸胃絞痛，想：「如果我要你強迫我留下……」，可是嘴上說：「為什麼決定在我？」

「因為我不願意傷害你。」

「因為你不在乎我，可以隨時讓我走，你呼吸的空氣不會少一粒分子，你走路的腳步不會亂一點方寸……」雁君心裡這樣詮釋，為了忍住滿眶淚水，嘴唇幾乎咬出血來。她急遽把臉偏過去。

「可是你不是真心要斷。你真的要斷？」

雁君沒有回答。

「我一直在想——」他低頭尋找字句。「其實不是想，而是一個念頭，不肯罷休……我老在想要怎樣我們才能一起過一個晚上，像現在，但是不用急，不用趕，貼在一起睡覺，直到天亮……」

「何必想這種不可能的事？」換雁君做冷靜的一個，雖然「貼在一起睡覺」那個「貼」字讓她心裡一陣溫熱。

「一整個晚上，你不動心嗎？」

雁君的刺又尖起來了，她想說「你的野心只有一個晚上嗎？」好像只要他提出，她就能立刻拋棄一切和他結婚，好像她真正要的是破壞她現在的家庭。她知道自己潛意識要的是什麼，只是不肯承認。她笑說：「動心又怎樣？我不可能把家裡丟下。」

「為什麼？讓楊明則照顧小孩一個晚上有什麼關係？」

「因為你是男的，我是女的。」

「我看不出這有什麼相干。如果章敏要出差，我帶孩子幾天沒問題。」難得文農提到他太太。

「她出差過嗎？」

「她不需要出差。」

「這不就結了，你有的只是滿口理論。」

過夜的事文農每隔一段時間就提出來，雅君聽多不免激他：「明則過兩天又要到嘉義去，你要不要晚上過來？」

「好，十點。」文農假裝認真。

「準十點我在樓下開門等你。」

而奇怪的，這玩笑開始生根。明則南下的日子，晚上送兩個小孩上床以後，雅君躺在床上看書，不知不覺念頭就轉到她和文農的調笑上。一開始她立刻就為自己的想法驚住了，命令自己不可以有這種大膽無恥的念頭。然而那念頭逕行回來，像條蛇從不知什麼陰暗角落悄悄爬上她心頭。她瞪著眼前的書，看到的是自己輕輕下樓，將文農引上樓，到她和明則臥房，關上門。這想像的可怖不在將犯罪現場轉到她和明則床上，而在兩個小孩就在隔壁。當她從心蕩神馳的想像回到現實，簡直不能原諒自己。而那念頭一再潛回，在她最不注意的時候，她發現自己暗地爭辯為什麼不可以，沒有人會看見，小文和小同會熟睡不知，文農會在他們起床前就走了，神不知鬼不覺，明則永遠不會知道。她猛烈搖頭，不能相信自己。

她和文農確實該做一個最後的了斷，在一切失去控制之前，雅君軟弱而又堅決的想。

一個晚上，雅君睡眠中聽到明則叫：「雅君！雅君！」

她翻過身，他說：「你作噩夢，一直呻吟。」

「噢。」

她聽到浴室水龍頭漏水的聲音，懊惱叫的人還沒來修（事實上根本還沒有叫人）。迷迷糊糊中又睡著了，第二天早上刷牙時那夢倏然回來了。夢和牙籤有關。夢裡他們上床前她向明則說肚子痛，要他看看。她脫下上衣，他在燈光下仔細查看。

「我看不出什麼不對，倒是很奇怪，看到一些尖尖突出來的東西。」明則說，動手拔。拔出一根牙籤，她痛得哀叫。

「還有，很多很多。」他一根根拔，她一聲聲叫。「牙籤怎麼會跑到你身體裡去？」

她沒有回答，只是一聲聲哀叫。她不能告訴他是她自己一根根插進去的。

她漱完口對鏡子梳頭，想要告訴明則她的夢。什麼時候她會有機會告訴他她的夢？他們甚至難得有時間談現實的事。穿好衣服她急急到廚房去弄早餐了。窗外，是另一個陽光晴朗，沒有夢境沒有祕密的早晨。

17

「只有在置身兩個現實時，我才是快樂的。」一本小說的主角一開始就這樣宣布，讓雁君十分驚奇，一個現實對她幾乎已經太多。

雁君逐漸認識到她並不是唯一有祕密的人，腦筋一轉她便可以想到父親的祕密、母親的祕密、文農的祕密。彭悅沒有告訴她什麼祕密，但她相信彭悅正是那種滿是祕密的人。而明則？他一定有他的祕密，每個人都有每個人的祕密。樸善、樸良，他們一定各有他們的祕密，雖然她不知道。這祕密未必是什麼過失，而是一個人最隱祕的弱點，最黑暗不可告人的恐懼、挫敗、嫉妒、偏見、仇恨，所有腐蝕人摧毀人的醜惡感情，一個人竭盡一切保護的致命傷，像武俠小說裡的罩門。歷史充滿了祕密，每人一肚子隱私苦不能言。如果有一天，明則告訴她他一直潛在的祕密，她未必會毫無保留接受，但是，她會理解。

雁君覺得當她身懷祕密，越來越遠離眼睛可見的現實，也越來越不了解明則。好像她以前是一個血肉稀薄的人，透過外遇的「罪行」燃燒成形，終於變成有血有肉能哭能笑的真人。而明則相反，他的穩定使他抽象、失真，她不知道他的感情放在哪個抽屜，是不是有感情。（當然他有感情，從他對孩子就看得出來。）他滿是條理、秩序、習慣、冷靜，甚至在做愛高潮也一聲不吭，好像以絕對壓制發聲證明意志的強大，——還是，他的高潮根本是不值得大驚小叫的低平？她菜鹽放得太多，他不動聲色照樣吃了，碗筷放下安靜說：「今天菜太鹹了一點。」她比平常早上床，告訴他她不舒服，他說：「那不要看書了。」他從不和小孩生氣，永遠可以用生氣以外的手段達到目的。小文和小同清楚喜歡爸爸勝於媽媽，因為他和他們在一起的時間那樣少而特別，他不需要籠絡他們，和他們在一起便是籠絡。而他總很慷慨，比雁君慷慨，隨意便可以站在小孩一邊，以他們的眼光看見雁君拒絕看見的可愛和神奇。明則這種成人小孩間的輕易過渡讓雁君光火，她不了解，不願了解子女，覺得他虛偽，存心和她作對。然而她逐漸發現明則其實是以一種絕對清晰的邏輯了解子女，他會好脾氣說：「小孩子是最簡單的，因為他們最合邏輯。大人也合邏輯，但那是另一種邏輯。大人的邏輯會轉彎，小孩的不會。」

「什麼邏輯？我也知道，快樂邏輯，自私邏輯，唯我中心邏輯！你以為只有你知道小孩！」

「不是我知道小孩，而是我不意氣用事。你比較容易就氣急敗壞，聲音高了，臉色沉了。小同不是說過，你用『那種』聲音說話。小孩耳朵非常敏感的，你調子變一點點他們就感覺出來了。」

「總是我做壞人，叫他們一定要做這個，不能做那個，開口就是不中聽的話，我能不氣急敗壞？」

「問題在你的出發點是為了減少自己的麻煩，保護自己，所以你叫他們不要大喊大叫，不要東西亂丟，不要這個不要那個，你是為了自己，可是說出來是為了他們好。他們看得很清楚，他們看見根本就是你的利益和他們的利益相衝突，你要你的，他們要他們的，你不妥協，他們也不要妥協。」

「是啊，你這個學法律的有名的利益衝突論！你和他們一樣做小孩，假裝無私無我，就沒有利益衝突了！讓我相比更加難看，是不是？」雁君冷笑。

「哪裡有讓你難看的意思？這是用頭腦解決問題，我的專門訓練做的就是這個。」

「你就喜歡拿你的法律訓練來壓我。也許你忘記了，法律不外人情。人靠感情，靠心在活動。問題的癥結在這裡，如果你沒忘記！」

「你錯了，感情的癥結只能以頭腦來解決。感情本身完全解決不了什麼事情，只會把事情弄得更糟糕。」明則笑說。「我每天看到太多例子了。」

雁君辯不贏，也懶得辯。看明則好整以暇，只能生氣。她在對他這種冷靜從容的敬畏和不耐中交替，有時以為這就是她對他感情的基礎，她愛他這種不能被擊倒的丈夫氣概。然而轉個彎她又覺得不能忍受這種死板的道理，她覺得他像塊方正的石頭沒有人味，他的理智壓迫她起伏上下的情緒，讓她窒息。但是她除了生氣從來沒有告訴他她真正的想法，不是怕他會取笑她（他必然會取笑她的，她知道），而是根本沒有想到要說，好像心底那個地方自動將這想法歸類到那種不可告人的檔案中去，直到有一天，它自己以一種完全意外的形式出現。

一個晚上，明則在床上告訴雁君他並沒有完全誠實，他那麼經常到嘉義只是藉口。

「其實我人在台北。」

雁君並不吃驚。她從書本抬起頭，時間忽然變得涼而透明，她看見自己面無表情，緩緩說：「噢。」而裡面，裡面有一個涼而透明的東西，她清楚看見它跌了下來，摔得粉碎。她看見自己的臉凍成雕像，停在空中。

「……她到事務所來，不是找我，是找專辦離婚的張律師。……一天吃中飯時張律師剛好提起來，提到她的名字，竟然就是我大學愛上的那個女孩子的名字……」

不需要多做解釋，雁君知道。明則簡單描述他和她重新見面的來由，和接下來的發展。雁君半聽半聾，腦中翻滾自己和文農的事。似乎一切都很清晰，又似乎攪在一起。明則的坦白給她鋪了路，而她看見自己表情凝結在受傷的冷峻裡，身體裡面另外一個她已經決定了扮演的角色。淚水裡她掙扎讓那如釋重負的感覺凌駕受傷的情緒，嘗試張口說：「我也不誠實……」然而她聽見明則說：「我對不起你。」聽見那聲音裡對她的正義，對另一個女人的愛情。她被撕裂，被取消了。他消滅了她所有的價值。

「離婚是絕對不可能的！」雅君聽到自己說。

她倏然醒來，睜眼是熹微的晨光。床頭電子鬧鐘標示五點半，遠遠已經可以聽到馬路上咻咻的車聲。朦朧中她閉上眼睛，而腦中一個聲音縈繞不絕：「明則有外遇……明則有外遇……」

18

雅君想像明則問：你不打算告訴我嗎？我等你告訴我。

而沒有人問雅君，沒有人要求她解釋什麼，至少目前還沒有。可是若有人問她為什麼愛上文農……？其實不必等誰問，她首先問自己，一次又一次。然而她不能解釋，莫名所以的跌落，被一種亟於抹殺自己，要在一個人面前卑微、匍匐、束手無策的意念牽引。這裡面有什麼高尚神聖的東西，如海枯石爛、地老天荒的愛情嗎？還是所謂愛情，只是個人潛意識中為擺脫自我的迫切？當雅君向愛情深處，自我最隱祕的地方凝視，她看見的只是一團原始的黑暗，宇宙尚未成形，冷熱明暗尚未對立，物質尚未進化成生命，一切還是可能、未知，沒有已知。

她看上他哪一點？他甚至不好看，也沒有對她特別巴結，讓她覺得珍貴，像初戀時那種感覺。他有點才氣，但是她對他的小說並不能共鳴——他的東西很枯澀，封閉在一種冷漠的知性邏輯之中，像盤桓而上的石砌高塔。他有一個短篇，叫〈永恆〉，類似《等待果陀》的故事，講一個男人等待他約會的女朋友，她遲到了五十分鐘，在那五十分鐘裡，他看見百貨公司門口不斷進出的人群，每一個年輕女人都可能是他的女朋友而不是，每一個到來的分鐘都可能領她到他眼前而沒有，他不能停止的左右張望，一再看錶，每看一次那錶面就好像放大一點，不斷放大，最後錶面放大到遮蓋整個天空，從這一秒到下一秒間的距離好像一千年，他好像一隻小蟲坐在秒針上，而那秒針根本沒有在移動，他坐在一座測量永恆的大鐘上。她印象特別深刻因為小蟲坐在大鐘上對比的意象鮮明，把人生裡很普通的，等待的感覺形象化，有種觸目驚心的效果，讓她不斷想起卡夫卡的《蛻變》。但是她並不真正喜歡這樣的故事，因為作者的目的不在觸動感情，而在敘述的文字。也就是，真正的精神是自戀，表現自己的表現手法。她不是文字至上的讀者，而對文農首先是文字，最後還是文字。他不寫故事，倒像寫書法，追求字句的完美如筆畫的完美。他寫了八本書，五本短篇小說集，三本散文集，在書店裡幾乎找不到。八本書她都看過，有幾本買不到還是跟他借的，只是為了解他。

但是她受他強烈吸引，尤其是他的眼睛。當他筆直對她看，她幾乎要迴避——他的眼睛裡有種受傷，還是會傷人的東西，她不確定是哪一個。也許她喜歡他就為了安撫那雙眼睛，為了那眼睛說他需要她。她已經近兩個月沒看見那雙眼睛。他們至少兩個星期總會見一次面的。

雅君不讓自己打電話給他。起初她想電話隨時會來，然後她想既然他受得了她也受得了，然後她想一切已經結束了，沉默的電話便是有力的證明。她讓自己忙碌，證明給自己看沒有他她一樣活得好好的。突然她決心整理家裡，掃除桌子櫥櫃裡多年累積的垃圾，罵小文和小同房間住得像豬窩。尤其小同房間，一桶又一桶，一盒又一盒的樂高、拼圖、彩色筆、汽車、機器人、玩具、圖畫書，大大小小，到處亂七八糟。她怒不可遏：「你的玩具你不收，誰要替你收？等我替你收嗎？我為什麼要替你收？我是你的奴才嗎？我上班煮飯洗衣服還不夠，還要替你收玩具整理房間？你那兩隻手是幹什麼的？」她從沒這麼凶狠罵過兩個小孩，好像積了多少年的惱恨全在這時一股發洩。對明則她也很容易失去耐心，他問她襯衫或郵票在哪裡，她忽然尖銳說：「我是老媽子嗎，家裡什麼大小事都找我！我不是也一樣上下班奔波！」明則奇異的看她一眼，從衣櫥裡拿出另一件襯衫。她一方面感謝他沒有為這惱怒，另一方面寒心他對她的情緒毫無反應。家裡門窗、水龍頭、浴室龍頭該修的，她都叫人來修了。東西歸位，家裡一片難得的清爽。同時她以清教徒的嚴厲，要求小文和小同維持家裡的秩序。她嚴格督促小同的功課，好像要在一天兩天內更正他一向的懶散和馬虎。她積極計畫寫書的事，彷彿隔夜之間生出無比的野心。原來混沌無名的生活，這時出現了形狀，像每個小時、分鐘，工工整整裝在四方的格子裡。她不知道自己的眼神冷淡，要不然是心不在焉。她像一個貧窮但是家裡打掃得格外乾淨的人，衣服漿挺而掩不住底下的清寒。她以意志在生活，像文農以意志在寫作。她不肯承認，但是她苦苦等候他的電話，從未放棄。她在心裡一再回味他們在一起的時刻，當時間好像靜止在現實，拒絕任何承諾或報償時，她的內在時鐘指向過去，像寫《紅樓夢》的曹雪芹，寫《追憶似水年華》的普魯斯特。每一天她比前一天旅行到更遠的過去，到她和文農的開始。

雁君沒有文農的照片、信件，或片語隻字，除了他五本在不同書店買來的散文和短篇小說。每晚睡覺前雁君重看他的書，試圖通過他的文字喚起他的微笑、親吻和擁抱。對雁君，擁抱其實是肉體之愛的極致，而不是性愛。性愛是生物本能原始的召喚，挾帶億萬年累積的指令，強大非人。而擁抱是心靈流動成身體語言，好像思想變成文字，感情化成音樂。擁抱是一個完全不同於性愛的世界，在擁抱裡他們的肢體飽蓄情感在真空中環繞、延長，書寫一個字：和、and、&，隨便怎麼稱呼、記號。他們清楚感到身體每一個分子間溫暖如電的流動，而不像在性愛無邊的海洋，被肉體黑暗的狂潮洗滅。一夜又一夜，當明則在書房忙碌，或在身旁打鼾，雁君一再在心裡召喚的，不是狂歡的激情，而是彷彿同舟共濟的溫馨擁抱。好像在那擁抱之外，有多少必須排除的痛苦和忍受。好像只有透過擁抱才像宇宙發生，倏然在廣大虛空中爆出一點可以掌握的真實。在睡前苦澀的清醒中，雁君尖銳意識到透過想像的殘酷對比，逼出現實生命的虛無：來自必須和義務、重複和麻木、普遍和平常的虛無，雖然她知道這是情緒自虐的誇張。因為在醒睡間的蒙昧狀態，一切往黑暗極化。她看見那虛無的真義，是生命的忙碌底下，沉默嘲笑一切的空洞和死亡。不然她這樣循規蹈矩的人，為什麼越軌去做她自己甚至不能解釋的追求？怎麼解釋她一再誇張到離奇的不滿、厭倦和空虛，雖然其實她簡直應有盡有？除了欲消滅現狀以求再生的渴求，藉激情以求超越平凡的急切？雅君不能解釋。什麼使宇宙由虛無中迸現？什麼使機能昇華為意識？什麼讓文農永遠在逃逸邊緣？什麼使她這樣無法填補的不安？什麼使人看見日日繁華底下的空洞？什麼使人無恨無悔無憾無求？她陷在這些問題的漩渦裡。

然則，隔著久不見面的距離，雅君還是看不透文農。他在哪裡？那個談笑做愛的人是誰？他不比撲克牌面的國王更真實。他到底和她在做什麼？遊戲，還是認真？她像一個賭博而無籌碼的人。

他在隱藏什麼？一個人怎能愛而不裸露自己？怎能以身心投入，而所栽培不過僅次虛無的荒原，雨後一時盛放的沙漠？他要什麼？在利祿功名和仁義道德，在捕風捉影和射日屠龍之間，他追求的是什麼？他不是孜孜在寫作嗎？他不是熱愛他的孩子嗎？他不是相信公平與正義嗎？哪裡是他安身立命的家鄉？

他們在淡水河邊，坐在河岸的大石上，河在他們右手邊不遠緩緩彎過去。

「你知道嗎，海和河兩個中間，我一向比較喜歡河。海太大了，太像自然本身。而河的形式和規模比較像人生，長長的，夾在兩岸中間，大半時間中規中矩的流下去，偶爾才不按牌理出牌，氾濫一下，然後還是乖乖回來，接受兩岸的約束，穩定的流下去。」文農說，拿一根斷枝在水面撥動。

「我從來沒想要在海和河間做一個選擇。好像必須在空氣和陽光中做一個選擇，不是很荒謬？因為根本是毫無意義的選擇？」雁君朝水裡丟小石頭，丟出輕微的撲通聲。

「就好像信和不信中間，也是荒謬的選擇。我有時想，相信神創造一切，和否定任何有意識的創造之間，哪一個更不可置信？哪一個需要跨越更大的質疑鴻溝？相信神創造一切，像猶太教、天主教、基督教、回教教義說的，一個人的疑問必須在神的那點就打住，不能繼續問下去。這樣的信仰要求人把所有的好奇和質疑，當成最無足輕重的東西，像垃圾一樣丟在腦袋的一角，快樂的接受就是。從思想到不思想，這是多大多可怕的一步，你有沒有想過？而不信神的創造，相信宇宙一切是純粹偶然的自生自滅，也是一樣不可思議！我有時簡直覺得，我可以在這一分鐘是一個斬釘截鐵的無神論者，然後下一分鐘一百八十度大轉彎，又是一個指天誓地的有神論者！最後，我只是一個不肯定也不否定的未知論者。孔子大概就是這樣，所以看到河水流過，才說得出『逝者如斯，不捨晝夜』這樣既空洞又深刻的話來。他老先生其實是一個很有意思的人你知道嗎？一點也不像我們教科書裡那麼古板乏味。——忘了你學歷史的當然知道！」

「你知道你講話三兩句就夾一句『你知道嗎』嗎？」

那時雁君和文農的關係還不確定，還很唯心的談玄說理，好像高中生偷偷打橋牌、抽菸、喝酒、一知半解夸夸談存在主義。在這青春已逝的時候才又重溫少年輕狂，不切實際，但是給他們遺世獨醒的短暫幻覺和快樂。

雁君常想文農必須問那麼多問題嗎？他只能用思考感覺嗎？為什麼他不能讓一條河就是一

條河，一朵花就是一朵花，而必須把它們變成符號，給它們自身以外的涵義？而她知道事實上文農拒斥宗教，寧願在一個無神的宇宙裡跌撞氣餒，也不願放棄他建築在思考上的尊嚴。他寧願抱守永無解答的黑暗，囚禁自己如監獄，像他一個個艱難完成的短篇各自囚禁在文字的高塔裡面。她深深感覺其實他不要她了解他，她只是一個他藉以欣賞自己的映照面，一條他暫時走岔而終必折返的歧路。

這些不是理智分析的結果，而是沉在雁君肚子裡，永遠無法消化的感受。深處一個聲音一再提醒她，在她和文農的感情之後，有一個真空的壑，一切岌岌可危。然後，再一次，她問自己：「我要什麼？」一個人不能擁抱宇宙所以擁抱他人，以對另一人感情的擴張將自己延長。而雁君不能向文農越渡，他發散的明亮只是她自己光輝的反射。她與他對面獨立，如李白遙望敬亭。而她，必須永遠是那個就山的穆罕默德嗎？

兩個半月後，雁君接到文農的電話，聽到他的聲音輕快說：「我死了，從地獄打電話給你！」應有的驚喜即刻變成憤怒：「我沒有時間和你開這樣的玩笑！」

「對不起，我忘了你不知道。」他的聲音正經下來：「我沒有開玩笑，我真的差點死掉。」接下來十五分鐘裡，文農告訴她他摩托車車禍，撞斷右邊大腿骨、兩條肋骨、刺傷胸腔和昏迷兩天不醒的事。最後聲音帶笑：「所以我是死門關走過一趟回來的。」

雁君熱淚滿眶，疼惜、自責和慶幸糾結，幾乎說不出話來。為什麼她就沒想到他可能發生意外？

「那你，那你現在都好了？」

「差不多了，比起開始不能笑、不能打噴嚏、不能轉身好太多了！還不能跑跳，罵罵人、握握手是沒問題！算起來比以前只多不少，大腿裡面打了鋼釘，以後我們出國旅行過機場的X光檢查，機器要呀呀叫了。」

「真的，不要開玩笑。你出了這麼大意外，我一點都不知道，你還有心情開玩笑！」

「那是因為聽到你的聲音很高興。」

雅君又是滿眼淚水：「你不能早點打電話給我嗎？至少讓我知道到底是怎麼回事？」

「你沒有已經找到新的人吧？」

「你這個人，我真是恨不得——」

「揍人要當面才有效。你什麼時候有空？要殺要剮我都奉陪！」

雅君第二天才有空，約中午到一個他們常去的，隱僻的小咖啡館「飲者之香」。文農特別欣賞店名把李白詩「只有飲者留其名」裡，喝酒的意象轉移到咖啡上來的趣味。這家咖啡館沒有地毯、仿歐家具，也沒有吊燈、桌布，只有不到十張的簡單桌椅配上檯燈，一牆書，和不加肉桂、巧克力或其他任何香料的純正咖啡，加上一兩樣糕點和三明治。在所有因為抄襲西方而不免矯情的咖啡館裡，這家是文農最喜歡的。他常擔心它會像台北許多起沒無常的出版社，忽然就關門不見了。他和老闆很熟，告訴雅君老闆就是女侍，是在美國博士學位沒念完離婚回來的業餘詩人，永遠不施脂粉，紮一束馬尾，一身白襯衫藍色牛仔褲。雅君心眼小時會嫉妒那咖啡館老闆，相信文農其實暗戀她，只是她為了什麼理由沒有接受。

雅君破例早到，坐在面對門口的位置，看文農閒閒踱進來，和抬頭看見她的驚訝表情。文農在雅君對面坐下，雅君一直看他，兩人都沒說話。

「你胖了。」終於雅君笑說。

「躺在床上，章敏把我當豬養，給我一大堆飼料一樣的東西吃，不知道她哪裡弄來那些和尚尼姑吃的東西。」

「這樣糟蹋你太太，也不會良心不安！」

清秀的老闆端水來，微笑對文農說好久不見，問點什麼。他們點了三明治和蛋糕配卡布奇諾。她一走，文農抓住雅君放在桌上的手。

「你想我吧？」

雅君轉頭向窗，迴避他的眼神，咬牙低聲說：「天天想宰了你。」

「我一直等到能見你才給你打電話。」

「我怎麼知道？我什麼都不知道，吊在那裡！」雅君突然恨起來。那兩個半月裡的猜疑和傷心，都凝聚在這一刻。「你不知道我腦袋裡都想些什麼！」

「我躺在床上想如果我殘廢了，或是在任何一方面比不上以前了，我就永遠不要見你了。」

「你只想到你！」雅君不能控制自己的刻薄，昨晚想像見面時的柔情絲毫不見。她在心裡提醒自己文農幾乎死掉，但是話繼續自動跑出來：「你要怎樣，你不要怎樣，你真會替別人想！」

「對不起，我只想不要破破爛爛的來見你。我要我們之間沒有任何缺陷。對不起，是我自私！」

雁君低頭看他們絞在一起的手指：「我以為我們之間完了。我以為我一直害怕的事終於發生了。我好像一個死掉的人假裝活人，一天又過一天。」

「你怎麼會這樣想？」

吃的東西來，他們抽開手空出桌面。

文農開始吃他的煎蛋三明治，再問一次：「你對我一點信心都沒有嗎？」

雁君拿手撥弄三明治，眼睛集中在麵包中間油亮的蛋上，緩緩說：「我沒有你的任何信物和承諾，我始終覺得我們是走一天算一天，隨時會斷氣那樣在交往……我們之間不是真的，而像空氣……後來我說服自己這種不真的東西是沒法存在的，最好不要存在……。」

兩個小時過後，他們離開「飲者之香」，走出長長的窄巷，到馬路邊叫計程車，六月的太陽白亮耀眼。除了文農再一度握住雁君的手，堅持說「可是我們是真的」之外，一切和往常並沒有什麼兩樣。計程車裡，司機專心收聽熱門的叩應節目。雁君看窗外流逝的大樓，完全沒想像中再見文農的歡愉，倒像忽然間大雨中淋溼，身上的衣服都變成了重量。

19

一個星期天，雁君帶母親去逛百貨公司，兩個小孩隨明則到公園去了。早過了午飯時間，兩人終於走進六樓一家日本館子。在等候與咀嚼之間，母親說東說西。樸善的白頭髮越來越明顯了，嘉蕙（樸善太太）越來越胖，給小孩糖果吃得太多，親戚間的閒話，樸良很久沒有電話來……。話提到樸良便走不了，母親的心在她鍾愛的小兒子身上環繞。

「他們的婚姻我很擔心。兩個人都忙成那個樣子，開口就衝……」

雁君不要聽母親談樸良，她要談自己。她等母親停頓時，憑空插入：「明則有外遇。」母親眼神閃過「是不是，我警告過你？」然後讓消息沉澱一下：「真的還是假的？」

「我作了一個夢，夢裡他跟我坦白。」

「阿君哪阿君哪，作夢？我們兩個裡誰是大學教授啊？」母親失笑搖頭。

「是講師，不是教授。」不管雁君怎麼糾正，母親逢人就說雁君是某某大學的教授。「就算教授，搞算命風水的也有的是。」母親正要張嘴，雁君接下去：「而且我有證據。他身上有別的女人的味道。」其實是他頭髮裡有女人化妝品和香水的味道，夜裡她翻身向他便會聞到，滿枕頭都是。顯然他沒有想到她有本領知道。他的世界建立在語言邏輯上，忘記人除了一張搬弄是非的嘴巴之外，還有鼻子。

「你想光憑這就可以把他打倒？」母親抹不去失笑的神情。

「我沒有要打倒誰，我只是知道。」雁君沉靜說。

「沒有比較實在的——證據？」

「他皮夾裡有那個女人的電話住址。我打電話去問過。」雁君打了三次才找到她，都是在明則號稱到嘉義的時候。雁君報出那女人的名字，電話裡說「我就是」。雁君情急忘記了要說什麼，呆愣間電話就掛斷了。她幾乎可以感覺到明則就在那裡，在那個聲音如霧的女人旁邊，那聲音穿著白色蕾絲的內衣和他買給她的法國名牌香水。

母親終於露出不忍：「阿君——」一時不知道怎樣安慰，放下筷子，拿餐巾擦擦嘴。眼睛四下瀏覽一圈，長長吐氣：「唉，阿君哪，怎麼我們女人的命變來變去好像都差不多！」眼睛一垂：「你爸爸也有——，你知道嗎？」她沒有明說，但是雁君立刻懂了。

「——你一直都知道？」雁君睜大眼睛。

那個下午，雁君才恍然母親早就知道，而且鉅細靡遺。再一次，真正驚奇的是她。再一次，她周圍的人眼亮心明，只有她一人走在迷霧裡的感覺。

「痛那當然痛，可是你能怎麼樣？去上吊跳水嗎？大吵大鬧嗎？我不是沒有鬧過，私底下，你們小孩子不會知道。鬧不出結果來。他說冤枉，拿出證據來。不然說他按時上下班，薪水全拿回來，標準丈夫全世界找不到第二個，你還要怎麼樣？你說我能怎麼樣？不死就得活，怎麼活？問題是不管怎麼樣，我要保護這個家。我第一個考慮的是你們三個小孩，我不要我的小孩在一個破碎的家庭裡長大。只要他在外面祕密的做，不帶到家裡來，不影響這個家庭的氣氛，我就假裝不知道。像台灣和大陸，只要不打炮，就可以隔著台灣海峽和平共存——」

雅君想到多年前那個下午，在西門町天橋上，她保護一個其實不需要保護的祕密。而也許還是需要保護，保護那彼此護衛對方的幻覺。她強烈想說：「可是我知道，不敢告訴你——」一時找不到戳破的理由。

「那爸呢？他知不知道你知道？」

「他以為自己多聰明，做得天衣無縫。他根本不會想到我知道，他以為女人的臉後面是團做包子的肉餡！」母親笑，笑裡竟是勝利的得意。

「那現在呢？爸現在還有和那女人來往嗎？」

「哼，那你要自己去問他了！」

雅君知道自己絕不可能拿這種問題去面對父親。尤其現在，她有自己的糾纏。

「你愛爸嗎？」

「你們現在的人就喜歡學外國人用那個字，好像一拿出那個字就可以解釋所有問題。我們老派的不用那個字，不用說的，而是用做的。我為一個人所做的每一點一滴就是表示，不然還有什麼更清楚的表示？掛在嘴巴上說說那多容易？能相信嗎？再說生活裡多少事要料理，哪裡能動不動就愛來愛去的！」

雅君盯著母親，意思是：「我不是三歲小孩。」

「唉，不要講得那麼玄，我盡心盡力就是了！」

雁君聽到的是一個女人做小伏低委曲求全的老調，是成仁取義庶幾無愧的壯烈。而這不是她要的答案，母親拿那些腐朽的東西來迴避她。還是答案已經在裡面？真是荒謬！在婚姻裡一個人不能談感情，只能談責任嗎？就像小文開口閉口「你們大人最討厭了」，以為因她年幼不懂事，便反而有天大地大的理由一樣荒誕。然而她明白，荒誕中自有秩序。對愛情的歌頌，正因為婚姻家庭必須不擇手段的穩固。婚姻是政治的基礎，婚姻是宗教的基礎，婚姻是理性的基礎，婚姻是一切正常運行的基礎。而愛情，愛情是其中一點混亂的點綴，犯罪邊緣的快感。

雁君的問題不在知道與否，而在接受。所以讀《生命中難以承受之輕》，即刻便越過米蘭昆德拉的文學技巧和哲學命題，集中在湯瑪斯的遊戲女人上。她厭憎那角色，因為昆德拉塑造他成醫師、知識分子、英俊瀟灑、不向權威低頭，他的所作所為就好像有充足理由做後盾，無傷大雅。她不喜歡那書只因為討厭男主角，討厭作者背地裡讚揚的唐璜心態，討厭作者假借這樣一個人物做工具來大談政治、哲學、生命的輕重。不管他道理再怎麼冠冕堂皇，她拒絕那樣的男人，那樣的任何一種人。她並沒有忘記反觀自己。她不是湯瑪斯，不管在什麼意義上，她不是，永遠不會是。

「你的觀點太偏激了。」文農恰好完全相反，他盛讚它交響樂的結構和節奏，如長江大河的雄辯滔滔。

「當然，你是男的，以為世界是你的版圖，所以重要的是滔滔不絕談政治理想，至於私底下怎麼對待女人完全不重要！」雅君前所未有的激烈。

「不是！不是！」

「你自己還不知道而已！」

「你要全面的看湯瑪斯這個人，看這本書。」

「那裡有什麼湯瑪斯這個人？湯瑪斯只是一堆文字，昆德拉言論的道具。玩弄女人的男人，他一點都比不上《包法利夫人》裡面的魯道夫有血有肉。我最受不了這種自以為是，道理滿篇的小說。這種小說是純粹男人的小說，以為只要以道理假裝人物就可以蒙混過去。」

第一次文農無言以對，他沒有料到雅君的出發點。而他可以看見她的論點有其命中的地方，雖然他並不完全贊同。

「他應該去讀讀《紅樓夢》，學學那種無所不包，意在言外的本事！」

20

雅君正和一個學生在辦公室討論學生的一篇報告，電話鈴響。雅君以為是文農，卻是母親。

「快，你給我叫明則馬上到這裡來！」母親氣急叫。

「什麼事？」

「叫你叫就叫，還問什麼事！不是大事會這樣叫？問問題也不看時間！」

「媽，你不要急好不好？先告訴我什麼事，看看我能不能處理。明則他今天兩個庭，不是說要就叫得到的。」

「我們被偷了！偷得一乾二淨！」母親的聲音直叫進雁君耳朵。她拿手摀住話筒，輕輕和學生說改天再討論。「……翻得亂七八糟，每個房間都翻，沒有一個抽屜沒翻，裡面的東西統統翻出來，到處亂丟……」

「被偷？那要報警，明則是律師有什麼用？——丟了多少錢？」

「一下子我哪裡知道多少錢！反正不少就是！」

「爸呢？」

「誰知道？緊要關頭總是沒他人！我去菜場一趟，回來他已經不見人了，事先也沒說要到哪裡去。」

「會不會在張伯伯那裡？」

「在不在都沒什麼兩樣，已經偷走了，拿不回來了！」

「我等一下還有一節課，上完我立刻就過來。你電話簿上查查有沒有警察局的電話號碼——」

「我這麼會就不用打電話找人了！」

「好，我打，你不用擔心。屋子裡先不要動，檢查看看丟了什麼東西。我十一點以前到，你怕就叫樓上朱媽媽陪你……」雁君不知道台灣的作法怎樣，藉美國電視看來的印象這樣交代母親。

「怕？我怕什麼？小偷敢再回來我一酒瓶砸死他！」

雅君到母親家拿鑰匙開了門進去，只見客廳滿地書和雜物，幾乎沒落腳地方。一路進去，經過的房間無一不亂，十足劫後景象。經過廁所，一陣尿騷味撲鼻。她探頭看了一下，只見馬桶旁一地的尿。雅君發現母親坐在臥房床上發呆。

「媽。」

「看見沒有，檳榔汁吐得到處都是！夭壽不夭壽！」

「偷東西也就罷了，怎麼缺德成這樣子，又是檳榔汁又是尿的！」

「我還得感謝菩薩他沒在床上拉屎拉尿——」母親自嘲說。

「你出去時門鎖了嗎？從什麼地方進來的？」

「這個門三重鎖，我哪裡敢忘？看只有從後面陽台進來了……」

「丟了什麼搞清楚了嗎？」

「大概永遠不會搞清楚了。我東塞西藏的，連自己都忘記放在哪裡了。你進來時我正在想到底還有什麼地方我塞了錢、金子的。」

「那記得的呢？」

「現金、金子加上首飾，少說也有十萬！」

「那麼多？」

「幸好上菜場我順便把昨天完的一個會錢存進銀行去了，兩年的會，將近三十萬。真是謝天謝地我沒多等一天！」母親搖頭，好像不能相信自己的好運氣。語氣一轉：「這偷東西的倒還識貨，我那破首飾箱裡一堆不值錢的東西，可是把你爸爸好多年前給我唯一的玉鐲、樸善給我的金鎖片、樸良給我的一串珍珠項鍊，還有你給我的一串琥珀念珠統統都拿走了。床頭櫃上，你爸爸回鄉帶回來的一對景德瓷瓶也沒有了。幾乎這個破爛家裡任何一點有價值的東西都沒留下！唉！……你有沒有打電話給警察？我總不能就坐在這裡看一屋子髒亂看一天！」

「說盡快派人來。」

「盡快是多快？那要等到什麼時候？那間浴室臭得，怎麼受得了啊！」

打幾通電話找父親都沒找到，雁君和母親在屋裡走來走去，越看越不能相信眼前景象。近一點時她們下冷凍水餃吃了，飯廳廚房算是翻得最輕的。吃完雁君洗碗，母親從放油瓶的櫃子底層翻出一個舊報紙包，在水槽邊打開給雁君看，是兩個金塊。

「你當年在美國結婚，家裡沒給你什麼陪嫁，這兩塊金子我一直想什麼時候給你，現在趁我還記得你就收起來，省得到時不是我忘了就是給人偷走了。」

雁君一時不知說什麼：「媽，我不需要——」

「傻瓜，不需要最好。給你不是為需要，是我做媽的一番心意。你只要記得是媽給的，這個你爸也不知道的。」

雁君立刻眼睛紅了，說不出話來。

「我給你放在皮包裡，你回家就悄悄收起來，也不要告訴明則。」

母親繼續在廚房櫃子裡翻找，雅君去打電話給警察局，一樣是盡快派人來的回答。打電話到明則事務所，祕書說不在。

「出庭嗎？」

「出庭是早上。」

雅君留了話。

到下午三點，還是沒有警察的蹤跡。雅君和母親開始清理，母親先清理她和父親的臥房，雅君從浴室開始。一邊清，雅君一邊聽見隔房母親生氣大罵：「……這樣亂法，要從什麼地方清起！一百年也清不完！夭壽的小偷！沒子沒孫的小偷！要錢不會自己去賺，偷人家一輩子的辛苦錢！……什麼時代，看見人家開豪華轎車眼紅，也想弄一部風光，可惜自己沒本事正大光明去賺，走這種下流喝人血丟盡祖宗面子的路……死老猴死到哪裡去了，一天都沒有消息！這麼老了還泡妖精，不知道羞恥……我在家給壞人抬走埋進土裡三尺了他還在外面逍遙……天下怎麼會有這種沒有心肝的夭壽人，大白天到人家家裡偷東西，還髒死了這樣糟蹋地方，什麼父母養出來這樣的東西……我好不容易有兩天輕閒日子，倒要來理這翻箱倒櫃的家私……什麼警察，毛都沒看見一根，小偷都逃到月球了他才來有什麼用？……」

雅君斷斷續續聽見，不禁發笑。從浴室往前清理到客廳，也忍不住喃喃自語。五點雅君回家時，客廳還是一團糟，只有少部分書放回書架。那些書有的是她當年買的，還有樸善、樸良的，多少年的累積都沒有整理。過時發黃的舊書，有的上面積了厚厚一層灰，有的旁邊黏著一顆顆蟑螂卵。起初雁君只是把書隨意堆疊，漸漸被這本那本勾起回憶，停下來翻看。一批舊相簿，打開裡面是父母年輕時的照片。黑白相片居多，泛黃，但是裡面的人容光煥發，帶著拘謹的微笑。母親其實很漂亮，五官清楚端整，柔美裡有種堅毅之氣，原來樸良遺傳了她的好看。父親倒是每張都道貌岸然擺姿勢，頭一定微微側仰，眼睛盯著相機。雁君包容的眼光這時還是看見了父親的虛榮。父母兩人中，他向來是喜歡端架子的一個。另一本他們三個小時的相片，從嬰兒到走路、上學、初中。雁君匆匆翻過，不覺微笑，童年往事一時又都回來了。一堆她大學時的教科書和翻譯小說，有些她完全不記得看過。她努力加速一本一本疊起，最後還是不知不覺慢了下來。時間好像忽然繞到了一個河套裡，慢慢迴轉。在書堆中，雁君居然發現一本大學日記，不禁嚇了一跳。一來她幾乎完全忘了這本大學時代日記，二來怎麼會在客廳書架上。一邊翻一邊猜想，看見一開始記的不過看書看電影的感想，有些放心，不到二分之一開始寫美術社的事，到最後三分之一幾乎都在寫初戀和失戀，一大堆流淚痛苦的，慘不忍睹。她隨便翻翻便收進皮包裡，還是不懂為什麼這日記從她房間跑到外面來。多少人讀過她的日記？她想，有些懊惱。

鬧小偷的事母親後來提了又提，描述髒亂，越說越生動，財物損失倒好像變成其次。父親那天上哪裡去，他始終沒說，只說是去看朋友。警察到第二天上午才來，英俊多禮的年輕警官，立刻贏得母親好感，不計較來遲了。他程序上的問了些問題，提醒他們這種盜竊非常多，只有自己小心門窗，不然警察沒有能力去追捕所有小偷。散財消災，不然怎麼辦？母親說到後來自己解嘲。過了幾個月，她還是不時提起那些丟了的玉鐲、珠鍊，咬牙痛恨，只為是丈夫子女給她的。

「你爸爸一輩子就給過我幾樣東西，那玉鐲是唯一我真正喜歡的！」母親低聲說。那玉鐲幾乎是太多失望之後的一個諷刺，仍然，母親選擇看另一面。雅君聽得出來。

「我再給你買一個。更漂亮，你更喜歡的。」雅君笑說，覺得彌補母親的損失是她的責任。也許因為只有她知道那些損失對母親真正的意義。

「漂亮的東西永遠也買不完，可是丟的東西是不會再回來囉！」母親說。

小偷白日公然上門偷竊，提醒雅君另一個常規以外，破壞性的現實，然而只是剎那的警惕，讓她回家記得小心檢查門上的鎖和前後陽台上的鐵窗，出門時特別小心鎖門。而她花了兩個晚上，把那本舊日記看完。小而潦草的字，密密麻麻，記滿一整本。雅君一點都不記得自己的字竟是那樣，畏縮又急切，充滿了壓抑和不耐煩。用了許多成語套詞，濫情無味，像回鍋煮了多少次的剩菜，讓她讀起來皺眉之餘又好笑。失戀的部分真是滿紙罐頭血淚，隔著這許多年，雅君恍惚記得那被否定被踐踏的恥辱，而卻毫無感覺。那個祕密流淚折磨自己的女孩，是一個平淡的記憶，幾近陌生。日記召回許多細節，除了曾經發生，她只有漠然微笑，不再分享那熾烈，那顫動。當年的劇痛變成一個概念、一種知識，抽象、淨化了。她仍然記得那男孩的樣子，一雙濃眉，坦率的笑容，筆直的長腿。郭智華，她輕念，驚訝居然這麼容易就記起他的名字。日記裡只用「他」：他寫紙條給她，他請她去看電影，他牽她的手，他挽她的肩，他說她的頭髮漂亮……，和許多「為什麼」。但是他不再喚起她的任何憧憬，他只是另一個普通人，對她不再有任何力量。而當年她為他欲生欲死，她簡直不了解。她憐憫年輕的自己，那樣無知脆弱。她已經不是以前的自己。她的字放大了，從容了，雖然勾勒間仍帶一點猶疑和不安。她不會再把自己毫無保留放在祭壇上，像第一次一樣。她不會讓自己再那樣受傷害。

21

雁君和文農在一個文藝頒獎酒會上意外見面，兩人公式化打過招呼便各自走開，在不同人群裡周旋。偶爾互相用眼睛尋找，但是不曾再說一句話。

他怎麼會到這種場合來？雁君想，端著一小杯茶，和幾個編輯說話。

「你認不認識陳長文？我給你介紹？」約雁君來參加酒會的編輯說。「來，當今文壇當紅小生陳長文！」

雁君臉上盛放成專為這種場合準備的笑容，母雞啄食般頻頻點頭。

「你那篇〈現代鳥話〉寫得真是精采，精采！」另一個編輯說。

陳長文笑得只見滿臉牙齒：「少來，我一聽到你這話就渾身起雞皮疙瘩！又有什麼東西要我在二十四小時裡面交稿？你們這些編輯今天急稿子可以奉承上天，明天榨乾了沒有利用價值又大聲去敲別人的鑼鼓，我還不知道你們底細嗎？」

「看看這人，奉承他還要給他倒打一耙！那說寫得實在誇張、空洞，沒話找話說騙稿費，你就高興了？」

「對對對，這樣還差不多！越糟蹋我越放心！」陳長文儼然武俠小說人物放浪形骸的派頭。

雅君從來沒和任何一個編輯或作家熟到可以這樣玩笑，她看得出來陳長文的抱怨其實是極端得意，是編輯和讀者一起抓在掌心的意氣風發。她並不喜歡他的東西，雖然字裡行間盡是機俏聰明，總給她賣弄、流氣之感。她聽他們你來我往，近似調情的鬥嘴。來了一個化妝打扮無懈可擊，文農眼中典型殺氣騰騰的女作家，話題立刻轉到她最近出書的廣告照片上。

雅君藉口去拿吃的，走了開去。在點心桌邊偷偷用眼神找文農，隔著人頭，看見他和兩個人在門口說話，好像完全不知道她就在附近。白襯衫外一件褪色藍棉線衫，垮垮的黑色燈心絨長褲，鬆散的頭髮還是不時掉到額頭，他一副從街頭隨意走進來的樣子。林老師！外文系一個教授招呼她，她掉頭回應，再找文農已經不見人。她忽然懊喪異常，再也留不下去，隨便應付幾句便藉口有事走了。剛出大樓忽然他在旁邊，拉住她的手急急往前走，直到一條僻靜小街轉進去。他在陰影裡擁住她，在她耳旁說：「只能怪你身上的衣服。」她穿了一件合身的黑色洋裝，領口一片蕾絲若隱若現召喚底下的胸部。他們忽然急切要在一起，酒會裡的咫尺天涯放大了平常強抑的欲望。他們在短街上來回走了幾趟，約定第二天下午見面。

雅君在計程車中飄回家，覺得這五光十色確是她的城市。回到家，孩子睡了，明則在書房，時間好像靜止了——明示這是另一個現實。她先後到兩個孩子房間，看見他們沉睡中甜美的臉孔，不禁深情排山倒海而來。她微笑彎身去親吻他們，覺得沒有東西可以取代她對他們的愛。尤其莽撞倔強的小同，讓她生最多氣操最多心，卻也占據她最大感情。如果誰說她偏愛，她會抵死否認。然而心底她知道，她愛小同多於小文，哪怕只是一點點。小文的聰慧給她最好的武裝，她能照顧自己，像明則。而小同無知所以無助，雁君眼裡總有他赤條條的嬰兒模樣。即便在他最蠻橫無理，她恨不得打死他的時候，還是會看見當年他手腳揮舞要人抱的可憐。他的無理顯示他的憨，這讓雁君疼到深處，真正切身領略「心疼」的意義。她在小同身上看到了太多自己。

回到臥房換衣服，看鏡中自己的臉。高中時，她常常站在鏡子前看自己，明知再看也看不出夢想的美麗來，然而她看，直到鏡子裡的臉變得奇異陌生，她再也不認識。現在她微微側頭，看自己頸部的線條，想像文農眼中的她。她是美麗的，第一次，她這樣覺得。第一次，文農以十萬火急的激情要她。她不完全認識那張臉，同時又覺得經歷許多年之後，終於知道怎麼看的臉。

明則端了一杯水走進來，看見雁君衣服半解，在鏡子前輕輕哼歌。放下杯子，他從後面環住她的腰，在她耳旁說：「你得獎了，心情這麼好？」

雁君裡面霎時凍住。她輕輕打開明則的手，笑說：「我只配塞報屁股，得獎？」

明則不肯放手，看鏡子裡的她：「看你，也會唱歌，也會笑，漂亮得像個小女生！」

「是嗎？」雅君迴避他的眼神。「你這樣我怎麼換衣服？」

雅君從浴室梳洗出來，臥房的燈光暗暗的，她知道明則在等她。她在浴室門口站了一下，往床邊走去。她想要逃跑，但是她在他身旁躺下。他立刻將她擁過去，臉埋在她頭髮裡。

「我忙得忘掉我太太有多漂亮了。」

雅君不作聲。

「你不怪我一天到晚不在家？」他問進她的嘴。「你會不會想我？」

雅君偏開臉，吐一口氣：「明則，我很累——」

「你不會想我嗎？」明則氣息濁重說。

「你呢？」雅君知道不可能讓明則半途而廢，只好閉上眼睛。

「那當然不用說！」

雅君讓明則在她身上活動，心裡召喚文農。但是她的身體在早先短暫神馳已經為明天做好準備，當明則越來越熾烈時，她發現身體違背自己意志開始熱情參與，意識浮動中她以官感迎接丈夫的身體，然後彷彿夢中聚湧排高的浪濤，在最後一刻轟然潰決。她不禁叫出聲來。

22

走道上的燈亮著，彷彿吸收了所有的光，房間陷入更加的黑暗裡。轉頭的剎那，雅君看見明則在亮光中經過房門口，影像忽閃即逝。一個驚覺，她不確定看見的是真實，還是來自不知名的所在打在那短暫片刻的光影。她長長吸一口氣。

雅君從小同房間出來，走進書房。將房門順手在背後掩上，她站在門口。明則側背著她，不知道她進來。

「明則——」

他埋首文件中，沒有立即抬起頭來。她再叫了一聲：「明則——」

他轉頭看見她：「你什麼時候進來的？」

她再叫一次他的名字：「明則——」

他在她聲音裡聽出不尋常：「怎麼了？」

「你有空嗎？我們需要談談。」她仍站在門口。

「什麼事？一定要現在談嗎？」

「一定要現在談。」

他遲疑了一下：「能不能等我十分鐘？」

「我在臥房等你。」雅君雖然也用書房，但不覺得那空間真正屬於她。明則的法律書和成疊的文件夾給她冷肅的氣氛，像辦公室。她輕輕開門走了出去。

二十分鐘後明則進來，雅君在床上看書等他。

「可以等我先換洗吧？」雅君點點頭。

終於明則靠枕頭躺好，笑說：「什麼事，這麼嚴重的樣子？」雅君感覺那笑帶著戒備。

「我不知道你有沒有考慮過離婚的問題。」雅君安靜說。

「離什麼婚？憑白無事離什麼婚？什麼不學，你和我媽學？」明則又笑說。

「我是說你一天到晚在兩個女人間跑來跑去，太辛苦了，離婚不會方便一點嗎？」

「你胡說什麼？什麼女人？我除了你還有什麼女人？」雅君看得出來他震撼了，但是仍強自裝作。

「我胡說嗎？話到了你嘴裡都是道理，到了別人嘴裡就變成了胡說？」她輕輕說出那女人的名字。

明則本能要張口否認，嘴巴一陣開闔，終於沉默。他眼睛直視前方，久久才低沉說：「她是不算數的。她和我們的婚姻無關。我從來沒想過離婚這種事。從來沒有。」

所以文農也是這樣告訴他太太。雅君想，面無表情，等明則繼續。

「我只有這麼多可說。不管什麼發生，我絕不會動我們的婚姻。」

「何必留著一個死婚姻？為什麼不從這個婚姻的墳墓中逃開去？」

「我並不這樣看我們的婚姻。」

「你想過在這個婚姻裡，除了你的想法以外還有另一個人的想法嗎？」

明則伸手來握雅君的手：「我傷害你了？我完全沒有傷害你的意思——」

雅君將手掙開：「這樣就解釋了全部嗎？」

「雅君——，你，和孩子，是我的全部——」

「請不要太誇大，聽了刺耳。你太太雖然不夠聰明，不像你不準備講稿上課也可以滔滔講兩個鐘頭，不需要靠賄賂也可以打贏官司，但還不是白痴。」

「我知道你很難相信，可是這是真的，什麼東西也不能動我們這個家。」他沒有低頭理屈的樣子。

「你的事業是真的，你的家是真的，你所相信的正義和公平是真的，你和那個女人也是真的，你什麼都是真的。」

「我怎樣才能讓你相信我？」

「我們之間怎麼可能還有任何信任可言？」

「我和她完全不是認真的，和她就像週末看電影一樣。」

「我真同情她。」雅君譏刺說。

明則忽然才有點理虧：「……說不定她比看電影還多一點，可是完全不能和你相比——」

「你在菜市場買肉嗎，挑肝撿肺稱斤兩？」

「你今晚這麼會說話，完全可以去出庭了。」明則掃雅君一眼，苦笑：「拿我魚鱗片剮，夠痛快吧？」

「我沒有剮誰。想想你自己。」雅君想她和文農，文農和他太太。他們是一群彼此的劊子手和受刑犯。她一陣厭惡和疲倦。

23

兩個月以前，雅君打電話給文農。

其實她早已做好決定，當文農在暗巷中擁住她的時候。或者更早，在他們一次又一次，因為不同原因中斷的時候。那些短暫結束給她做好最後的準備，她知道她可以由這決定中生還。

她在電話上告訴文農她的決定。

「真的？」一陣沉默，然後他要求見面。

「你不能連一面都不見就這樣斷了。」他聲音是玩笑的輕快，彷彿不當真，或是故意以緩和氣氛。

雅君無法出聲。她的世界已經在剛才的剎那崩塌了。

「我連說句話的餘地都沒有嗎？」他仍不是很認真的語調。

「你可以在電話上說。」雅君軟弱說。

「為什麼在電話上說呢？要斷，我們就當面斷，英雄一點。」

「我不是英雄，也不要做英雄。」

「你總要給我們一個機會吧！」

雅君沒有錯過他的用詞：他用「我們」，而不是「我」。

「也請你給我一個機會。」雅君強調那個「我」字。

「所以我們要見面——」

「我是說給我一個重新生活的機會。你不覺得我們，我們好像活在肥皀泡裡……」

「我以為我們製造肥皀泡是因為要肥皀泡。」他的話聲幾乎在笑。

「也許——。也許你要肥皀泡，我從來不要肥皀泡。」

「那你要什麼？銅牆鐵壁嗎？」他刺了她一下。

「你知道我要什麼。」

「不要告訴我我知道什麼！你不覺得知不知道，我應該比誰都更清楚嗎？」他聲音裡有點惱怒了。

「對不起。」

「你要相信我說不知道就是不知道。」

「我知道你知道，你只是不願承認。」

「你是說你比我知道我自己更清楚？」

「——沒錯。事情到最後，我們都需要相信某個人的判斷，我寧可相信自己的判斷。」

「我們應該當面談，你不覺得嗎？這樣電話上草草了事，不太可笑了？」

雅君沉默。

「我現在坐計程車來——」好言哄勸的聲調。

「你完全沒有聽我在講什麼。」

「我們在討論見面的問題。」

「請你不要打電話給我，也不要來找我。我們不能這樣繼續下去……，我沒法這樣繼續下去，你知道。」

「又是我知道！我，不，知，道！我要講多少次？我不知道為什麼我們不能繼續下去！兩天前還好好的，突然一切都結束了。我怎麼知道？我知道什麼？」他終於急怒起來。

「你知道。這唯一的一次，請你對我，對自己誠實。」

「誠實？我什麼地方不誠實？」

「我已經說過太多，再說也不過是重複。你知道我們遲早要結束，只是在等時間……」雅君不想指出他尊嚴受傷，因為他不是開口斬斷的一個。他一向是兩人中的主動。

「不管你以前說過什麼，我要你當面和我再說一次！」文農堅持。「就算以前一筆勾銷了，至少你欠我這道義的一面！」

「再見，文農。」

「等等，雅君！——」

雅君想像過無數次這結束，而事實並沒有比想像更痛。也許她需要時間。真正的感覺像精良的品質，都需要時間。雅君瞪著牆壁，漸漸，她臉上開裂成一抹欲哭的微笑。桌上，電話持續的響。

24

雁君電話前的幾個星期，文農以不可思議的快速寫〈迴旋〉。多少年來，他以無色無味的精簡文字，寫清淡無奇也無人注意的故事，一字一句熬煉，每篇都像精鋼打造，鑄著艱苦的烙印。固然，他有一揮而就的時刻，然而都是興奮冷卻之後便丟棄的東西。他不知道寫作可以不需要是掙扎，正如呼吸而可以不需要運動胸腔。對他，寫作是一種訓練，一種意志和不完美的掙扎。這永遠的掙扎給他最動人的挑戰，同時讓他筋疲力盡。因此極度令他驚奇，當他一旦擺脫了對自己的執迷以後，竟能一躍而到一個漠不相關的距離之外，彷彿身外化身，半調侃半奚落，寫一個人人可能天天可能發生的故事。每天晚上，打開電腦便手指飛動，不斷寫下去。他不確定自己在寫什麼，徘徊在小說和散文邊緣，彷彿自述又彷彿虛構，人物在概念和活動間出入，情節在關鍵時刻衍生。他不確定是自己在寫，還是作品自行成篇。他讓自己漂浮在這種夢遊狀態。

「他們之間已經結束了。他們分手是早就意料到的事，甚至可以說是當初沒有計畫的計畫中的一部分。他們最後一次見面時，兩人都同意分手是上上之舉。好了三年，也算值得了。畢竟不是一天兩天，雖說不真也不假，好歹需要有個儀式收場——人生的階段都有儀式點綴。他們特地到一家小酒館買醉，一人一杯別出心裁的『嘉年華會』，互相叮噹乾杯好像慶祝。他不能離開他的家庭，她也不能離開她的，除了分手沒別的路。他們從來也就沒想過要做夫妻，搞不好結婚一切魔力就沒有了，兩人只覺面目可憎。那些年的祕密約會充滿了犯罪的快感，和明知短暫的傷感（雖然只是一點點，他們不是那種浪費時間在無謂傷感上的人），然而這沒有明天的迷戀，終究耗盡了他們的心力，隔著桌子中間一朵積了灰塵的紙玫瑰，他說：『天下沒有不散的筵席。』她笑：『天下沒有不是陳腔濫調的陳腔濫調。』不是歡樂的場面，也不盡然可悲。他們有他們的瀟灑。

分手以後的半年裡，他不斷想她：她的細肉和利齒，她的戲謔和手勢，然後他好像又在她面前，她的舌頭像伊甸園裡那條蛇捲住他的舌頭，他的身體夾住她的。他沒有想到她竟能帶走他那麼多，他什麼話都和她講，連對太太都不講的話。他像挖了心的比干，單憑盲目的意志左右跌撞，面無血色。而可笑的是當初決定分手時，他確信他愛她不夠多——甚至沒有把握到底牽不牽涉到愛，還是只是情欲的蒙蔽。她再三說過，她已經失去了年輕時冒險犯難的勇氣，沒有任何東西可以使她破壞現狀，失去她最重視的安定和平靜。她可以越軌，因為底子裡仍然尊重軌道的存在。她說的簡直就是他，不同的是她說勇氣，而他欠缺的與其說是勇氣，不如說是力氣。他已經沒有力氣以熱情來對生活從事任何破壞或重建，他是個在生活中苟延殘喘，自己年輕時發誓絕不變成的那種行尸走肉的中年人。他做過最越軌的事，是當著太太的面轉頭去看街上的一個大學女生。他有力氣去與她外遇，說實在，連他自己都驚奇。不過話又說回來，當初他並沒有外遇的意思，以為只是無傷大雅的調情，嘴皮上的。然後他把自己分裂成兩個，一個是好先生好爸爸，一個是遊樂的花花公子，井水不犯河水。這不需要任何勇氣或力氣，需要的只是一點偷腥的貪——而偷腥的滋味多麼好！就像小時飯前偷吃桌上的菜，那滋味上桌以後從來比不上。

他們兩夫婦原就認識，交情從國外念書帶回到國內就業。不能說極好，但是夠好的了，如果要求不太過分，譬如說看同一齣連續劇、迷同一個漫畫家、訂同一家報紙、支持同一個黨派。大家都忙，幸好住得近，十分鐘車程，往來起來還方便。於是一起吃吃飯、看看電影、帶小孩上什麼地方，便不是不尋常的事。他眼中的她沒什麼特別吸引人的地方，除了嘴快、反應快，和一開始他就注意到滾圓像瓜的臀部，不是那種他會頭腦發昏愛上的人。漸漸在她的犀利中，他發現了一種你來我往的趣味。兩家人在一起時，他們兩經常當眾鬥嘴，其餘人除了忙著笑沒有插嘴餘地。然後這種鬥智發展成變相的調情，因為他們明顯花許多心思在彼此身上，尋找攻擊的弱點。

他們第一次單獨見面十分不自然。她到他公司附近辦事，意外在館子裡碰見，兩人便同桌。他們立即發現沒有彼此的另一半做聽眾，也就失去了表演的舞台，原來的精采都被窘迫擠走了。兩人枯燥的吃完中飯，便各自趕回去上班。奇怪的是他又邀了她，她也答應。他們每星期固定一起吃一頓中飯，付學費一樣吃了幾個星期才漸漸熟了，畢業出師，露出真相來。在彼此的先生太太面前，他們還是以前的樣，也許如果有誰多心一點，會注意到他們的鬥嘴有點誇張，為了維持從前創下的規模。當然，他們還不是嚴格意義的情人。

鬥嘴久了好像用嘴巴做愛，他早就蠢蠢欲動，怕她說沒勇氣打回票。她那張嘴巴，他始終有點害怕。終於上床了，兩人都安了心，這下證據確鑿是外遇了，以後就名正言順。一週纏綿一次，回家對先生太太特別好，心虛的補償，兩家人都受惠。你看，我們在一起，反而有益國計民生！他們互相開玩笑，更加安心的繼續下去。知道不必廝守終生，彼此的缺點無損大局，不用太認真，他們把對方當作遊戲，半假半真，在戀愛和朋友中間迴旋。

……

他和她在街上撞見她先生時，不知道是誰比較尷尬——他身旁也有一個女人。他們煞有其事互相介紹之後便狼狽而逃，她生氣大叫外遇的世界！外遇的世界！好像突然張開了眼睛。他驚魂甫定不知道自己當時什麼臉色，是不是已經不打自招。情緒穩定下來才不禁好笑，這是賊捉賊。如果碰到他太太也掛在另一個男人臂彎上，他是不是也要義憤填膺叫外遇的世界外遇的世界？還沒有想到結果，眼前他只覺這一切十分好笑，甚至有功夫評鑑她先生的女人——臉蛋還不錯，身材普通，沒她那麼多勾引人眼睛的曲線。

你有沒有看見那個女人掛在他身上的樣子？噁心！臉上妝化那麼濃，作戲給誰看啊！她在他旁邊嘰哩呱啦生氣。他知道回家她和她先生有得鬧，她那麼潑辣的人。還是，她和她先生要狗咬狗互相指控一番？他又覺得說不出的好笑，好像自己純粹是個旁觀者。

……他想起和她第一次上床，她三下兩下就把自己身上剝光了，一身白燦燦的肉，兩坨水蜜桃似的乳房……。

文農雖然不確定故事到底要怎麼始終，但是知道他要寫一個輕鬆近乎不道德的故事。一邊寫才一邊明白，原來他要寫的是小說版的《不離婚的方法》。故事裡，他要男女主角在極小的不道德意識中偷情。開始和結束都要帶著鬧劇意味，顯示外遇和婚姻一樣荒謬，或者一樣應當。他借用自己和雁君做原形，然後改頭換面。被動沉靜的雁君變得主動犀利，而他變得色情貪婪。他特別喜歡他們每週一次上床的設計，誇張他們床上的滑稽——她的大乳房和滾圓的屁股，他對自己的堅挺的得意和偶爾早洩的尷尬。他曾想過讓他們上床更頻繁一點，實在因為他們騰不出時間來而作罷。」

文農的〈迴旋〉完全不同於他和雁君的實際，也許因為他和雁君都太嚴肅，無法不小題大做。他嚮往故事中的突梯，而自己在現實中做不到。他不知道怎麼放鬆，無法把生命當作玩笑。他不知道怎麼處理雁君。剛開始寫〈迴旋〉時他不斷想到雁君，然而不久那女主角便活跳獨立了，再和雁君無關。他花了三個晚上寫〈迴旋〉，熟極而流有如神助。然後以三個星期大肆修改，像他的慣例。故事中的男女在適度的快樂和傷感中開始和結束，沒有詩詞或小說裡的嘔心瀝血，能收能放，文明而合理。但是他和雁君——？

我不懂你，雁君一再明示暗示。

她要求他。她要求她是他生命的全部，一個人一生只有一次的愛情。他們不是初戀，他不要求她，為什麼她要求他？是的，他愛她對他的全神貫注。是的，他珍惜他們的心領神會。是的，他渴望和她有更從容長久的相處，譬如一個晚上、幾天，或更久。他一度玩笑說：「如果大難來了，我只能帶一本書和一個女人，我帶《莊子》和你。」

「如果你兩樣只能選一樣呢？」她不滿意他的答案。

那次他們頒獎酒會第二天見面，在異常圓滿的做愛後她嘲笑文農：「是不是？你是不是都早就規劃好了？下午兩點到四點，外遇，只有咖啡和甜點，不包括性行為？性行為的配給只能三四星期一次，不然那女人甜頭吃太多會爬到頭上去，做無止盡的要求？是不是？是不是？」她從來不肯讓性行為停留在單純肉體的層次，好像性只是一個爬到更高處的台階。他腦中冒出一個陰莖堅挺如台階的卡通畫面，通向一個男人打開的腦殼，一個豐乳肥臀的裸女正唱歌順台階往上跑。

「當然不是！」

「那是什麼？」

「你明明知道，為什麼一定要我講出來？」

「我明明不知道，講一下就會死嗎？」

「會！」

她固執說：「騙人！講一下不少你一個細胞！」

他吻她耳後、小腹、腰肢、腿彎，所有她最怕癢的部位代替回答。她不可抑制大笑起來，全身發顫。沒有比她瘋狂大笑的裸體更激起他的性慾，他好像回復野獸的原始狀態。

她不知道他沒有她所要求的深情，儘管他陰莖可以傲然舉高，揮舞旺盛的性慾，從事生命可笑的盲目運轉。他鄙視那不知所以的盲目運轉，然而同時，又不能否認對那盲目運轉近乎崇拜的讚揚。「天行健，君子以自強不息。」多麼簡單動人！來，讓我們的性器官同參造化，自強不息！如果她聽見他真正的聲音，一定會用冰山似的沉默拒絕他，凌遲他，他知道。他不能告訴雅君他和她只是一盤殘羹剩飯，雖然原料都是上好的。

然而這時，〈迴旋〉的荒誕氣氛籠罩著文農，給他李白式的灑脫。「人生得意須盡歡」，不是不道德，而是不浪費生命。他以一種單純的欲望想念雅君，恍惚中把她和故事中無咎肉感的女主角混淆。他們將好聚好散，同時，他們要將現在做最好的利用。是的，他不否認愛她。如果他在遇見章敏時遇見雅君，也許一切會不一樣。

有的女人不見得漂亮，但是仍然一眼就吸引人，出於某種難言的特質。雅君不是那樣的女人，她是那種分明見過而卻毫無印象的芸芸眾生。她的美在她的氣質，而她的氣質在有形無形之間，沉靜、退縮，彷彿永遠在隱遁，在取消自己。文農第一次和雅君說話，立即便注意到她這種氣質。她坐在他旁邊，微笑聽他說話。他感覺她完全沒有和他對立的意思，不像許多自命聰明、劍拔弩張的女人。她微笑靜聽，像一塊海綿，吸收他。他對她的第一印象是柔和、開放，然後是平淡、清新。他喜歡她給他的感覺，喜歡她緩慢開展的內在空間——對他而開放。他需要那樣的空間，需要將自己放在那個空間裡，伸展、休息。年輕時，一個人需要勢均力敵的情人，可以攻錯、成長。中年以後，需要了解、容忍甚至原宥的緩衝，情人首先必須是知己，所以共患難，互相遮蔽如山谷、港灣。他和雅君在一起，基本上就是一種休息，如打球是另一種休息。他們在一起最好的時刻（可惜並不是很多），幾乎可以達到忘我——他們創造了一個他和她之外的第三個體，兩人的合一。時空彷彿離開正常象限，他們在一個完全封閉的小宇宙裡。

文農沒有經歷過詩詞裡的纏綿悱惻之愛，他和章敏結婚以後，很快就發現她並不是他愛上的那個人。如果少年維特沒有自殺，真正娶了夏綠蒂，也許會對她大失所望。同樣，林黛玉若不死，得以和賈寶玉婚配，恐怕也難免味同嚼蠟。愛情，文農認識到，不過是需要通過想像的一種創造。但是以中年的疲憊和枯槁，他確實從雁君身上感受到「驀然回首」的驚喜。不是大起大落大劫大毀的激情，而是細水長流，看似平淡而卻可以歷久的深情。這深情不在他們必須長相廝守，而在知道彼此存在、關心。他這樣看他們的感情。而雁君？如果她不是這麼死心眼，他會很興奮把〈迴旋〉給她看，一起笑話一番。她對〈不離婚的方法〉的反應使他根本不敢考慮，知道她會禁不起他的玩笑，立即就受傷了。然而這一刻，在生命這個關口，他強烈需要戲謔、頑皮、放誕不經、為所欲為。他必須寫另一個故事，和自己和現實無關的故事，在裡面他可以放進所有他需要的荒誕、玩世、糊塗、不負責任、亂七八糟、無法無天。也許可以寫一個在電腦網路上外遇的故事，一對男女透過電子郵件調情，然後用文字互相寬衣解帶，身上一個部位一個部位細細掃描，一場床戲可以長達五天、十天，比真人現場更讓人心癢難搔……。文農異想天開，然後又否決了。他已經厭倦了瑣碎的家庭通俗劇，他要寫綁票謀殺、政治醜聞，大規模、大場面、震撼人心的故事，不要字斟句酌，放手去寫，讓情節凌駕一切，越誇張離奇越好。像一個出版社編輯一度暗示的：「好書雖然好，可惜養不活出版社。」《西遊記》九十八回，唐三藏站在佛祖的無底船上渡河，看見上游漂下自己的屍身，悟空眾人都賀喜。四十五歲發現喜劇和通俗，文農有種放屍漂流，解脫肉身的輕快和滑稽。

然後再一次，文農愉快想，他和雁君真的應該放鬆，像〈迴旋〉中的男女主角。沒什麼大不了，不是死生以之的愛情，沒有沉船的打算，彼此如過路的風景，且走且看，總要成為過去。既然人可以明知要死而仍好好活下去，為什麼不能明知要分手而仍若無其事歡聚？分手是遲早的問題，他們兩人都知道。但是眼前，他們仍然互相吸引、渴望，何必急著結束？他看不出急的必要——生命太急了，他打算緩一緩，緩到根本靜止不動。他打算暫時就留在這裡，哪裡都不去。

25

在雁君眾多的夢裡，有一個帶著奇異的光輝。夢本身不能說是快樂的，但是雁君籠罩在一種快樂的氣氛裡。

起初非常混亂，許多人，許多支離的片段，時空來回跳躍。好像整個腦袋失去控制，盲目炸射訊息。時空攪在一個螺旋中回轉，不斷開始，又不斷繞回到自己。最後，一條線由這無法解釋的瘋狂中掙脫出來。

雁君、明則、小文、小同、父母、文農、彭悅和一些其他人，坐在一架好像波音７４７的大飛機裡到什麼地方去，感覺是去度假。響起機長宏亮的聲音：「我們就快到目的地了，但是這最後一段旅程有一點顛簸，為了安全和舒適起見，最好每個人彈射出去，用自己的機座完成最後的旅程。大家不要擔心，這一點也不危險，反而非常有趣。你們會發現從來沒有過的刺激，看見從來沒有看過的景象。請大家準備彈射，我們目的地見！」

雁君的第一個反應不是恐慌，因為機長說不需要恐慌。她的本能反應是，如果坐在飛機裡不安全，坐在自己座位上毫無遮蔽漂浮在空中怎麼可能更安全？而所有人已經開始彈射，雁君來不及想到孩子和親人，發現自己已經彈射到空中，前後左右是飛行的機艙座椅，上面坐了同機的乘客。他們高速飛行，很快就互相遠離了。雁君一人在不知離地多遠的高空中飛行，強烈恐懼攫住了她。她覺得底下的座位隨時會失去重心，把她掀翻下去。然後她發現自己在海面飛行，像隻海鷗。四面八方，頂上是廣闊的天空，底下是平展的大海，一片美麗清涼的藍色，無止無盡，海風迎面吹來。忽然，她非常快樂。不記得任何人，只有自己，在這片說不出的美麗和無限中間。她自由奔放，而且毫無恐懼。她在大氣中快樂飛行。

附錄
放文出江湖

睡夢中被電話驚醒，迷迷糊糊聽不懂為什麼有評審獎，還有推薦獎兩名，我是其中一名。現在還是不懂。

並不是為了參加小說獎而寫《迴旋》，寫完時間正好，才姑且一試。心想九成不會得獎，反正放文出江湖，看會被行家殺剮到什麼程度。結果是這樣：既不夠好也不夠壞，有趣。

為寫平常、平庸，削減旁枝錯節，極力壓制故事的戲劇性，沒有放手一搏的快感。很想寫一部那樣的東西，完全不同《迴旋》。

（第十九屆聯合報文學獎長篇小說推薦獎得獎感言）

當代名家·張讓作品集1

迴旋 二版

2014年4月二版　　定價：新臺幣270元

		著者	張讓
		發行人	林載爵
出版者	聯經出版事業股份有限公司	叢書主編	胡金倫
地址	台北市基隆路一段180號4樓	校對	吳淑芳
編輯部地址	台北市基隆路一段180號4樓	封面設計	兒日
叢書主編電話	(02)87876242轉203		
台北聯經書房	台北市新生南路三段94號		
電話	(02)23620308		
台中分公司	台中市北區崇德路一段198號		
暨門市電話：	(04)22312023		
台中電子信箱	e-mail：linking2@ms42.hinet.net		
郵政劃撥	帳戶第0100559-3號		
郵撥電話	(02)23620308		
印刷者	世和印製企業有限公司		
總經銷	聯合發行股份有限公司		
發行所	新北市新店區寶橋路235巷6弄6號2樓		
電話	(02)29178022		

行政院新聞局出版事業登記證局版臺業字第0130號

本書如有缺頁，破損，倒裝請寄回台北聯經書房更換。　ISBN 978-957-08-4380-4 (平裝)
聯經網址：www.linkingbooks.com.tw
電子信箱：linking@udngroup.com

國家圖書館出版品預行編目資料

迴旋/張讓著．二版．臺北市．聯經．2014年4月
（民103年）．256面．14.8×21公分
（當代名家·張讓作品集1）

ISBN 978-957-08-4380-4（平裝）

857.7　　103005165